關於我轉生變成史萊姆這檔事 13.5

Regarding Reincarnated to Slime

官方資料設定集

Kadokawa Fantastic Novels

CONTENTS 目錄

物語回想 -STORY DIGEST- 11

角色紀實 -CHARACTERS- 55

世界導覽 -WORLD GUIDE- 147

外傳小說 -SIDE STORIES- 217

更加遼闊的轉生史萊姆世界

SD
物語回想
STORY DIGEST

(9)
STORY DIGEST
魔都開國篇

「開國祭」終於開幕！大舞台背後有金色的陰謀逼近

●閃光的勇者正幸

　勇者「正幸」，本名本城正幸，就如其名所示，是異界訪客。在原生世界裡是個有著端正容貌、私底下擁有宅系興趣的普通高中生，來到這個世界之後馬上因幫助別人，而覺醒了非常優秀的獨有技「英雄霸道（天選之人）」。「英雄霸道」擁有絕大的效果，所有言行舉止都會被周遭擅自解讀成有利於擁有者。後來正幸受到冒險者公會保護，在那遇見優樹並受其關照，並且和一開始正幸打倒的迅雷、優樹介紹的異界訪客邦尼變夥伴，成為冒險者並以壓倒性速度成長。在英格拉西亞王國的武鬥大會上，由於只是拔出刀劍就讓對手投降，周遭都誤以為他在轉瞬間發動攻擊，不知不覺間就以「閃光的勇者」名號家喻戶曉。對此慕名而來的精靈使者裘加入，隊伍變得更加活躍。

　在英格拉西亞活動滿一年的時候，正幸等人應優樹的請託前往巴勒奇亞王國，並搗毀拿國家當障眼法，進行奴隸買賣等黑市交易的強大犯罪組織——奴隸商會。接著正幸要送被抓去當「商品」的長耳族

關於我轉生變成史萊姆這檔事
9
Regarding Reincarnated to Slime

發售日：2018年4月11日
定價：NT$300/HK$90

解說　隊伍「閃光」的實力

正幸共有三個夥伴——被稱做「狂狼」，對自身力量引以為傲的迅雷、身為異界訪客的魔法師邦尼，和能夠使用高級精靈魔法的沉默少女裘。正幸本人並不強，但是「英雄霸道」的效果能讓所有攻擊變成強力攻擊，這種效果還能擴及到夥伴身上。因為大家都信奉正幸且合作無間，整支隊伍能發揮凌駕A級的實力。

回到故鄉朱拉大森林，但周遭卻誤以為他們要前往討伐新任魔王。如此這般，來到首都利姆路的正幸一行人前去覲見魔王利姆路。除了正幸，其他隊伍成員都放話要討伐利姆路，氣氛一度劍拔弩張，最後決定若他們在開國祭上的武鬥大會贏得勝利，就能夠獲得挑戰利姆路的權利，得以收場。

開國祭前夜祭

在開國祭前夕，利姆路忙著招待來自各國的代表使節團，還有西方諸國的王公貴族等來賓。陸續跟布爾蒙國王、蓋札王、變成法爾梅納斯國王的尤姆會談及交換情報。

等忙到一個段落，利姆路為了邀請優樹和克蘿耶等孩子們造訪英格拉西亞王國。於自由公會本部和優樹重逢，優樹介紹利姆路認識自己的左右手——探索遺跡的專家卡嘉麗。此時利姆路拜託她幫忙調查在舊克雷曼領土內的遺跡，接著帶孩子們回國。

在開國祭開幕之前，利姆路等人在迎賓館舉行前夜祭，盛情款待邀請來的各國來賓。菜色重現各式日本所能見到的料理，

當初只是聽說魔王利姆路的事，原本以為跟夥伴同心協力或許連利姆路先生都能戰勝。但實際目睹發現根本不可能。如今回想起來實在讓人捏把冷汗呢。

開國祭行程表

日程	活動	地點
前日	前夜祭	迎賓館
第一日	演講	議事堂
	音樂會	歌劇院
	武鬥大會預賽	競技場
	技術發表會	博物館
	晚餐會	迎賓館
第二日	武鬥大會正賽	競技場
	晚餐會	迎賓館
最終日	武鬥大會決賽	競技場
	地下迷宮展示會	地下迷宮
	夜會	全鎮

包含天婦羅、壽司、烤牛肉、冰涼的麥酒等等，在其他地方見不到的多種佳餚令賓客們驚訝。除此之外，魔導王朝薩里昂的皇帝艾爾梅西亞、蜜莉姆、芙蕾、卡利翁等魔王一行也來參加，直到很晚依然盛況空前。

深夜時分，利姆路和幹部們確認著慶典的準備情形。武鬥大會的細部事項也決定了，再加上前夜祭

辦得很成功，大家認為一切都很順利。另一方面，摩邁爾對於跟著有所往來的熟識大盤商一同前來的零售商當中，幾乎沒有熟面孔的這件事抱持疑慮……

●開國祭開幕

開國祭終於開幕了。在歌劇院舉辦的音樂會中，塔克多等樂團成員使出渾身解數演奏，更有朱菜彈鋼琴與紫苑拉小提琴的雙重奏，讓聽眾聽到入迷。緊接著是戈畢爾和培斯塔的技術發表會，他們發表一個重大發現，事關希波庫特藥草和魔素的關係，內容讓人目瞪口呆，使會場一片譁然。

第一天的活動大受好評，假扮成聖騎士們的女僕偷偷來參加音樂

老夫製作的壽司在客人之間似乎評價不錯，真是太好了。只是沒剩下下酒菜有點可惜呢。

妾身原本不期待什麼音樂會，看來有點小看他們了。希望一定要讓妾身的部下們聽聽看呢。

PICKUP
日向率先跑去照顧孩子們。陪他們一起練習或是一同遊玩，展現讓人意外的一面。

會的魯米納斯，相當喜歡樂團的演奏，甚至來談希望進行文化交流。作為回報，魯米納斯教利姆路可以稱之為神聖魔法原理的「信仰與恩寵的奧祕」。

除此之外，他們還提供溫泉和各種遊樂設施、餐飲店等等，從王公貴族至庶民，來訪者都能充分體驗魔國的魅力。

另一方面，為開國祭準備必要物資的零售商，大部分都前來要求用矮人金幣支付貨款。由於魔國聯邦無法用擁有的古代王國金幣和星金幣支付，這樣下去將面臨讓利姆路在國際社會上失去信用的危機。利姆路認為有可能是某人在背後操縱，他一面思考對策，同時也豁出去，認為若有什麼萬一就讓對方遵守魔國的規矩。

金幣事件沒想到竟是羅素一族的陰謀……那時實在膽顫心驚，但利姆路大人看破這一切，那慧眼令人佩服至極。

PICKUP
培斯塔跟戈畢爾的研究發表，可說是劃世紀新發現。各國參加者和利姆路都大吃一驚。

●武鬥大會和迷宮展示會

在篩選武鬥大會參賽者的時候，考量到跟外來參賽者之間的實力差距，利姆路決定不讓戰鬥力較高的紅丸、紫苑和迪亞布羅參加。新設立四天王和高階密探等職位，被指派擔任的人不能參加大賽，最後魔國聯邦推選出來的代表決定為蓋德和哥布達。

隔天武鬥大會開幕，蓋德輸給神祕的蒙面獅子，魔國聯邦只剩下哥布達。另一方面，正幸靠著「英雄霸道」的效果順利過關斬將。而打贏蓋德的蒙面獅子其實是前魔王卡利翁。哥布達贏過這個魔王卡利翁，讓大家跌破眼鏡，最後的決賽變成正幸對哥布達。

在決賽之中，哥布達發動新的力量「魔狼召喚」，跟蘭加合體。哥布達獲得強大的力量，卻沒辦法控制自己的能力，最後衝到場外。雖然如此，由於正幸棄權，最終哥布達獲勝。觀眾們大大稱讚正幸格調高，正幸則因不必跟魔王利姆路

武鬥大會

參賽者超過兩百人。預賽分六組進行淘汰賽。正賽留下過關斬將的六人，另外加上蓋德和哥布達兩名種子選手，進行錦標賽。

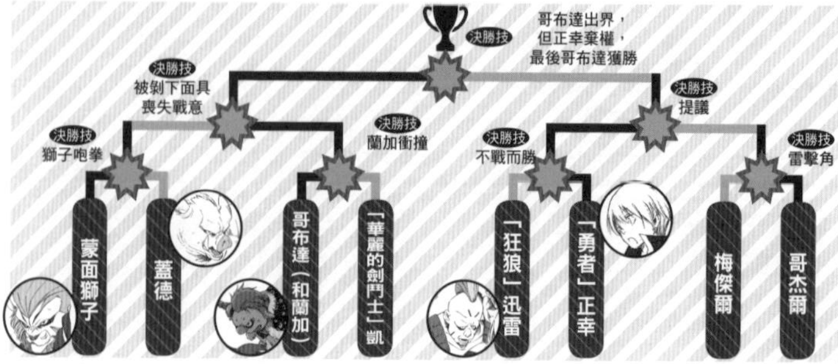
決勝技
哥布達出界，但正幸棄權，最後哥布達獲勝
決勝技
被剝下面具喪失戰意
決勝技
提議
決勝技
獅子咆拳
決勝技
蘭加衝撞
決勝技
不戰而勝
決勝技
雷擊角
蒙面獅子
蓋德
哥布達（和蘭加）
「華麗的劍鬥士」凱
「狂狼」迅雷
「勇者」正幸
梅傑爾
哥杰爾

對戰而鬆了一口氣。

武鬥大會之後，利姆路跟正幸一起用餐。兩人趁這時候敞開心胸說話，利姆路拜託正幸幫地下迷宮打廣告。接著讓正幸等人和愛蓮等人共計四個隊伍去迷宮做測試，再用巨大螢幕對外公開測試情況。攻略迷宮的情況和「復生手環」的效果等，都令許多觀眾和冒險者們為之狂熱，人們愈來愈期待迷宮對外正式開放。

●開國祭閉幕

在開國祭營運的同時，利姆路等人也以蓋札王為主，從各方面調度矮人金幣。然而相對於應該要支付的金額，蒐集到的金幣實在太少。就在這時，魔導王朝薩里昂的艾爾梅西亞提議幫忙。聽說矮人金幣不足的事件後，艾爾梅西亞提出條件「下次若還有這樣的活動也要讓她參加」，願意讓他們用星金幣兌換矮人金幣。

迷宮展示會

參賽者	細節
隊伍「轟雷」 巴森、葛梅斯 以及另四人	用很亂來的方式攻略，接近結束時兩人死亡。迷宮管理者讓他們強制歸還。
自由公會 愛蓮、卡巴爾、基多	（用吉田先生製作的點心）賄賂菈米莉絲獲取情報。輕鬆攻略到第五層。然後透過回歸哨子回到地面上。
隊伍「閃光」 正幸、迅雷、 邦尼、裘	利用掉落陷阱來到第十層。打倒樓層守護者大蜘蛛（黑暗蜘蛛）。拿到金色寶箱後歸還。
「華麗的劍鬥士」 凱	抵達第十層，但因不遵守規則，結果被迷宮管理者打倒。在地面上復活。

在決賽的時候看到哥布達出奇不意地滑鐵盧，真的瞬間不爽！但在那之後我就親自狠狠鍛鍊他！

而後，開國祭即將閉幕時，人們提及造成問題的支付事件。果然是有人企圖貶低利姆路的身價，主謀就是卡斯通王國的莫查公爵。然而在艾爾梅西亞的幫助下，魔國聯邦已經事先準備好矮人金幣，順利完成交易。利姆路表示信用是建立在彼此的信賴關係上，宣稱以後再也不會跟這次事件有關的商人們貿易。而且藉由莫查為了保身而叫來的各國記者之手，他的陰謀被廣為宣傳，從此失勢，同時利姆路和魔國聯邦在國際社會上遵守了信用。如此這般，開國祭順利閉幕。

至於在莫查背後操縱的幕後黑手，是在暗中支配西方諸國的羅素一族成員瑪莉安貝爾。瑪莉安貝爾下定決心，認為還是要自行出動才行。一個月之後，魔國聯邦收到來自西方諸國評議會的信件……

LEVEL UP!

利姆路

魔國聯邦正式發表開國宣言！
魯米納斯教導「信仰與恩寵的奧祕」！
哥布達在武鬥大會上獲得勝利！
閃光的勇者正幸等人成為夥伴！
制裁那些耍陰險手段的傢伙！

不愧是蓋札小老弟的師弟，利姆路先生辦事挺牢靠的呢。好像還把耍陰險手段的商人們反將一軍，這國家今後的發展值得期待。

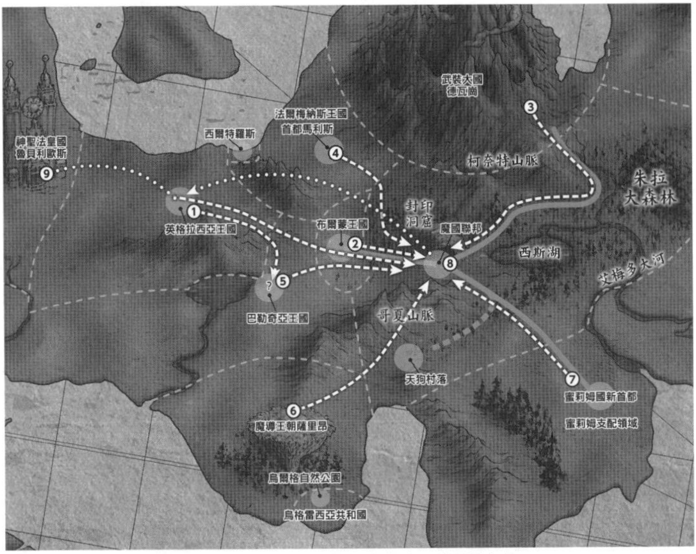

① 正幸在巴勒奇亞王國捲入騷動之中
② 布爾蒙王跟利姆路會談
③ 蓋札王走陸路前往魔國聯邦
④ 尤姆王前往魔國聯邦
⑤ 正幸前往魔國聯邦送回長耳族奴隸
⑥ 前夜祭時，薩里昂皇帝搭乘飛龍船抵達
⑦ 魔王蜜莉姆一行人抵達魔國聯邦
⑧ 開國祭開幕
⑨ 魯米納斯扮成聖騎士阿爾諾和巴卡斯的女僕前往魔國聯邦

利姆路哥布達的 隨想回憶錄 9

「白熱化！武鬥大會」

魔國聯邦總算對外發表建國消息！真希望有各式各樣的人前來參加呢。

對啊，能夠走到今天都是多虧大家的努力。也希望讓其他國家的人看見你們的努力。

我也在武鬥大會上贏得優勝，這樣利姆路大人應該也會稍微認可我了！

少得意忘形。如果正幸沒有棄權，你就是出界輸掉比賽啦。

嗚嗚……利姆路大人果然很嚴厲……

10 STORY DIGEST 魔人暗躍篇

利姆路探尋與西方諸國的融合之道，主謀開始行動

●在背地裡搞鬼的人們

優樹認為開國祭上發生的事情會讓利姆路懷疑自己，因此定下方針，決定表面上不要跟利姆路為敵，要維持互相協助的關係。之前一直讓達姆拉德處理魔王雷昂要的「特定機密商品」——也就是透過不完全召喚叫來的未滿十歲的異界訪客孩童，優樹決定讓小丑幫的三名成員接手。緊接著，卡嘉麗提議利用阿姆利塔的古代遺跡讓利姆路踏進陷阱。魔王卡札利姆重現了長耳族過去創造的古代超魔導大國王都——這座都市就是阿姆利塔，其遺跡裡頭有著強大的防衛機構。就算沒辦法打倒利姆路，優樹也表示想先掌握對方的戰鬥能力，便同意卡嘉麗的提案。

開國祭之後又過了十幾天，前來造訪魔國聯邦的來賓也都離開城鎮。艾爾梅西亞在利姆路的城鎮買下別墅，設置了傳送魔法陣，準備隨時都能來這個地方。此外，如今各種陰謀背後很可能都有優樹存在，利姆路不打算讓孩子們回到優樹身邊，於是就讓留在鎮上的日向

PICKUP
雖然做菜的本領還有待加強，但紫苑似乎已經很會泡茶了。味道連迪亞布羅都掛保證。

多虧正幸提出很棒的提案，冒險者們也持續進行迷宮攻略呢。這樣我出場的日子應該也近了吧？嘎——哈哈哈！

關於我轉生變成史萊姆這檔事
10
Regarding Reincarnated to Slime
伏瀨
發售日：2018年8月16日
定價：NT$320/HK$98

STORY DIGEST 10

照顧孩子們。

●地下迷宮實驗性開放

地下迷宮變成魔國聯邦觀光焦點的實驗性開放第一天。挑戰者的水準比想像中更低，陸續出現淘汰者。利姆路等人花了三天觀望情形，但都沒出現來到第五層安全地帶的冒險者。這樣下去利姆路擔心迷宮的難度會被人們誇大，將不再有挑戰者出現，於是接受正幸的提議，在迷宮內部實施教學模式。此外還取消安全地帶，改成製作通往休息地點的門等等，大幅度改裝迷宮內部的構造。

隨著討伐各個樓層的關卡魔王，獎金就會增加，突破最底層的人能夠獲得星金幣一百枚，還有權利挑戰魔王利姆路——最後變成如此破格的設定。其實這是故意灑出去的誘餌，讓貴族因為獎賞上鉤，僱用厲害的冒險者們挑戰迷宮。正好這個時候，冒險者巴桑等人在迷宮裡頭獲得稀有裝備蔚為話題。迷

PICKUP

接受蜜莉姆實戰訓練的哥布達。他跟蘭加「同化」並獲得「賢者」技能，實力突飛猛進。

在大家的提議之下，我的迷宮逐漸成長，好開心喔！這是因為我為了讓大家開心，做了很多努力喔！

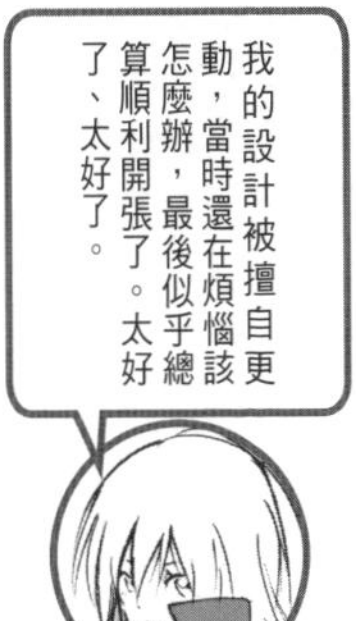
我的設計被擅自更動，當時還在煩惱該怎麼辦，最後似乎總算順利開張了。太好了、太好了。

宮的難易度經過大幅調整，教學模式也頗受好評。先把道具等物品買齊再挑戰的參加者變多了，為城鎮帶來很大的經濟效益，迷宮周邊開始變得熱鬧起來。改裝之後，過幾天就出現突破第十層的冒險者，並出現使用精靈魔法三天就來到二十層的隊伍，因此利姆路等人更進一步做出調整，創造沒有精靈的區域來當對策，還為了等級較低的冒險者讓魔物被打倒之後會掉落道具，

讓迷宮挑戰者們將在迷宮得到的報酬逐漸投入經濟運轉中，再度整頓裝備挑戰迷宮，創造一個良好的循環。利姆路跟摩邁爾聊起未來展望，說希望迷宮營運能夠讓整個世界對魔國聯邦逐漸產生信用。

利姆路想為了迪亞布羅攻略法爾姆斯王國等事蹟給予獎勵，就問本人想要什麼，結果他說想要部下。迪亞布羅說會帶一些認識的惡魔過來，利姆路答應準備一千個依附用的肉體。

當利姆路忙著製作依附用肉體時，收到了出現突破第三十層的隊伍的報告。那個隊伍「綠亂」的隊長謊報實力，攻略方法也遊走在規定邊緣。而且幾天前日向單獨挑戰迷宮，雖然被維爾德拉打倒，但還是來到最底層，因此所有樓層的

利姆路等人的「假魔體」

為了討伐隊伍「綠亂」而組成。不知不覺間被冒險者稱之為「喚來死亡的迷宮意志」，成為大家恐懼的對象。

利姆路	身上有藍白火光的幽靈　著重魔法、精神攻擊	
	職業	法術師→目標為魔導師
	裝備	死神鐮刀、冥府之衣
維爾德拉	黃金骷髏骸骨劍士　萬能型	
	職業	重戰士→目標為魔法戰士
	裝備	死神單手劍、冥府全身鎧、獄門大盾
蜜莉姆	紅色史萊姆　靠高速移動一擊必殺	
	職業	暗殺者　通稱「紅色流星」
	裝備	死神一擊、紅色羽衣
菈米莉絲	重裝魔動鎧　不用腦的誘餌擔當	
	職業	狂戰士　通稱「瘋狂的重裝魔動鎧」
	裝備	死神大斧、重裝全身鎧

魔物首領都無法作用。這個時候利姆路就用了親自發明的模擬靈魂容器，統稱「擬造魂」，打造出屬於利姆路、維爾德拉、菈米莉絲和蜜莉姆的假魔體。四個人附身在魔物身上，拿著黑兵衛製造的裝備闖進迷宮。作為迷宮的新守護者，漂亮妨礙隊伍「綠亂」。

●參加西方諸國評議會

西爾特羅斯王國的公主瑪莉安貝爾是轉生者。前世的她能夠任意操縱金融，支配整個歐洲，如今投胎轉世加入暗中支配西方諸國的羅素一族，在背地活動。瑪莉安貝爾三歲時，她遇到一族的祖先，同時也是前勇者的格蘭貝爾。她擁有身為支配者會有的強大慾望，以及獨有技「貪婪者」，格蘭貝爾認可她當自己的繼承人，包括自己的真面目和魯米納斯教的祕密在內，將知道的事情全都說出來。在那之後，為了實現在羅素一族統

以利姆路大人為首，大家都很適合那些打扮！我也偶爾想穿上跟平常不一樣的衣服看看呢。

PICKUP
在英格拉西亞王國，利姆路買衣服送給朱菜等人。相較於對選衣服非常投入的朱菜等人，利姆路完全交給店員處理。

哦～大家都是俊男美女，穿起來真好看……不過利姆路的衣服，那不是給小孩子穿的嗎？

治下人人平等的世界，兩人通力合作，為了對抗跟他們絕對無法相容的魔王利姆路，開始找尋對策。

距離開國祭一個月。利姆路回應邀約，帶著朱菜和紅丸等人出席評議會。議員們表現出敵意的狀況之中，在智慧之王拉斐爾的協助下，面對所有的質疑，利姆路都保有優勢，還看出這些議員都受到精神干涉，並替他們解除。這個時候英格拉西亞王國的葛芬伯爵和艾洛利克王子聯手，打算將利姆路抓起來，專斷獨行進來攪局。結果被身為第三方見證人的日向和朱菜反制。此外計畫失敗的艾洛利克遭到槍彈襲擊，但是利姆路在千鈞一髮之際阻止暗殺。最後英格拉西亞國王艾基爾登場，宣布要與利姆路和解，收拾這個局面。最後全場一致同意承認魔國聯邦是一個國家，讓他們正式參加評議會，而且將評議會的軍權委讓出去。

●在古代遺跡死鬥

想在議會中狙擊艾洛利克的古蓮妲，擁有能見範圍都是有效射程

西方諸國評議會的陰謀

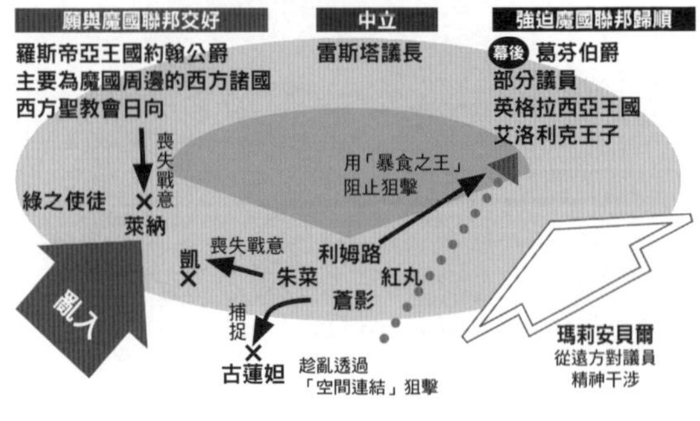
願與魔國聯邦交好
羅斯帝亞王國約翰公爵
主要為魔國周邊的西方諸國
西方聖教會日向
中立
雷斯塔議長
強迫魔國聯邦歸順
幕後 葛芬伯爵
部分議員
英格拉西亞王國
艾洛利克王子
喪失戰意
緣之使徒
萊納
用「暴食之王」
阻止狙擊
喪失戰意
凱
利姆路
朱菜
紅丸
蒼影
亂入
捕捉
古蓮妲
趁亂透過
「空間連結」狙擊
瑪莉安貝爾
從遠方對議員
精神干涉

的可怕獨有技「狙擊者」，卻被使用分身追趕的蒼影抓住。利姆路訊問古蓮妲，並赦免被瑪莉安貝爾進行非同小可的精神支配的古蓮妲。然而古蓮妲無處可去，懇求利姆路僱用自己。利姆路原本想要拒絕，但日向出面說服，因此決定讓古蓮妲當蒼影的部下。同時從古蓮妲那邊得知了五大老的情報，以及優樹一直受到精神支配，將跟卡嘉麗進行的遺跡調查很可能存在陷阱。但利姆路決定設立作戰計畫，企圖刻意露出破綻來引出幕後黑手瑪莉安貝爾。

遺跡調查當日。利姆路和蜜莉姆等人抵達吉斯塔夫，卡嘉麗等調查團一行人受在遺跡上層生活的黑妖長耳族照顧，並解除了術式順利入侵遺跡下層。藉著和精靈通信來到最下層，以蜜莉姆為中心，人們開始蒐集戰利品，調查順利進行。就在這個時候，看似跟維爾德拉擁有同等力量的混沌龍出現。瑪

古代遺跡阿姆利塔利姆路對瑪莉安貝爾

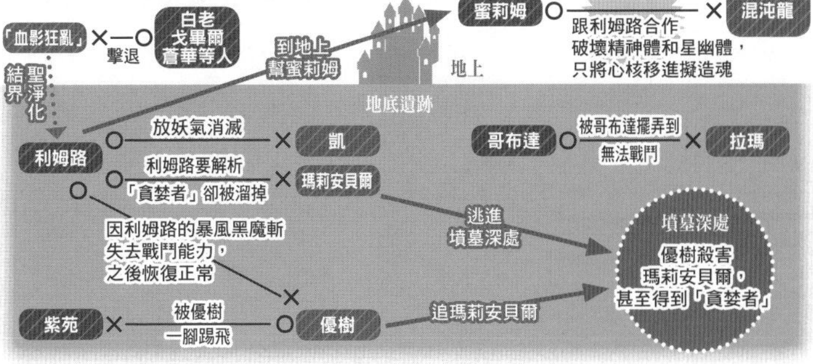

蜜莉姆
混沌龍
跟利姆路合作
破壞精神體和星幽體，
只將心核移進擬造魂
「血影狂亂」
擊退
白老
戈畢爾
蒼華等人
到地上
幫蜜莉姆
地上
聖淨化結界
地底遺跡
利姆路
放妖氣消滅
凱
利姆路要解析
「貪婪者」卻被溜掉
瑪莉安貝爾
哥布達
被哥布達擺弄到
無法戰鬥
拉瑪
因利姆路的暴風黑魔斬
失去戰鬥能力，
之後恢復正常
逃進
墳墓深處
墳墓深處
優樹殺害
瑪莉安貝爾，
甚至得到「貪婪者」
紫苑
被優樹
一腳踢飛
優樹
追瑪莉安貝爾

莉安貝爾和被她操控的優樹在這個時候現身，利姆路一行人遭受夾擊。但是，對擁有究極技能的利姆路來說，瑪莉安貝爾的洗腦沒有任何意義，除此之外，被洗腦的優樹也在卡嘉麗等夥伴的呼喚下恢復理智。將逃進遺跡深處的瑪莉安貝爾交給優樹，利姆路前去支援蜜莉姆。為了拯救以前是蜜莉姆朋友的龍，利姆路提議使用擬造魂，採取只取出龍的靈魂核心的方法。最後順利讓混沌龍復活成別的魔物。

另一方面，優樹殺害逃走的瑪莉安貝爾，奪取「貪婪者」。優樹從一開始就沒有被洗腦。而沒辦法徹底狠下心的利姆路無法殺害瑪莉安貝爾，智慧之王拉斐爾看出這點，才刻意讓優樹那麼做。這下對優樹的懷疑已經成真，利姆路認為這樣下去不行，必須阻止優樹，發誓要讓自己有所成長。

LEVEL UP!

利姆路

艾爾梅西亞在魔國聯邦買下別墅！
迷宮開張！
利姆路參加西方評議會！
古蓮妲加入成為夥伴！
打倒貪婪的瑪莉安貝爾！
救了蜜莉姆從前友人的靈魂！

解說　瑪莉安貝爾的思想

身為轉生者的瑪莉安貝爾利用「貪婪者」力量，就連自己的家族都當成棋子。只有對一族之長格蘭貝爾說出自身記憶和技能力量，跟他合作。她的目的是掌控經濟，支配整個世界。

STORY DIGEST 10

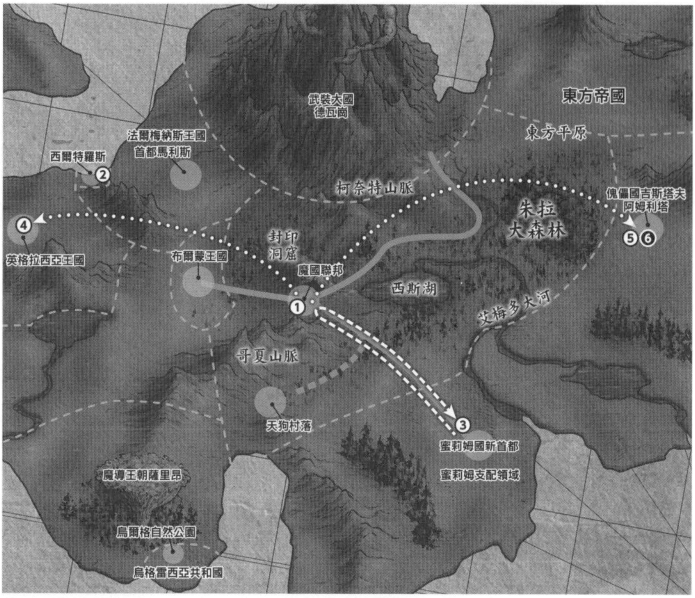
東方帝國
武裝大國
德瓦岡
東方平原
法爾梅納斯王國
首都馬利斯
西爾特羅斯
②
柯奈特山脈
傀儡國吉斯塔夫
阿姆利塔
朱拉
大森林
⑤⑥
④
英格拉西亞王國
封印
洞窟
布爾蒙王國
魔國聯邦
①
西斯湖
艾梅多大河
哥夏山脈
天狗村落
③
蜜莉姆國新首都
蜜莉姆支配領域
魔導王朝薩里昂
烏爾格自然公園
烏格雷西亞共和國

① 迪亞布羅前往冥界
② 瑪莉安貝爾、優樹、約翰進行密談
③ 芙蕾強行帶走蜜莉姆
④ 利姆路為了出席西方諸國評議會前往英格拉西亞王國
⑤ 遺跡調查隊前往傀儡國吉斯塔夫
❻ 利姆路 VS. 瑪莉安貝爾

利姆路哥布達的 隨想回憶錄⑩
「迷宮開張和羅素暗中行動」

迷宮都順利開張了，問題卻接二連三發生呢……

有在意的地方，等問題發生再即時修正就可以了。不過蜜莉姆的老友真讓人吃驚耶。

沒想到她的朋友竟然是混沌龍，蜜莉姆小姐果然不同凡響！

還好有想辦法把靈魂拯救出來。但沒想到優樹竟然背叛了……

聽說他跟利姆路大人來自同一個故鄉，讓人心情有點複雜……

11 STORY DIGEST

勇者覺醒篇

魯貝利歐斯大聖堂展開激烈戰鬥！聖櫃內部不為人知的謎團——

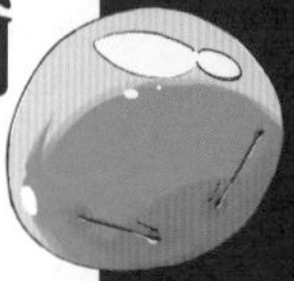

●魔王與小丑

拉普拉斯前去造訪魔王雷昂，表示想要中斷特定機密商品的交易——商品是從另一個世界召喚來的未滿十歲孩童。他說利姆路對西方諸國那邊的監視愈來愈嚴密，東方則正準備打仗，沒有餘力進行不完全召喚。輕率說出打仗這種大事的舉止讓雷昂不信任拉普拉斯，質疑對方是不是有事情瞞著自己。然而到這邊為止的對話都在優樹算計之中。這時拉普拉斯才表明魔國聯邦那邊有五名來自另一個世界的孩子——這都是優樹的策略，為了看雷昂的反應來推測他蒐集孩童真正的目的。

●利姆路忙碌的每一天

瑪莉安貝爾的事件落幕，魔國聯邦暫時恢復和平。眼下利姆路的煩惱，是魔國在西方諸國評議會的影響力增加，但不曉得該推派誰去當國家代表。人才方面沒有半點眉目，他決定晚點再定奪，先去問黑兵衛製作中的新武器開發進度如何。之後還跟蜜莉姆一起參與小龍

關於我轉生變成史萊姆這檔事
11
Regarding Reincarnated to Slime
伏瀨

發售日：2018年11月12日
定價：NT$320／HK$98

魔導列車開發

矮人的精靈工學
（凱金、培斯塔等人）
長耳族的魔導科學
（薩里昂的研究者）
菈米莉絲的精靈魔法
（菈米莉絲、維爾德拉、德蕾妮）
吸血鬼族的物理工學
（超克者）
精靈魔導核完成
解決魔導列車動力問題
魔導列車零號完成

蓋亞的誕生和培育，構想三權分立的國家制度該如何製作並感嘆人手不夠，還去視察獸王國新都市的建設現場、各個方向的街道工程以及法爾梅納斯王國，忙得團團轉。接著回國之後，等待著他的，是在搬移到迷宮第九十五層的研究設施裡，已經完成的「魔導列車」試作車輛。

在這樣忙碌的日子裡，魔王迪諾突然造訪魔國聯邦。他說自己被達格里爾趕出來，希望利姆路可以

養他，利姆路心不甘情不願地接受了，但不工作的人當然沒飯吃。所以他要迪諾協助菈米莉絲正在進行的實驗和作業，事關製作惡魔和樹妖精依附的肉體。這個時候就連維爾德拉也說想要助手，因此就讓以前附在靜江身上的焰之巨人復活。

此時迪亞布羅回來了，他帶回來的七百多個惡魔加入成為夥伴。其中被取名為戴絲特蘿莎、烏蒂瑪、卡蕾拉的三名女孩擁有可怕的力量，利姆路決定讓她們擔任煩惱已久的評議會代表等要職。

●格蘭貝爾來襲

為了實現跟魯米納斯約定好的音樂交流會，利姆路帶著樂團和克蘿耶等人造訪魯貝利歐斯。然而在歡迎他們到來的晚餐會之後，魯米納斯帶來一個情報，那就是格蘭貝

新的惡魔們——黑色軍團

名稱	序列	階級	詳細
迪亞布羅	高階魔將➡惡魔大公	黑暗始祖	四天王之一。善變的怪人，一心追隨利姆路大人。
└威諾姆	高階惡魔➡高階魔將	特殊個體	迪亞布羅的直屬部下。很操勞，會確實完成任務。
戴絲特蘿莎	高階魔將➡惡魔大公	白色始祖	外交武官。有著美麗白髮的高雅才女。
├摩斯	高階魔將➡惡魔大公	大公爵	僅次於始祖的實力派，外觀彷如少年。
└席恩	高階魔將	男爵	從戰鬥到文書工作都難不倒他。
烏蒂瑪	高階魔將➡惡魔大公	紫色始祖	檢察總長。紫髮的英氣女孩。天真無邪卻殘忍。
├維儂	高階魔將➡惡魔大公	侯爵	留著有型翹鬍的老紳士。像個管家。
└祖達	高階魔將	男爵	淡紫色頭髮的廚師。專門煮宮廷料理。
卡蕾拉	高階魔將➡惡魔大公	黃色始祖	魔國聯邦最高法院長官。性情直爽的女孩。
├阿格拉	高階魔將	子爵	白鬍老人。白老覺得他與祖父很相似。
└耶斯普利	高階魔將	子爵	可愛的少女。性格惡劣，很會捧卡蕾拉。

爾開始有些危險的舉動。魯米納斯對於格蘭貝爾與她反目的理由似乎心裡有數，卻沒有告知。然而她還是說出優樹和格蘭貝爾定下協議的事實。

格蘭貝爾以魯米納斯守護的「勇者」沉眠之聖櫃當誘餌，請優樹幫忙。優樹接受請託，放出假消息「利姆路要把孩子們賣給魯米納斯」，讓雷昂採取行動。

接著演奏會當天，格蘭貝爾的人馬終於入侵大聖堂。利姆路和日向前往大聖堂，在入口處迎戰格蘭貝爾和他帶來的異界訪客。當時在大聖堂裡頭的紫苑和迪亞布羅，正跟格蘭貝爾的盟友蟲型魔獸蘭斯洛作戰。然而，利姆路發現迪亞布羅的樣子不對勁，對他說若有事情放心不下可以過去處理。得到許可的迪亞布羅前去尋找出現在荒野上的青之始祖萊茵。但是惡魔之間的對決沒有分出勝負，最後因為金的介入劃下休止符。此外評議會這邊也爆發始祖對決。格蘭貝爾的同志約翰公爵企圖虐殺中樞成員，因此要人召喚出綠之始祖米薩莉。然而戴絲特蘿莎正好身為魔國聯邦的代表在現場，因此米薩莉便什麼也沒做離開現場。

解說 **另一場叛亂**

為了回應格蘭貝爾的期望，羅斯帝亞王國的公爵約翰企圖殺光評議會成員。然而召喚出「綠之神」米薩莉的他們的企圖，輕輕鬆鬆被戴絲特蘿莎阻止。知道那裡有跟自己地位相當的惡魔大公在，米薩莉馬上就撤退了。

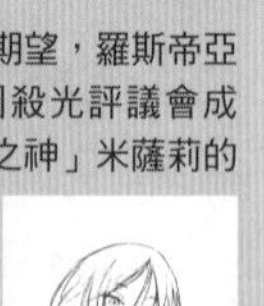

同樣都是始祖，金對待迪亞布羅也沒什麼距離，硬是要對方答應讓他造訪魔國聯邦。

這個時候，魯米納斯預測格蘭貝爾的目的，守在墓室，結果拉普拉斯等人出現在她身旁。雖然他們是幌子，但憤怒的魯米納斯並沒有發現而離開墓室，最後聖櫃落入優樹手中。

利姆路總算癱瘓異界訪客，但這時雷昂出現，讓情況更加混亂。格蘭貝爾出面煽動，想讓雷昂和利姆路對立，不料雷昂在毫無抵抗的情況下接受利姆路的拳頭，利姆路便發現雷昂不是敵人。雷昂也發現這件事情，兩個人心照不宣，決定一起對付格蘭貝爾。

在大聖堂裡頭，利姆路和雷昂假裝對戰，日向被迫對上格蘭貝爾陷入苦戰。這時發現聖櫃消失而勃然大怒的魯米納斯現身。格蘭貝爾回收原本分散的力量，取回年輕肉體，想要跟魯米納斯決一死戰。儘管日向非常激昂，卻完全傷不了格蘭貝爾。最後毫不留情的劈砍揮下，對準的不是日向，不知為何是對著克蘿耶。

當下日向馬上過去保護克蘿

格蘭貝爾反叛、魯貝利歐斯之戰

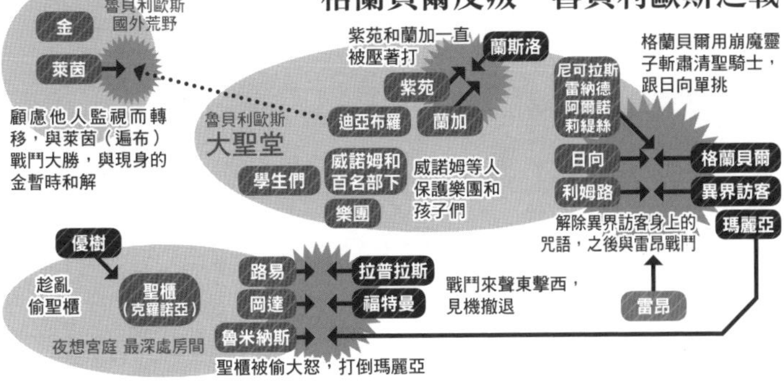
魯貝利歐斯
國外荒野
金
萊茵
顧慮他人監視而轉移，與萊茵（遍布）戰鬥大勝，與現身的金暫時和解
紫苑和蘭加一直被壓著打
蘭斯洛
紫苑
迪亞布羅
蘭加
魯貝利歐斯
大聖堂
學生們
威諾姆和百名部下
樂團
威諾姆等人保護樂團和孩子們
格蘭貝爾用崩魔靈子斬肅清聖騎士，跟日向單挑
尼可拉斯
雷納德
阿爾諾
莉緹絲
日向
利姆路
格蘭貝爾
異界訪客
瑪麗亞
解除異界訪客身上的咒語，之後與雷昂戰鬥
優樹
趁亂偷聖櫃
聖櫃（克羅諾亞）
夜想宮庭 最深處房間
路易
岡達
魯米納斯
拉普拉斯
福特曼
戰鬥來聲東擊西，見機撤退
雷昂
聖櫃被偷大怒，打倒瑪麗亞

耶，結果被劈砍貫穿。日向身負重傷瀕臨死亡，在克蘿耶用手碰到日向的瞬間，克蘿耶就消失了。

日向死亡讓魯米納斯勃然大怒。正準備跟格蘭貝爾一決雌雄，大聖堂卻大爆炸。出現的是釋放巨大妖氣的存在——勇者克羅諾亞。把她偷出來的優樹無法控制勇者。

●勇者覺醒

克蘿耶和日向因為克蘿耶的能力「時空旅行」飛到兩千年前的世界。日向待在克蘿耶的靈魂之中，這才聽說克蘿耶因為那股力量能夠在同樣一段時間之中重複經歷。每次的結局都是悲劇，但就只有這次似乎能夠迎來好的結局。兩人為了能夠抵達與之前相同的未來，決定循著相同路線前進。

首先她們兩人先去拜訪魯米納斯，表示維爾德拉會來襲，贏得信賴後再將一切告訴她。有了魯米納斯的協助，克蘿耶開始用勇者克羅諾亞的身分活動，直到克蘿耶跟雷昂從另一個世界過來。因為同一個靈魂不能存在於同一個時空，因此

克蘿耶和日向的時空跳躍

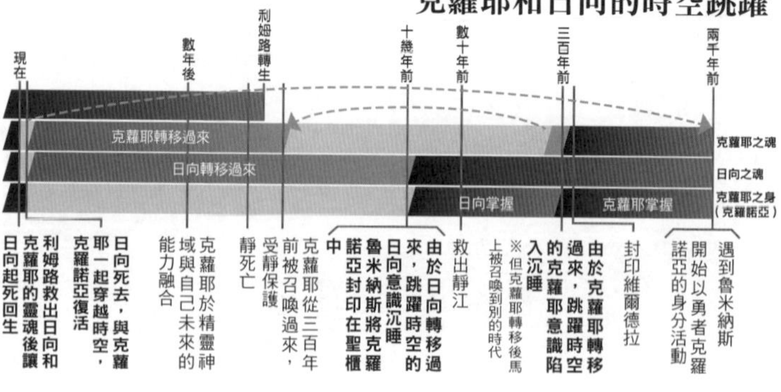

兩千年前
三百年前
數十年前
十幾年前
利姆路轉生
數年後
現在
克蘿耶之魂
日向之魂
克蘿耶之身（克羅諾亞）
克蘿耶轉移過來
日向轉移過來
日向掌握
克蘿耶掌握
遇到魯米納斯開始以勇者克羅諾亞的身分活動
封印維爾德拉
由於克蘿耶轉移過來，跳躍時空的克蘿耶意識陷入沉睡
※但克蘿耶轉移後馬上被召喚到別的時代
救出靜江
由於日向轉移過來，跳躍時空的日向意識沉睡魯米納斯將克羅諾亞封印在聖櫃中
克蘿耶從三百年前被召喚過來，受靜保護
靜死亡
克蘿耶於精靈神域與自己未來的能力融合
日向死去，與克蘿耶一起穿越時空，克羅諾亞復活
利姆路救出日向和克蘿耶的靈魂後讓日向起死回生

克蘿耶的意識消失。被留下的日向開始用那具身體，只是愈來愈難控制勇者克羅諾亞，就拜託魯米納斯把她們封印在聖櫃之中。

另一方面，有了魯米納斯的忠告，利姆路推測克蘿耶跟日向的靈魂就在克羅諾亞體內。既然如此，利姆路打算直接干涉克蘿耶的靈魂，運用「抗魔面具」來壓制克羅諾亞，進入她的精神世界。

這個時候，跟蘭斯洛展開死鬥的紫苑在對戰之中發生變化。她不再羨慕其他人，超越自我，有了這般精神層面的成長，讓紫苑的「鬥鬼化」進化成「鬥神化」，最後總算成功討伐蘭斯洛。

入侵到克羅諾亞的精神世界後，利姆路在幻影靜江的引導下遇到克羅諾亞，聽說克蘿耶的靈魂困在「無限牢獄」之中。同時日向已

因為發生過靜那件事，我還以為沒機會跟利姆路聯手了呢。總算找回克蘿耶，真是太好了。

你一直一個人在找我吧。這真的讓我很開心，但雷昂哥哥對我的事情未免關心過頭了！

似乎發生不少事情，但能夠起死回生太好了。還有……也許那只是幻影，但可以為了當時的事向老師道歉，我很高興。

經死去，就只有她的自我還保存在日向的能力「數學家」之中。靜江出面鼓勵沮喪的利姆路。利姆路這才下定決心找尋方法，讓干涉無限牢獄資訊體的權限從克羅諾亞身上轉移到智慧之王拉斐爾上頭，成功抽取出兩人的意識。利姆路答應一定會拯救日向，並離開精神世界。

當利姆路回歸現實，魯米納斯也戰勝了格蘭貝爾。魯米納斯這才知道格蘭貝爾真正的希望是讓克羅諾亞用正確的方式覺醒，格蘭貝爾想要將希望託付給克蘿耶，魯米納斯因此傾聽格蘭貝爾的心願。

後來魯米納斯跟利姆路合作，透過魯米納斯的能力讓日向順利復活。這個時候日向體內的勇者資質跟克蘿耶體內的資質融合，讓克蘿耶覺醒成為真正的勇者。

LEVEL UP!

利姆路

蜜莉姆的朋友混沌龍轉生！
戴絲特蘿莎、烏蒂瑪、卡蕾拉等人加入成為夥伴！
魔王雷昂成為夥伴！
打倒格蘭貝爾！
克蘿耶覺醒成為真正的勇者！

雖然我是類似幻影的東西，但時隔許久還能跟史萊姆先生見面說話，總覺得好高興。他變很強了呢。

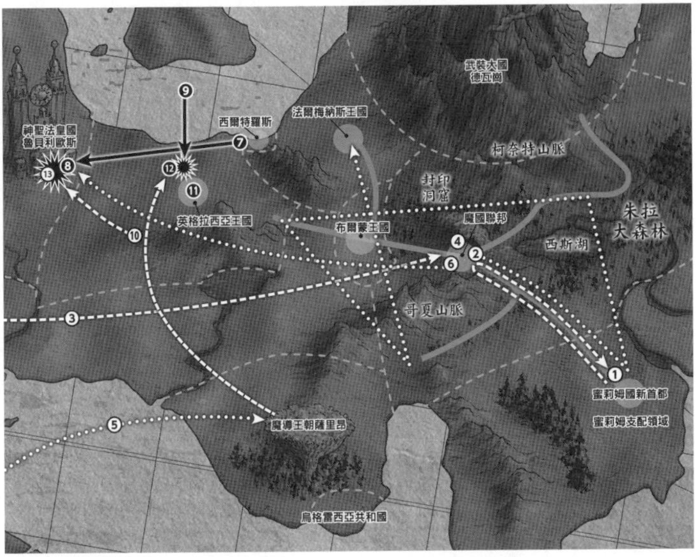

① 蓋亞誕生，回到蜜莉姆身邊
② 利姆路去視察各地
③ 迪諾前往魔國聯邦
④ 迪亞布羅回來
⑤ 雷昂前往薩里昂
⑥ 利姆路等人前往魯貝利歐斯
❼ 格蘭貝爾軍進攻
❽ 聖騎士團和利姆路等人 VS. 格蘭貝爾軍
❾ 北方的惡魔們進攻
⑩ 雷昂前往魯貝利歐斯
⓫ 約翰謀反
⓬ 席恩和魔法士團 VS. 北方惡魔
⑬ 克蘿耶覺醒成為勇者

利姆路哥布達的 隨想回憶錄 ⓫
「西方諸國動亂與勇者覺醒」

沒想到克蘿耶的真實身分竟然是勇者，我好驚訝！

正確說來好像有點不一樣啦。但為了替我們改變未來的克羅諾亞，希望世界能夠變和平。

跟格蘭貝爾作戰雖然很嚴峻，但大家都平安無事，日向小姐也復活，太好了！

格蘭貝爾的目的好像就是想讓克蘿耶覺醒成為勇者呢。

希望他能夠用更和平的手段……

12 STORY DIGEST

戰爭前夜篇

魔國聯邦持續發展 東方帝國的威脅明朗化

●優樹和金

　奪取聖櫃的計畫失敗，優樹一行人逃離魯貝利歐斯。這時不滿他們去投奔東方帝國的魔王金現身。優樹身上有強大無比的獨有技「創造者」，他對這股力量創造出來的「能力封殺」抱持絕對自信。再加上還有與生俱來的超能力，以及從瑪莉安貝爾那邊奪取過來的「貪婪者」，優樹原本認為自己跟別人單挑不會輸……但金實在太過強大，優樹束手無策地戰敗。即使如此優樹也不放棄，提議跟金交易。若是金願意放他們一馬，他們就會從帝國內部搞破壞，優樹認為這跟金的目的不謀而合。不僅如此，最後優樹還放話要打倒金，金似乎很滿意他的提案和膽識，讓優樹等人勉強死裡逃生。

　擺脫困境之後，優樹想要更強大的力量，因此省思自我。接著他以自身的貪婪為糧食，「貪婪者」進化成究極技能「貪婪之王瑪門」，獲得新的力量。

●金的來訪

關於我轉生變成史萊姆這檔事 12
伏瀬
Regarding Reincarnated to Slime

發售日：2019年1月19日
定價：NT$320/HK$105

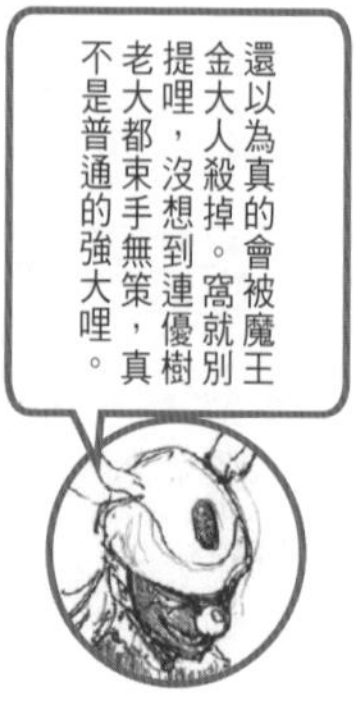

還以為真的會被魔王金大人殺掉。窩就別提哩，沒想到連優樹老大都束手無策，真不是普通的強大哩。

利姆路等人結束音樂交流會回國，隔天就跟魯米納斯、雷昂、日向和克蘿耶等人對談。當場請克蘿耶說出她體驗到的過去，還有克羅諾亞的記憶。這個時候利姆路才知道金原來擔任防止世界毀壞的「調停者」。如此一來，只要克羅諾亞沒有失控，他們就能避免跟金為敵，如此討論的途中，金本人突然來到現場。利姆路得知對方沒有敵意，打算讓金參加，卻在這場騷動之中首次得知迪亞布羅是其中一個始祖惡魔。雷昂和魯米納斯都很傻眼，問他「原來你不知道？」，就連智慧之王拉斐爾也跟著啞口無言。金把迪諾叫來，責備他為什麼沒有阻止利姆路取名字，但迪諾推卸責任說根本無法阻止。被拖下水的利姆路最後也慘遭金說教。

　此外，羅素一族的崩壞，可想而知會使西方諸國內部的權力鬥爭愈演愈烈，金抱怨說那壞了他處在調停者立場想出的計畫，還問利姆路要怎麼負起責任。

解說　曾經發生過的未來

克羅諾亞說出「過去體驗到的未來」如下所述，對利姆路來說相當具衝擊性。

- 維爾德拉被帝國打倒，世界大戰爆發。
- 利姆路的死亡成為導火線，蜜莉姆跟金大戰。
- 利姆路過一段時間後復活，但那個時候魔國聯邦已經毀壞，維爾德拉也消失了。
- 利姆路為了找尋倖存的夥伴，遇見只剩下「破壞意志」並持續作戰的克羅諾亞。
- 克羅諾亞跟金作戰戰敗，在利姆路懷裡死亡的瞬間突然發生某些事情，跳躍到過去（精靈神域）。

維爾德拉根本不相信自己會失控，一臉得意。當然周遭人都冷眼看他。

利姆路正在想辦法，迪亞布羅就插嘴對金解釋利姆路心目中的理想社會。當下有人提議金不需靠恐懼支配，其實可以有新的選擇，所以金和他們約定暫時會觀察利姆路。關於勇者克羅諾亞的真實身分，利姆路、雷昂和魯米納斯合作無間，成功騙過金的法眼。會談過後，大家享用完晚餐，來訪者們就回去了。

跟金等人會談完數個月之後，利姆路每天都致力於整頓、發展首都以及國家內部，矮人王國和英格拉西亞也開始進行魔導列車試營運。另一方面，跟東方帝國開戰感覺即將成真，於是也開始著手重新編整軍事力量。

●開始行動的東方帝國

利姆路等人正完善防衛網之際，帝國也逐漸為侵略行動做準備。帝國奉行絕對的實力主義，兩千年來得以維持體制。而那樣的帝國之所以沒有侵略西方，則是因為

魔國聯邦的軍容與組織圖

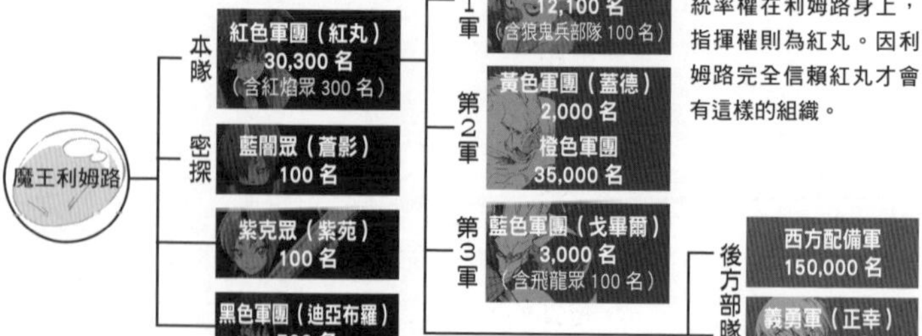
魔王利姆路
本隊
紅色軍團（紅丸）
30,300名
（含紅焰眾300名）
密探
藍闇眾（蒼影）
100名
紫克眾（紫苑）
100名
黑色軍團（迪亞布羅）
700名
第1軍
綠色軍團（哥布達）
12,100名
（含狼鬼兵部隊100名）
第2軍
黃色軍團（蓋德）
2,000名
橙色軍團
35,000名
第3軍
藍色軍團（戈畢爾）
3,000名
（含飛龍眾100名）
後方部隊
西方配備軍
150,000名
義勇軍（正幸）
20,000名

魔國聯邦軍體系複雜，統率權在利姆路身上，指揮權則為紅丸。因利姆路完全信賴紅丸才會有這樣的組織。

還沒有準備好討伐維爾德拉，但關於這方面的事情也已經逐步完善。

優樹來到帝國沒多久就當上軍團長，跟祕密結社三巨頭（Cerberus）的達姆拉德、米夏和威格會合。聽說利姆路打造出固若金湯的防衛體制，優樹認為有必要重新規劃戰術，但一方面也很期待帝國和利姆路對決會出現怎樣的結果。他打算讓帝國跟西方諸國相爭，趁機對帝國當頭棒喝。這樣的優樹在帝國之中特別警戒三個人。其中一人是大魔法師蓋多拉，另一個是帝國情報局局長，名叫近藤的男人，最後一人是皇帝的左右手，被稱作「元帥」的人物。若是要在帝國境內發動政變，這三個人必定會構成阻礙，優樹打算首先讓對西方懷恨在心的蓋多拉對上利姆路，將之排除。優樹決定將工作交給三巨頭，暫且養精蓄銳。

得到西方情報的蓋多拉，其目的是驅逐魯米納斯教，還有對殺了好友的七曜大師復仇。首先為了攻略魔國聯邦，他從優樹收留的異界訪客之中選出自己鍛鍊的真治、馬克和申，讓他們去調查迷宮。明知優樹計劃政變，蓋多拉還是故意接受討伐魔國聯邦的任務，是因為總之先把可恨的魯米納斯教搞垮也好。蓋多拉不恨利姆路，但不排斥打倒跟魯米納斯合作的利姆

不曉得利姆路先生身邊怎麼會聚集那麼多強者呢。沒關係，就先暫時讓我觀望魔王和帝國的對決吧。

解說 **帝國軍**

帝國利用被召喚過來的異界訪客和其知識，擁有融合科學技術和魔法製造出來的多種兵器，並確立活用這些兵器的戰術。具備機械化士兵以及戰車等等的「機甲軍團」、從各地蒐集魔獸並分析 DNA，進行強化培養並使喚這些生物的「魔獸軍團」，以及擁有突出技能的異界訪客和特別凶暴的魔獸所組成的「混合軍團」。這三種主力軍團就是其成果。接著從中選出百名具有實力者，被稱作帝國皇帝近衛騎士團，受人畏懼。

路。

送走真治他們之後，蓋多拉前往法爾梅納斯王國，打算跟徒弟拉贊打聽情報。接著從拉贊那邊聽說七曜大師已經全滅，這才曉得自己被知曉此事卻沒說的優樹利用了。除此之外還得知一些始祖惡魔加入魔國聯邦，讓他因恐懼面色鐵青。

另一方面，來到首都利姆路的真治等人順利攻略迷宮。利姆路收到報告後察覺他們三個是異界訪客，懷疑他們有可能是間諜。三人在第六十層輸給阿德曼等人，向優樹稟報對方有多強後便等待蓋多拉抵達。然而來到這邊的蓋多拉卻臣服利姆路。知道好友阿德曼在利姆路這邊過得很好，蓋多拉認為自己對帝國已經仁至義盡，便爽快地轉而投靠魔國聯邦。對他這樣的態度苦笑之餘，利姆路暫時先試著僱用蓋多拉，要他回去帝國進行反戰活動，若是難以迴避戰爭，再把帝國那邊的人引誘到迷宮之中。

●戰爭的腳步聲逼近

在魔國聯邦的地下迷宮裡頭可以獲得未知的武器和魔晶石——機甲軍團長卡勒奇利歐對此深信不疑，在御前會議上強力主張入侵魔國聯邦。蓋多拉按照利姆路的指示反對侵略行動，但其他人罵他是懦

解說　炙烈的排行系統

帝國軍奉行「力量就是一切」的絕對實力主義，總是競爭激烈。軍團內部有排行，在第三者的見證下，認可位階較低的人挑戰上位者，這就是排行爭奪戰。負責守衛皇帝的帝國皇帝近衛騎士團，都是僅從各個軍團選出上位者組成。而排行最高者將會成為「元帥」，此外還會經由皇帝指名選出三個「大將」，按照慣例讓他們擔任三個軍團的軍團長。

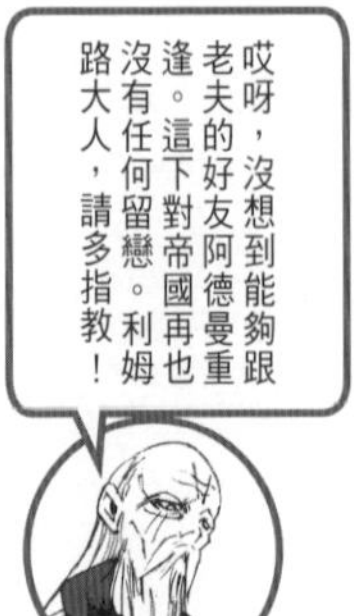
哎呀，沒想到能夠跟老夫的好友阿德曼重逢。這下對帝國再也沒有任何留戀。利姆路大人，請多指教！

夫，並沒有採納意見。蓋多拉思考，既然如此就跟優樹一起將大家的注意力轉向迷宮。正當會議陷入一片爭執，元帥突然在這個時候參與議論。她問卡勒奇利歐有何對策對付維爾德拉，卡勒奇利歐說只要利用戰車之類的兵器，就連龍種都能夠壓制。緊接著優樹提議可以同時進攻矮人王國，而元帥指示魔獸軍團長格拉帝姆從北邊直接入侵英格拉西亞，決定採取三方同時侵略的作戰計畫。

開完會後，跟優樹會談的蓋多拉提及，至今為止都不會插嘴軍事事務的元帥積極下達作戰指令很可疑。話雖如此，由於成功讓帝國軍的注意力放到迷宮上，蓋多拉便告知優樹自己接下來要離開帝國。接著作為最後一次盡忠，蓋多拉去見皇帝魯德拉提出反戰訴求，卻被此時現身的近藤用槍對準。然而貫穿他身體的並不是子彈，而是從背後來襲的刀。

另一方面，在魔國聯邦，利姆路已經完成用來監視的魔法「神之眼(ARGOS)」，還設立管制室，要強化對國家內部的監視，確認預計會成為戰場的迷宮內部。原本在煩惱該何去何從的真治三人組也正式加入魔國聯邦，協助菈米莉絲的研

帝國侵略作戰

機甲軍團 戰車師團和飛行兵團從大森林向德瓦崗聖德拉爾進攻。機甲改造兵團目的地為魔國聯邦。

混合軍團 朝德瓦崗伊斯特進攻。

魔獸軍團 奇襲西方諸國。

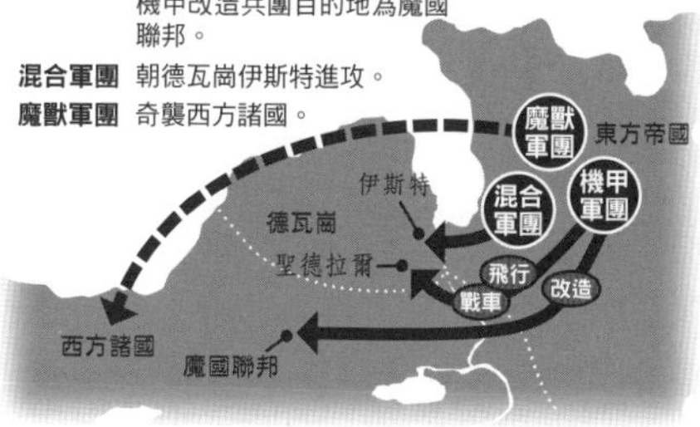
魔獸軍團
東方帝國
機甲軍團
混合軍團
伊斯特
德瓦崗
聖德拉爾
飛行
戰車
改造
西方諸國
魔國聯邦

最後變成背叛帝國讓人過意不去，但很慶幸能夠搬到魔國聯邦居住！

究。此外照理說應該被暗殺掉的蓋多拉，也靠著事先準備好的魔法回到迷宮內部復活。利姆路聽完蓋多拉所述，確認帝國將實施侵略作戰計畫，便召集所有幹部。擬定各式各樣的對策，準備應付戰爭。

元帥的真面目其實是龍種灼熱龍維爾格琳。對皇帝魯德拉和維爾格琳來說，所謂的戰爭就是維持平衡，避免世界滅亡，同時找來棋子爭奪霸權，是跟魔王金玩的一場遊戲。已經蓄積完力量的魯德拉認為現在正是跟金一決勝負的好機會。如此這般，史無前例的大軍開始入侵魔國聯邦。

LEVEL UP!

利姆路

優樹獲得究極技能「貪婪之王」！
暫時跟金和解！
著手進行跟帝國戰爭的準備！
正幸變成義勇兵團的領導者！
蓋多拉等人加入成為夥伴！

完全變態後，變成人型的賽奇翁，和姿態有如女性一般美麗的阿畢特。其力量也提昇許多。

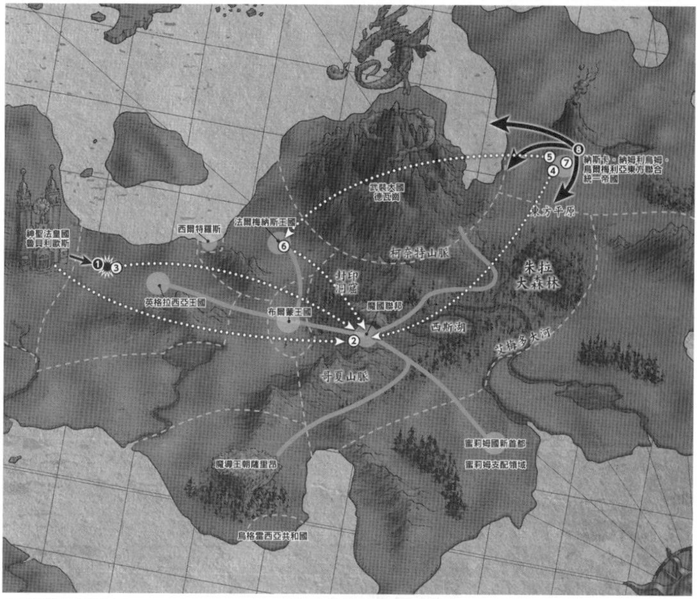

❶ 優樹遭遇到金
② 利姆路一行人返回魔國聯邦
③ 金造訪魔國聯邦
④ 真治等人潛入魔國聯邦
⑤ 蓋多拉前往法爾梅納斯
⑥ 蓋多拉等人覲見利姆路
⑦ 東方帝國召開御前會議、蓋多拉遭暗殺
❽ 東方帝國開始進軍

利姆路哥布達的

隨想回憶錄⑫

「與魔王和平共處和戰爭準備」

多虧克蘿耶，才能跟雷昂建立起友好關係，目前也暫時跟金休戰，太好了。

看到金先生跑來魔國聯邦，我差點嚇到尿褲子。

你好歹是四天王之一，振作點好嗎？不過結束跟格蘭貝爾的對決，西方才安定下來，沒想到這次換成東方帝國。真希望能夠稍微喘口氣。

不過多虧這樣，蓋多拉先生他們變成夥伴了！原本跟阿德曼先生是好友令人意外，但夥伴能夠待在一起才是最棒的！

13 STORY DIGEST

帝國侵略篇

百萬帝國軍逼近！魔物們受利姆路命令出面迎擊

●戰火點燃

把所有人找來開對策會議之後，時間過了一個月。這段期間，魔國聯邦都在監視帝國軍的動向。帝國軍蓋斯特中將率領的「魔導戰車師團」，為了讓人見識他們的厲害，在國境地帶的平原上悠然進軍，還在距離德瓦崗中央都市三十公里外的地點布署兩千台魔導戰車。另一方面，步兵小隊陸陸續續向著森林之中進軍。這是總指揮官卡勒奇利歐大將率領的「機甲改造兵團」。這才是主要部隊，占總兵力約莫七成——也就是七十萬大軍。還讓戰車部隊當誘餌先行，在距離首都利姆路三十公里處布陣。

這些動作都受到利姆路的「神之眼」監視，再加上有蒼影等偵察兵蒐集情報，幾乎完全在掌控之

PICKUP

戈畢爾得到龍人族的固有技能「龍戰士化」。這股力量甚至直逼前魔王卡利翁和芙蕾。

故意承受敵人的魔法攻擊來進行魔法抗性實驗，成果豐碩！……利姆路大人？為、為何如此憤怒？

伏瀨
轉生
史萊姆
13

發售日：2019年8月1日
定價：NT$320/HK$107

中。利姆路派出哥布達率領的第一軍團、戈畢爾率領的第三軍團到德瓦崗支援，還派出監察官兼情報武官的戴絲特蘿莎和烏蒂瑪。利姆路在管制室與蓋札王進行最後討論，確認德瓦崗是否要以同盟國身分參戰。最終派出戴絲特蘿莎作為使者，前往蓋斯特所在之處做最後通牒。蓋斯特對最後通牒充耳不聞，執意前進。利姆路因此判斷對方要開戰，進入戰爭狀態。將首都利姆路整個城鎮搬進地下迷宮，地面上只留下通往迷宮的大門。

戰爭開打後愈演愈烈。魔導戰車的砲擊威力極度強大，哥布達等人一邊使用影瞬，一邊跟戈畢爾等人的空中攻擊相呼應，與之抗衡。然而蓋斯特讓戰車緊密相連，採取要塞化陣型，還狠下心發動連自己人都不放過的機槍掃射攻擊以及砲火轟炸。除此之外，法拉格少將更率領「空戰飛行兵團」的百艘飛空艇參戰。還運用新型兵器「魔素擾亂放射」限制影瞬和飛行，魔國聯邦軍團陷入苦戰……

由於看到己軍開始出現傷亡，利姆路便動搖了。說出想要上戰場這種話，但是被紅丸制止，對於部下們要守護自己的異常強烈覺悟有所自覺，再次下定決心要接受他們的這份心。接著利姆路便對部下們下達命令，要「盡全力擊潰敵人」。

●魔物們拿出真本事

接獲利姆路的命令，魔物們紛紛中斷「假裝戰敗」的作戰計畫。至今為止的苦戰都是為了引出更厲害強者的偽裝作戰。從此戰況出現轉折。哥布達跟蘭加進行「魔狼合一（變身）」，將戰車部隊打得落

聽說飛龍眾只要對魔素灌注念力就能變強？哦──聽到了好消息。就讓我來鍛鍊他們吧？

魔國聯邦 VS. 東方帝國　國境之戰

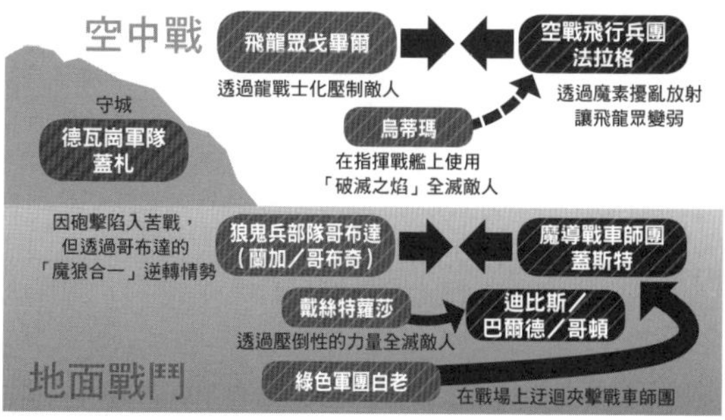
空中戰
飛龍眾戈畢爾
透過龍戰士化壓制敵人
空戰飛行兵團
法拉格
透過魔素擾亂放射
讓飛龍眾變弱
守城
德瓦崗軍隊
蓋札
烏蒂瑪
在指揮戰艦上使用
「破滅之焰」全滅敵人
因砲擊陷入苦戰，
但透過哥布達的
「魔狼合一」逆轉情勢
狼鬼兵部隊哥布達
（蘭加／哥布奇）
魔導戰車師團
蓋斯特
戴絲特蘿莎
透過壓倒性的力量全滅敵人
迪比斯／
巴爾德／哥頓
地面戰鬥
綠色軍團白老
在戰場上迂迴夾擊戰車師團

花流水，至於刻意承受魔法進行抗性獲得實驗的戈畢爾等人則使出「龍戰士化」，開始對飛空艇發動反擊。法拉格不管己軍的飛空艇會遭受波及，選擇使用魔素擾亂放射，但仍無法將戈畢爾打下，因此將對方誤認成維爾德拉。後來以為限制住對方正感到放心，結果烏蒂瑪神不知鬼不覺入侵飛空艇，士兵們全遭虐殺，艦艇因核擊魔法「破滅之焰」爆炸擊沉。至於被哥布達戲弄的蓋斯特部隊，得知飛行兵團全滅後總算下達撤退指令，但已太遲了，遭到前來的戴絲特蘿莎放出核擊魔法「死亡祝福」殲滅。

就這樣，兩個部隊全滅，但卡勒奇利歐對此事不知情，為了攻略迷宮，陸續將七十萬大軍中的五十萬士兵送進迷宮。對於審慎思考該如何不讓自己人出現傷亡的利姆路來說，事情的進展都合乎預期。受到前哨戰的勝利觸發，待機的人

跟帝國軍主要部隊的決戰場所就在迷宮之中。身為管理者的菈米莉絲和最後守護者維爾德拉幹勁十足。

——尤其是負責守護迷宮的迷宮十傑們士氣高昂，總算要開始跟帝國軍的七十萬大軍展開決戰。

迷宮攻防與地面殲滅戰

帝國軍的戰術相當簡單扼要，是利用壓倒性兵力將整個迷宮內部填滿，徹底掠奪。訓練有素的士兵們壓制道路和房間，邊建構據點邊前進。同時獲得寶物，攻略迷宮行動看似進展順利。不過，入侵的帝國士兵們受到菈米莉絲的力量影響，每滿千人就會被分開傳送到不同樓層。他們碰到許多凶惡的陷阱，還有沒完沒了的魔物，逐漸疲憊且人數不斷減少。甚至被可怕的樓層守護者們一一取走性命。

過了七天士兵們還是沒有回來，這讓卡勒奇利歐感到焦急，就讓梅納茲少將當指揮官，編制出約百名的精銳部隊闖進迷宮。其中屬於異界訪客的路奇斯和雷蒙目的在於救出自己的夥伴真治等人，利姆路得知此事就把他們傳送到蓋多拉等人身邊，說服他們倒戈。

其他人也被傳送到各個樓層，

地下迷宮的樓層守護者們

樓層	守護者
第30層	哥杰爾＆梅傑爾
第50層	嵐蛇
第60層	「魔導王」蓋多拉＆惡魔守護巨像
第70層	「不死王」阿德曼＆「死靈聖騎士」艾伯特
第79層	「蟲女王」阿畢特
第80層	「蟲皇帝」賽奇翁
第90層	「九頭獸」九魔羅
第96～99層	火焰龍王、冰雪龍王、烈風龍王、地碎龍王
第100層	「暴風龍」維爾德拉

好了，我也要準備迎戰了！身為迷宮的主宰者，要讓闖進來的敵人嚐嚐恐懼滋味！來吧！放馬過來！

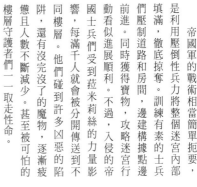

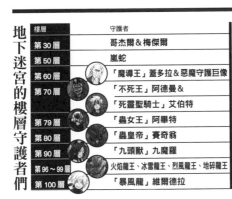

各自的戰鬥都極為激烈。被傳送到七十層的士兵們和阿德曼等人作戰，幾乎全滅。只剩帝國皇帝近衛騎士團的克里斯納、萊海和巴桑三人險勝。第七十九層梅納茲跟阿畢特展開死鬥，最後是以接近平手的方式贏得勝利。

被傳到第九十層九魔羅身邊的是弒母仇人堪薩斯大佐。堪薩斯擁有能將自己殺害之人呼喚出來操縱的力量，他使用將九魔羅的母親叫出來作戰的卑鄙手段，但九魔羅克服這點，打倒堪薩斯報仇雪恨。

最終，梅納茲跟克里斯納等人總算來到第八十層會合，賽奇翁先讓他們充分休息才引導到自己身邊。緊接著，賽奇翁成長茁壯變成連利姆路都感到驚訝的強者，轉眼間殺光梅納茲等人，迷宮內部的敵方勢力被一掃而空。

只剩下地面上二十萬帝國軍。迪亞布羅、紫苑和卡蕾拉主張他們到現在都沒機會大顯身手，拗不過的紅丸將清理戰場任務讓給大家，紅葉自告奮勇說要代替他擔任指揮官。不服輸的阿爾比思也率領獸人軍團參加，目標是贏得完全勝利的殲滅軍隊出擊了。

大家都出動之後，現場只剩下紅丸跟利姆路兩人，這時利姆路突然想到——假如有敵人潛伏在迷宮中，現在不正是好機會嗎？結果被料中。突然偷襲利姆路的是正幸的

PICKUP
正跟帝國決一死戰時，邦尼和裘現出真面目。他們是帝國派來的刺客，一直都在利用正幸。

被不肖之徒殺掉，母親大人的遺骸甚至被玩弄，這份懊惱就讓奴家九魔羅替她洗刷。

竟然將區區一個我誤認成偉大的魔王利姆路大人，這過錯萬死不足惜。

夥伴邦尼。他從一開始就利用正幸窺視這樣的機會。還有另一人袭，正當利姆路納悶她的去向時，心中傳來克蘿耶的警告。多虧如此讓利姆路避開袭的偷襲，撿回一命。

他們兩人的真面目是帝國皇帝近衛騎士團成員，還是之中非常厲害的強者，然而智慧之王拉斐爾分析他們的技能，獲得這方面支援的紅丸和克蘿耶將之擊破。不過那兩人藉著「復生手環」的力量逃到迷宮外面。

這時，跟魔導戰車師團同行的參謀官米夏與卡勒奇利歐會合，他才知道魔導戰車師團跟空戰飛行兵團全滅了。此外，藉助復生手環力量回來的克里斯納，報告迷宮內部自軍全數陣亡……此時卡勒奇利歐終於下定決心撤退，然而一切都太遲了。以使者身分來訪的阿格拉逼他

帝國機甲改造軍團殲滅戰

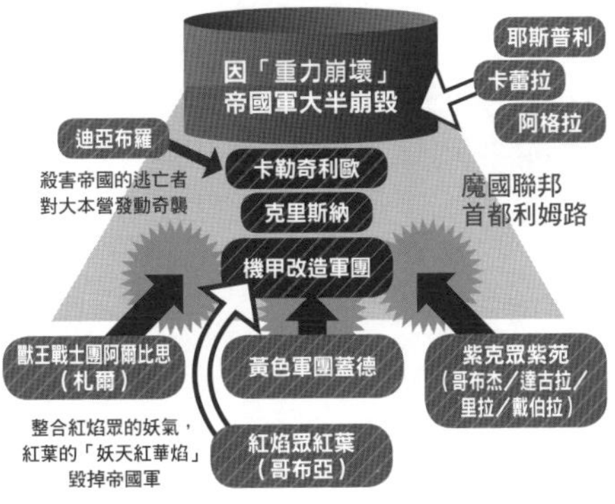
因「重力崩壞」
帝國軍大半崩毀
耶斯普利
卡雷拉
阿格拉
迪亞布羅
殺害帝國的逃亡者
對大本營發動奇襲
卡勒奇利歐
克里斯納
魔國聯邦
首都利姆路
機甲改造軍團
獸王戰士團阿爾比思
（札爾）
黃色軍團蓋德
紫克眾紫苑
（哥布杰／達古拉／
里拉／戴伯拉）
整合紅焰眾的妖氣，
紅葉的「妖天紅華焰」
毀掉帝國軍
紅焰眾紅葉
（哥布亞）

雖然被戴絲特和小蒂搶先，但幸好還有機會挽回。就多放一些核擊魔法，讓主上稱讚我吧！

選擇臣服或抗戰，卡勒奇利歐選擇誓死抵抗，結果遭卡蕾拉放出核擊魔法將殘存兵力的八成瞬間化為灰燼。剩下的人就只能等著被殲滅軍隊殺光。

接著迪亞布羅來到卡勒奇利歐面前。失去一切的悲哀和深深悔恨讓卡勒奇利歐覺醒成為聖人，但是他等級不夠，根本不是迪亞布羅的對手，靈魂因此被奪走。

●復活的人們

照理說已死的卡勒奇利歐不知為何再一次睜開眼睛。在他四周同樣死亡的人們陸陸續續復活。這是利姆路做的。為了避免人們對他們有負面評價或是不必要的憎恨情感，他盡可能讓帝國士兵們藉著「大規模復活術式（Sacred Birthday）」復活。結果卡勒奇利歐不知不覺間開始叩拜利姆路。帝國士兵們心中只剩下對利姆路的感謝和畏懼，再也不想跟他敵對。

帝國發動的魔國聯邦侵略行動到此徹底失敗，就此落幕。

LEVEL UP!

利姆路

重新編制魔國聯邦的軍隊！
紅丸跟利姆路透過靈魂迴廊連結！
邦尼和裘背叛！
打倒帝國軍！
讓帝國的士兵們起死回生並解放他們！

PICKUP

接獲來自利姆路的命令，迪亞布羅開開心心地上戰場。其指尖毫不留情地將敵人的性命奪走。

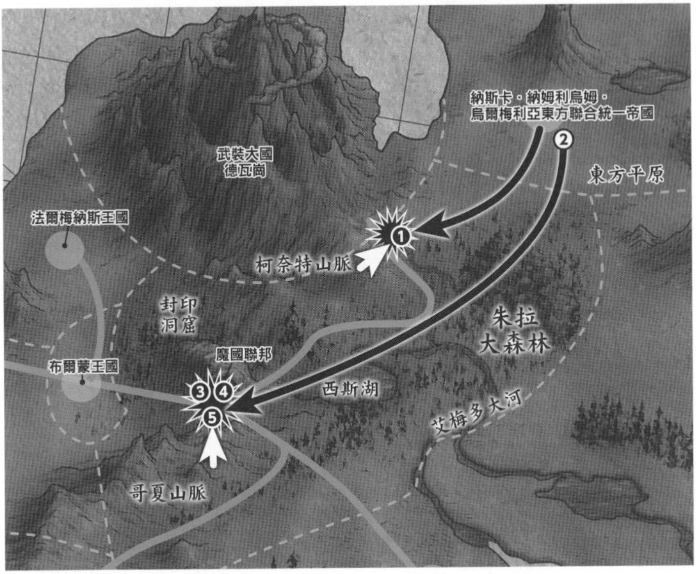
納斯卡・納姆利烏姆・
烏爾梅利亞東方聯合統一帝國
武裝大國
德瓦崗
東方平原
法爾梅納斯王國
柯奈特山脈
封印
洞窟
朱拉
大森林
魔國聯邦
布爾蒙王國
西斯湖
艾梅多大河
哥夏山脈

❶ 魔國聯邦軍隊 VS. 帝國機甲軍團
② 帝國機甲改造兵團進攻魔國聯邦
❸ 在地下迷宮將機甲改造兵團個別擊破
❹ 邦尼和裘對利姆路發動奇襲
❺ 魔國聯邦與蜜莉姆聯軍 VS. 帝國機甲改造兵團

利姆路哥布達的 隨想回憶錄⑬

「激鬥！魔國聯邦VS東方帝國」

那些始祖真是太誇張了……還用核擊魔法，太犯規了吧。

從未聽說戴絲特蘿莎小姐她們這麼危險啊！若是知道，之前露營的時候就不敢跟她們說教了……

原來你對那些傢伙說教了嗎！哥布達老弟，我會替你收屍的……不過這些惡魔不是敵人真的太好了。雖然是自作自受，但我開始覺得帝國軍很可憐了。

但還是讓大多數的人都起死回生了，利姆路大人果然很溫柔！

SPIN-OFF COMIC

漫畫 關於我轉生變成史萊姆這檔事 Regarding Reincarnated to Slime 魔物王國漫步法

看完就會想去魔國！三星級的導覽漫畫

由岡霧硝老師所描繪的番外篇漫畫正在Micromagazine的網路雜誌《Comicride》好評連載中♪

利姆路拜託兔人族少女芙拉美亞製作魔國聯邦的導覽手冊。透過她的採訪，可以得知居民們生活的情形和街道的詳細模樣，有趣之處在於這部作品本身就是魔國的觀光導覽。

⬆➡有販賣各式各樣物品的商店，還有提供罕見食物的攤販等，芙拉美亞遊走在街道間感受熱鬧氛圍。

⬇↘➡有朱菜、紫苑等幹部，加上魔王菈米莉絲和維爾德拉等，也有許多跟重要角色交流的片段。他們的日常生活值得一看！

あの
いかがでしょうか…？
あっ
ああ
パシャ
パシャ
パシャッ
似合ってる
……んじゃないか
波が
呼んでるっす

やっと
アタシの出番が
きたってわけね
ラミリス様！
ややこしくなるので
お控えください…！
名探偵
ラミリス様に
この事件
まっかせなさい！
チャプター19☆END

これがリムルさまの
故郷の花なんですね

注目 POINT

從維爾德拉經營的章魚燒攤販、時髦的精品店，溫暖人心的溫泉到讓人熱血沸騰的地下迷宮，透過芙拉美亞各式各樣的體驗，可以享受到參觀利姆路城鎮各種場所的樂趣。除此之外，大家一起去賞花、去海水浴場，這些在原作小說之中沒有的原創情節也值得一看♪

看樣子芙拉美亞也很享受在這裡的生活，太好了。期待她能夠就這麼製作出彰顯本國魅力的觀光導覽呢！

Contribution 岡霧 硝

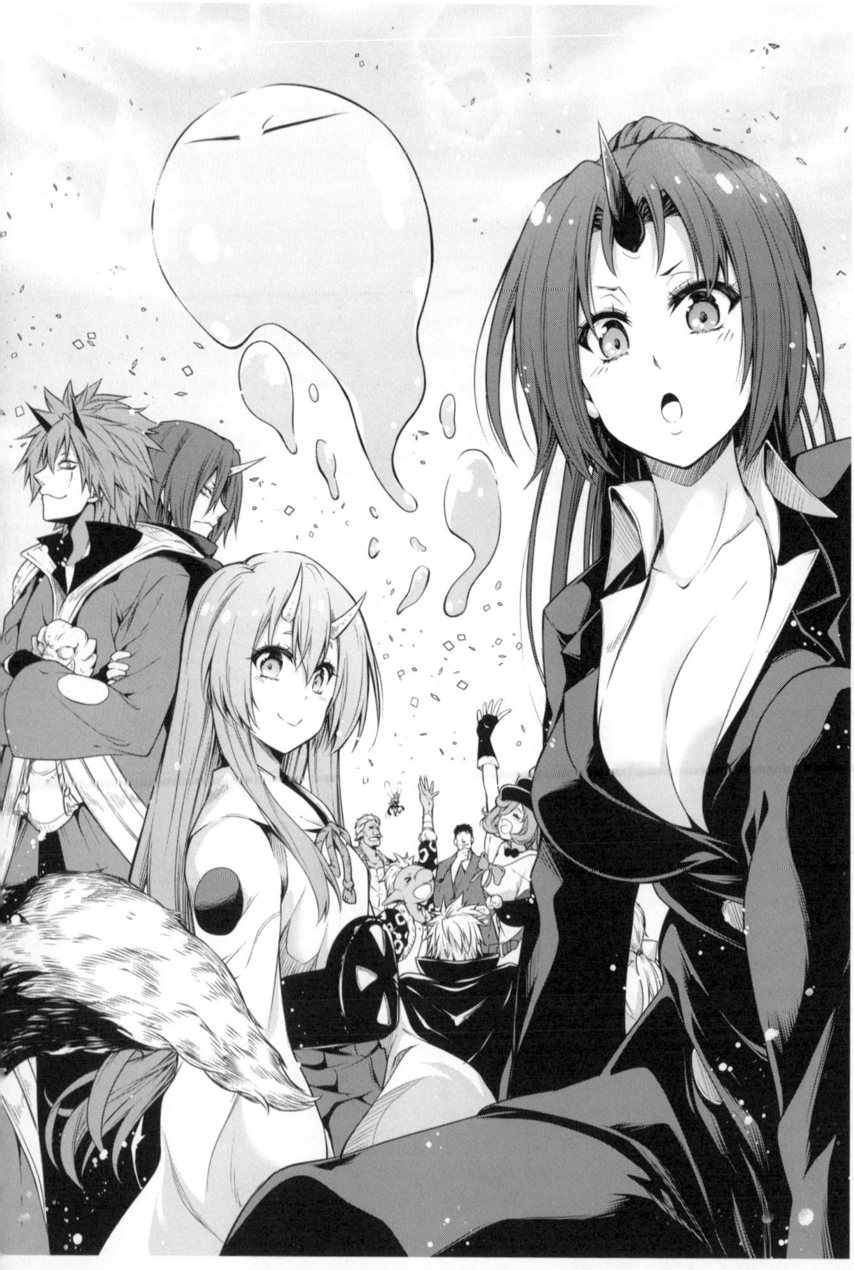

角色紀實

CHARACTERS

魔國聯邦

妖魔族

利姆路・坦派斯特

「我可是非常浪漫的男人喔！」

希望人類和魔物能夠共存 深不可測的史萊姆魔王

在朱拉大森林中，從「封印洞窟」的魔素聚集地誕生的史萊姆。是來自另一個世界的上班族三上悟被暴徒刺殺，轉生後的姿態。

最初遇到的是「暴風龍」維爾德拉，跟他變成朋友還得到名字，之後變成統治魔物的朱拉大森林盟主，更成為朱拉・坦派斯特聯邦國

Topic 1 重生蛻變的史萊姆軀體

外觀上是有彈性又圓滑的淡藍色饅頭。因為是史萊姆的關係，不特別需要睡眠、吃飯甚至是呼吸。不需生殖，所以沒性別之分，但可能因為轉生前為男性，喜歡女生。

Topic 2 目標是過頂級的舒適生活！

利姆路最大的目的就是舒適過生活。而且目標還是要達到現代日本的水準，像是整頓沖水馬桶等基礎設施，尤其對食物特別執著。將自己記得的食物一個接一個重現，也讓日向很傻眼。

的盟主，之後覺醒成為魔王，甚至躍升成「八星魔王」的一員。即使如此，他基本上還是溫和敦厚的和平主義者，是個好好先生，有著一旦被人拜託就無法拒絕的性格，這點從以前還是人類上班族就沒變過。目標是打造出魔物跟人類可以快樂共存的世界，並沒有想要征服世界的野心。然而他擁有的戰力增強，支配的版圖逐漸擴大，跟個人意志無關，不可否認給人感覺正走上霸主之路。

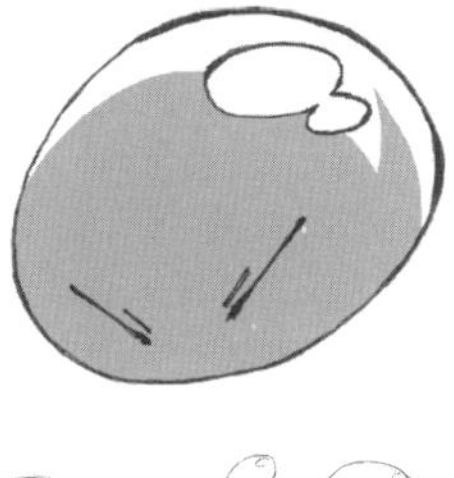

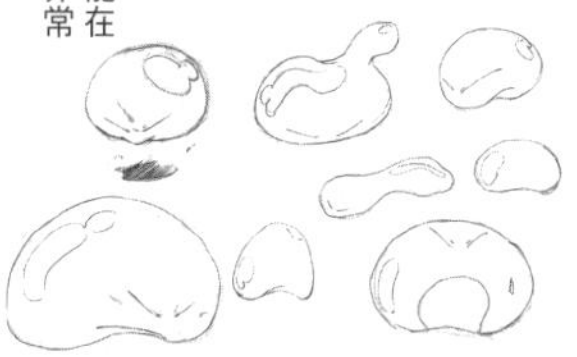

➡可以彈跳移動，形狀也能在某種程度上自由變化。是非常舒適的肉體。

能力
Ability

主要技能等

暴食之王別西卜／智慧之王拉斐爾／暴風之王維爾德拉／誓約之王烏列爾／無限再生／魔王霸氣／萬能感知／多重結界／黑焰雷

轉生的時候獲得「捕食者」，捕食豬頭魔王獲得「飢餓者」，吸收整合之後進化成「暴食者」。而且利姆路進化成魔王的時候，還消費整合「無心者」，轉變成究極技能「暴食之王別西卜」。此外要變成魔王的時候，所有的能力進化，「大賢者」整合「異變者」，進化成「智慧之王拉斐爾」。因此能夠一口氣分析「無限牢獄」，成功解放被囚禁的維爾德拉。透過聯繫靈魂迴廊得到「暴風之王維爾德拉」，還讓「無限牢獄」進化，獲得「誓約之王烏列爾」。

除了技能，也會元素魔法及精靈魔法等魔法。還有透過召喚高階惡魔，對魔國聯邦的軍備強化有莫大貢獻等等，許多能力也在戰鬥之外的場面中活躍。除此之外還擁有各式各樣的抗性，就算受到損害，在還有魔素的情況下，都可以無限再生。

⬆「神怒」轉眼間就毀滅兩萬法爾姆斯軍。是讓無數的水珠反射光芒，同時照射標的物的大規模殺戮魔法。

➡因為有「完全記憶」，只要靈魂沒事，不管要復活幾次都行。

不知是不是原本器量就很大，會乾脆地大膽行事，讓其他人目瞪口呆。為所有變成夥伴的魔物和始祖惡魔取名字就是典型案例。然而這部分吸引了人類、魔物和惡魔們，利姆路身邊匯聚了許多能幫助他的優秀人才。

Topic 3 不能失去的重要夥伴們

利姆路對大部分的事情都很瀟灑，但只有失去夥伴這件事情讓他不能忍受，無法保持心情平靜。所以會成為魔王，最大原因也在於想要復活被虐殺的紫苑等夥伴。

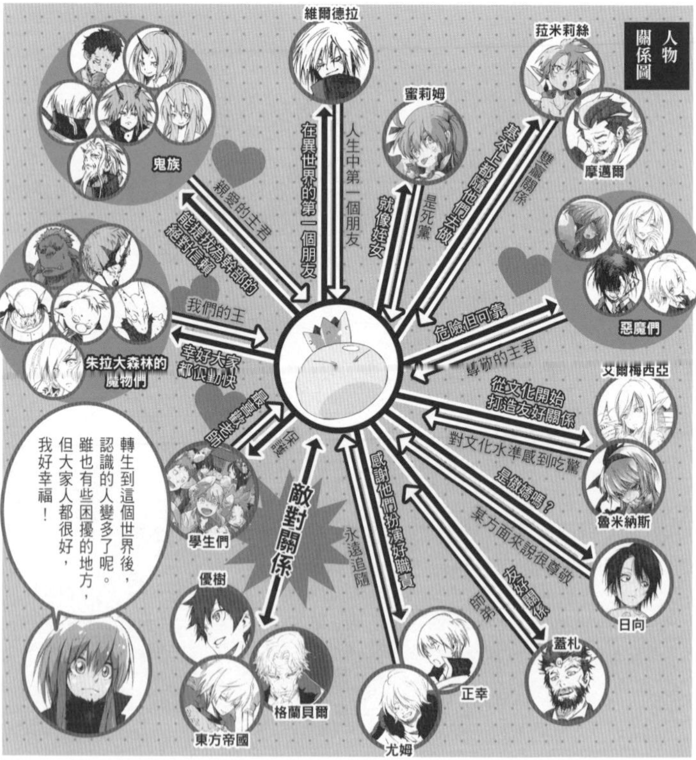

➡服裝是利用特殊稀有素材製作而成。行動起來方便，防禦力也相當高。

⬆因為是拿美女靜小姐當基底，變成超級美少女。只是沒有性別。

Topic 4

跟命中注定的女子相遇和道別

跟靜小姐——也就是井澤靜江相遇可說是命運的安排。她是利姆路遇到的第一個同鄉人，利姆路依循本人的意願「捕食」她，不僅模擬成她的「姿態」，就連最後放在心上的未完心願也跟著繼承。照理說靜小姐確實消滅了，但有時會出現在利姆路夢中，傳達各式各樣的訊息。特別是干涉在克羅諾亞體內的克蘿耶之魂時，她在心象風景中以回憶中的模樣現身，完成引導利姆路的任務。對利姆路來說，她可說是心靈支柱。

魔國聯邦

妖鬼 紅丸

指揮全軍的可靠大將軍

是堪稱利姆路左右手的妖鬼青年。大鬼族(食人魔)因豬頭帝(半獸人王)侵略滅亡，他是大鬼族族長的兒子，跟幾個倖存的族人一起宣誓效忠利姆路。自從被任命為大將軍之後，他就一直負責魔國聯邦的軍事部門，如今甚至被委任處理所有的軍務，受利姆路全面信任。即將跟帝國作戰時，他

能力
Ability

主要技能等

大元帥／焰熱支配／黑焰

鬼族的少主當之無愧，擁有獨有技「大元帥」，是能讓周遭夥伴發揮所長的指揮官。在單獨戰鬥之中擅長使用火屬性攻擊，而且擁有狀態異常無效、物理攻擊無效等豐富的抗性，具備高度的戰鬥能力。還能使用多重結界和空間移動，雖比不上利姆路，但擁有很多技能，構成上接近萬能。

不僅是率領全軍的大將，還率領直屬親衛隊「紅焰眾」跟四個軍團，此外還擔任相當於利姆路親信的四天王之首。過去身為一族的後繼者，那份自傲讓他曾經血氣方剛又莽撞，但累積各式各樣的經驗後，成長為懂得自我收斂又能做出冷靜判斷的優秀司令官。

⬆紅色頭髮配黑色雙角。腰間配著大太刀，充滿大將軍的威嚴。

Topic 1 好像變了又好像沒變？

紅丸身為軍隊的指揮官，精神層面也有所成長，但看起來很冷靜本性卻沒變。以使節身分造訪獸王國猶拉瑟尼亞的時候，他似乎挑釁了魔王卡利翁，讓聽說此事的利姆路直冒冷汗。

Topic 2 談戀愛很窩囊

紅丸同時擁有地位和實力以及出色的容貌，當然很受歡迎。其中的長鼻族紅葉和獸人族阿爾比思為了當他的妻子認真追求他。然而他本人在戀愛方面經驗不足，所以一味逃避。

人物關係圖
利姆路
親愛的主君
絕大信賴
朱菜
可靠的哥哥
自豪的妹妹
阿爾比思
情敵
紅葉
我要贏得紅丸大人的愛
蒼影
原本是主僕，信賴的夥伴
黑兵衛
紫苑
哥布達
受歡迎讓人好羨慕
愈來愈有四天王的樣子了
白老
劍術師父
紅葉就託付給你了
居然爭著當我老婆，拜託別這樣啊…我只想努力率領一族為利姆路大人賣命。

魔國聯邦

妖鬼

朱菜

從餐飲到開發工作都包辦
多才多藝的楚楚巫女姬

原本是大鬼族的公主和巫女，也是紅丸妹妹的妖鬼少女。自從被任命為巫女姬之後，就運用裁縫技術在紡織工坊的生產上有所貢獻，還靠著料理手腕監修招待賓客的菜餚，活用那身教養讓外交層面圓滑進行，發揮豐富多采的才能，是利

能力
Ability

主要技能等

解析者／創作者／威嚴／神聖魔法

除了有神聖魔法帶來的戰鬥力，她還擁有許多輔助技能。其中「解析者」就如同將利姆路「捕食者」的分析能力強化而成的技能，不需捕食，只要用眼睛看就能分析。「創作者」能夠進行物質變換，創造出各式各樣的東西。

「如何，很好吃吧？
這就是所謂的協調性！」

姆路實質上的祕書。身為一族的公主，儀態端莊，個性溫和，但臨危不亂有膽識，而且還利用技能「解析者」以魔物身分學會神聖魔法等，戰鬥能力也很強。視利姆路為尊敬的主君，也當成一名魔物來愛慕，她是真心的，甚至不惜堂堂正正接下紫苑的情敵宣言。

⬆外表溫柔婉約，但其實韌性很強，不會為一點小事動搖。

Topic 1 對利姆路的心意

朱菜知道利姆路沒有性別之分，還是對他抱持戀愛情感。平常都很堅強，為利姆路盡心盡力，然而利姆路被女孩子們包圍看起來很開心的話，她也不時會用可～怕的笑容牽制。

Topic 2 完成神聖魔法

要使用神聖魔法必須找到信仰對象（多為神明）。朱菜的神聖魔法是透過技能「解析者」模擬出來的，運用魯米納斯教的祕術，將利姆路當成信仰對象來完成神聖魔法。

人物關係圖
以利姆路大人為中心，大家感情好真是太好了。我很高興。不過紫苑，我可不會輸給妳喔。
利姆路
朱菜真能幹呢
利姆路大人♡
紅丸
哥哥太遲鈍了！
在說什麼？
紫苑
我是不會輸的
公主殿下，這挑戰我接受了
蒼影
白老
黑兵衛
值得信賴的同鄉夥伴
哥布達
人們好像分成朱菜大人派跟紫苑大人派了
吉田
料理和點心的老師
惹人憐愛……
阿德曼
有點太狂熱了
神的巫女姬

魔國聯邦

惡鬼

紫苑

外表是美女祕書
真面目是不死身戰鬥狂

身為利姆路首席祕書的女惡鬼。是大鬼族村落的倖存者之一，跟紅丸等人一起成為利姆路的臣子。被任命為武士，身兼祕書和護衛的職責，但她直來直往、頭腦簡單，什麼都想靠武力解決，身為祕書沒什麼用。只不過戰鬥力非常

能力
Ability

主要技能等

鬥神化／天眼／廚師／完全記憶

利姆路覺醒成為魔王的時候，她受到祝福獲得「廚師」技能，能夠將自己希望的結果覆蓋到標的物上，是很強大的技能。因為有「完全記憶」，進化成就算肉體被破壞還是能再生的半精神生命體。活用「鬥神化」的近身戰強大得無與倫比，成為魔國聯邦屈指可數的戰力。

高，當護衛最為可靠。無條件信賴利姆路，懷著容易失控的忠誠心和無比好感。被敵人暗算，曾經差點丟了性命，當上魔王的利姆路實行祕術讓她死而復生變成半精神生命體。現在率領跟她一起復活的不死者戰鬥集團「紫克眾」。

⬅外型出眾，乍看之下是冷酷美女，但是內在很讓人遺憾。

Topic 1 致人於死的料理技能

明明擁有正常的味覺，不知為何料理手藝一塌糊塗，會做出只要吃一口就必須做好昏倒和死亡覺悟的謎樣物體。因為獲得技能「廚師」讓料理的味道變好，但外觀和口感還是沒變，依然糟糕。

Topic 2 在舞台上表現亮眼

舉辦開國祭的時候，在舞台上配合彈鋼琴的朱菜演奏小提琴。出乎利姆路的擔心，她演奏出的美妙旋律讓觀眾如痴如醉。那種音色絕對不是趕鴨子上架得來的，而是著實散發亮眼光芒。

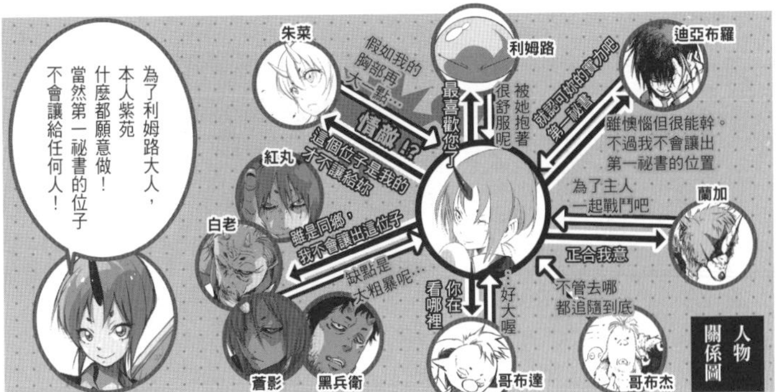
人物關係圖
為了利姆路大人，本人紫苑什麼都願意做！當然第一祕書的位子不會讓給任何人！
朱菜
假如我的胸部再大一點…
情敵!?
利姆路
最喜歡您了
被她抱著很舒服呢
迪亞布羅
就認可妳的實力吧 第一祕書
雖懊惱但很能幹。不過我不會讓出第一祕書的位置
紅丸
這個位子是我的才不讓給妳
蘭加
為了主人一起戰鬥吧
正合我意
白老
雖是同鄉，我不會讓出這位子
缺點是太粗暴呢…
你在看哪裡
…好大喔
不管去哪都追隨到底
蒼影
黑兵衛
哥布達
哥布杰

魔國聯邦

妖鬼

蒼影

具冷酷無情的冰冷一面 總是活在影子下的密探

會使用影瞬和分身來進行諜報活動的妖鬼青年。以前似乎是大鬼族的忍者一族成員，如今身為利姆路的密探，會從各種管道蒐集情報。戰鬥能力也很高，戰鬥方式不夾帶私情，殘酷不講情面。平常沉默寡言面無表情，然而憤怒到極點

能力

Ability

主要技能等

密探／分身術／威壓／黏鋼絲

「密探」是針對間諜活動強化的技能，多用於祕密偵察等任務。也能賦予毒性和麻痺來暗殺要人。運用「分身術」和「黏鋼絲」智取戰鬥，檯面上的戰鬥能力也非常高。

「住口。妳只須回答利姆路大人的問題。」

會浮現笑容，是很危險的類型。似乎也有不少女性被那種危險的魅力吸引，他本人也知道自己受歡迎，但基本上只對利姆路和夥伴的事情感興趣。發誓對利姆路絕對效忠，其命令至高無上。如今是「高階密探」的首領，底下還有密探集團「藍闇眾」。

⬆揹著刀加上黑色裝束很像忍者，為他的冷酷魅力加分。

Topic 1 便利的分身

蒼影的分身最多為五個。可以跟本體相互聯絡。外貌一模一樣，甚至讓人難以分辨，雖然多少比不上本體，但做起事情毫不遜色。此外若是分身，就算被殺掉似乎也沒問題。

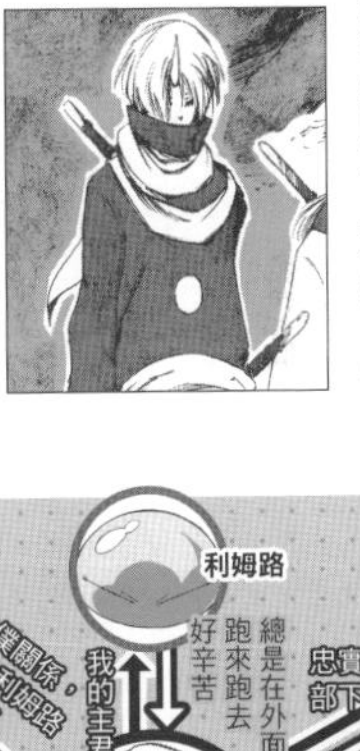

Topic 2 是好友也是競爭對手

從前蒼影追隨著一族後繼者紅丸。只不過可能是年齡相仿的關係，兩人感情很好，可以互相說出真心話。是好友也是競爭對手的關係到現在依然沒變。

魔國聯邦

妖鬼 白老

如鬼一般嚴厲專心修練劍術的師範

擁有「劍鬼」這個別稱，是來自大鬼族村落的倖存老者。劍術了得，如果只用刀劍作戰甚至能夠跟魔王並駕齊驅。自從變成利姆路的家臣，被任命為師範之後，致力於鍛鍊利姆路和士兵。修行過程就同字面所說如鬼一般嚴厲，對於有能力的人更不留情面。順帶一提，他的劍術也活用在剖魚技巧上，此外捏壽司的手腕也很高超。

「呵呵呵，活久一點果然有好處呢。」

Topic

對女兒有著意想不到的一面

過去曾跟現在的長鼻族長老楓是一對戀人，也有了孩子。根據女兒紅葉本人的意願，將她收為徒弟，空閒時會約出來約會，從平常的樣子很難想像，非常寵溺女兒。

⬆原本已經很老了，但因利姆路命名而進化，回到初老階段，力量也變強了。

能力
Ability

主要技能等

武師／威壓／氣鬥法／天空眼

長年修行與身經百戰的經驗使他成為登峰造極的劍術高手。再加上有獨有技「武師」的能力「天空眼」，能夠精密感知魔素的流向和大小。還能夠使用自在操縱自身妖氣的技藝「氣鬥法」，老練的戰鬥方式讓「劍鬼」之名當之無愧。

魔國聯邦

妖鬼

黑兵衛

「那就按要求，不，讓俺準備更棒的東西！」

催生特級武器 擁有神之手的鍛造工匠

身為鍛造師，一手打造幹部專用武器的妖鬼男性。來自大鬼族的鍛造師家族，利姆路給他刀匠一職，總是埋首於鍛造工坊專心製造武器和裝備。戰鬥能力低下，但擁有技能「神匠」，因此製作出來的武器最低也有稀有級，最高來到特質級。目前一邊培育徒弟，一邊以打造傳說級武器為目標。

Topic

家族源流留下的謎團

據說黑兵衛的家代代都是鍛造師。聽說是很久以前從迷路進村莊的鎧甲武士身上學到製作方法。看到他們的武器很像日本刀，利姆路猜想那些鎧甲武士是不是異界訪客，但真相為謎。

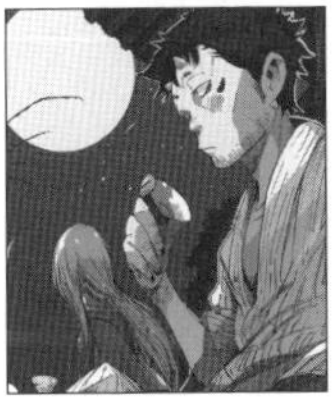

➡大鬼族成員都進化成俊男美女，他依然維持樸素的外表，讓利姆路有親切感。

能力

Ability

主要技能等

神匠／操焰術／熱變動抗性

雖能操控火焰，但戰鬥能力比其他的妖鬼低，能力特別適合用來鍛造。其中「神匠」是同時具備「萬物解析」、「空間收納」、「物質變換」能力的獨有技，支撐著黑兵衛那無與倫比的工匠技巧。他製作各式各樣裝備，對魔國的防衛和經濟有所貢獻。

魔國聯邦

人鬼族 哥布達

緊要關頭有所表現！讓人無法討厭的輕率者

擔任狼鬼兵部隊隊長的人鬼族（滾刀哥布林）青年。是利姆路最先收的夥伴小鬼族（哥布林）成員之一，被人誇獎馬上就會得意忘形的笨蛋，但像是光靠直覺就能徹底學會嵐牙狼族召喚等技能，有時會發揮奇妙的才能。該有所表現的時候不會錯過，同時也

能力
Ability

主要技能等

魔狼召喚／賢者／同化

平常有點冒冒失失，卻是周遭認可的戰鬥天才。跟蜜莉姆一起修行獲得「賢者」技能，能夠使用的戰術也變多了。可以透過「魔狼合一」跟蘭加合體。是狼鬼兵部隊的隊長，實力在魔國境內也是名列前茅。

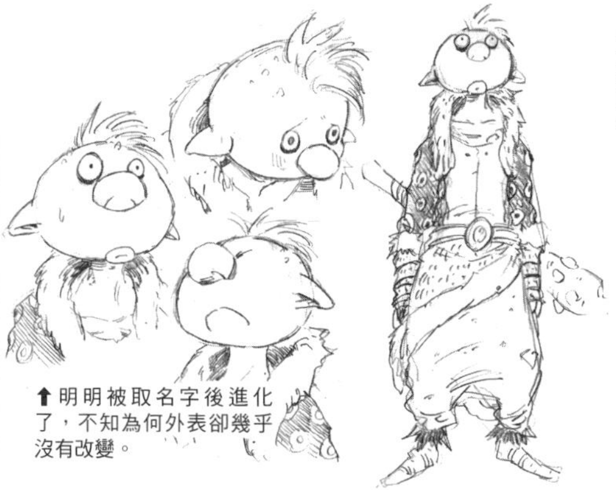

↑明明被取名字後進化了，不知為何外表卻幾乎沒有改變。

是會默默努力、毫不懈怠的勤勞小子，周遭都給他很高的評價。因此在重新編制的魔國聯邦軍隊裡，他總算當上第一軍團的軍團長。會跟利姆路一起上夜晚的店家，做些蠢事，雖然是他的部下，又保持著損友的關係。

Topic 1 人不可貌相的天才

他比其他人更早成功召喚嵐牙狼族，還獲得「魔狼合一」技能，看那樣的外表難以想像，但他發揮著天才資質。在武鬥大會上雖然自己搞砸，但也因為那份力量，最後還是當上四天王。

Topic 2 讓人不討厭的那傢伙

常常說些不經大腦的話，哥布達一天到晚踩別人的地雷。但不知是否因為有可愛之處，還是有人望，總會不知不覺被原諒，甚至還被接受，這也是他奇妙的才能之一。那樣的性質令人羨慕。

人物關係圖
雖然嚴厲的人很多，但能得到鍛鍊很感激！接下來要進行能跟利姆路大人一樣受歡迎的修行！
利姆路
受歡迎讓人好羨慕
已經變很強了呢
蜜莉姆
我不行了
要好好特訓你
戈畢爾
沒女人緣的夥伴
白老
魔鬼教官
看樣子還操不夠
紫苑
老實說就是胸部
你似乎很想死呢
戴絲特蘿莎
說了很有趣的話呢
自己的事情會自食其力完成
狼鬼兵部隊
重要的戰友
信賴
蘭加
同心協力當上四天王

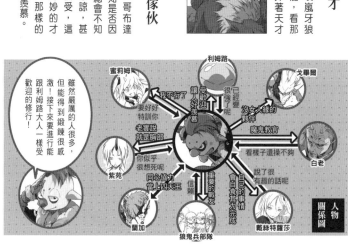

魔國聯邦

黑嵐星狼
蘭加

忠實的護衛，擁有利牙的利姆路寵物

時常潛伏在利姆路的影子中，保護他安危的黑嵐星狼。父親率領族人襲擊哥布林村莊時輸給利姆路，他代替父親率領族人發誓效忠利姆路。原本是需要抬頭仰望的巨大妖獸，但在利姆路的提點下，平常都用大約一半的大小生活。像寵物一樣很黏利姆路，若被命令要離開影子執行任務就會很沮喪。

Topic 1 默契十足的合體技炸裂！

若有協助者，他們這種種族就會讓彼此的力量提昇。在武鬥大會上，跟合作對象哥布達以召喚獸的身分同化，展現「魔狼合一」。然而哥布達無法控制蘭加的力量，結果自己搞砸收場。

能力 Ability

主要技能等

魔狼王／思念網／超嗅覺／死亡風刃／黑色閃電

除了「影瞬」和「思念網」等輔助技能，還能透過雷系魔法攻擊。然而最厲害的地方其實在於活用機動力戰鬥，透過「魔狼王」完全統率族人進行連擊。跟哥布達組隊合作成果令人驚奇。

Topic 2 團結個體的種族特性

蘭加進化成很罕見的稀有種族——特A級黑嵐星狼。因為他的種族是「團結的個體」，當蘭加被利姆路取名字進化，整個族群也都跟著進化。

➡身上有漆黑毛皮，身軀巨大，還有兩根角。可是在利姆路身邊搖尾巴的樣子完全是寵物狗。

魔國聯邦

人鬼族

利格魯德

「噢，利姆路大人！剛才的演說真是太棒了！」

從內政到外交都能處理的總管

被任命為哥布林王，負責管理首都利姆路行政事務的人鬼族男性。他是利姆路最先收為夥伴的哥布林村村長，剛遇到時還是個垂垂老矣的老人家，得到名字之後進化成肌肉發達的壯漢。舉凡國內的細部行政事務和外交交涉都包辦的能幹男人。利姆路很仰賴他。可以說是魔國聯邦在檯面下的有力人物吧。

Topic 遇到必要時刻就會展現那身肌肉！

雖然性格溫厚，但意外好戰，具武鬥派的一面。若是人們爭執不下或是無法順利仲裁的時候，平日鍛鍊的那身肌肉似乎就會爆發出來。也許惹他發怒不太妙。

魔國聯邦

人鬼族

利格魯

利格魯德的兒子，負責帶領人鬼族年輕世代的中心人物。是魔國聯邦的警備隊長，擁有超越A級的實力。為了應付東方帝國的侵略，重新編制軍隊時，紅丸推薦他當魔人混編軍的軍團長，其他種族的夥伴們也給他很高評價。

魔國聯邦

大鬼族

哥布亞

紅丸底下「紅焰眾」的隊長。受紅丸傳授戰術理論，身為臨時指揮官，實力受到期待。原本是哥布林，如今已經進化成大鬼族。

魔國聯邦

人鬼族

哥布奇／哥布得
哥布茲／哥布泰

四人擔任哥布達的副官，也是狼鬼兵部隊的成員。哥布奇會勸諫開始對戴絲特蘿莎和烏蒂瑪說教的哥布達，很懂得讓他適可而止，是最貼近哥布達的輔佐。哥布得很有實力，但是過分自信，從利姆路那邊學到來自另一個世界的知識，因此變成中二病患者。哥布茲和哥布泰是男女雙胞胎，哥哥哥布茲擅長支援妹妹哥布泰，合作出擊。

魔國聯邦

人鬼族

哥布杰

是「紫克眾」的成員，紫苑的親衛隊成員之一。有點呆頭呆腦，但在戰鬥方面實力很高，甚至讓部下們仰慕說著「不愧是哥布杰大哥！」，擅長活用不容易死掉的體質發動突擊。

魔國聯邦

人鬼族

哥布耶

「紫克眾」的成員之一。外表看起來幼小，但其實比哥布達等人年紀大。擅長用機靈的方式戰鬥。跟聖騎士團作戰立下很大的戰功。

魔國聯邦
人鬼族
哥布一

在朱菜底下負責做菜。手藝了得，朱菜不在的時候，甚至能夠擔任總管廚師。

魔國聯邦
人鬼族
哥布裘

米魯得的徒弟，建築工世界的棟梁。在開國祭將要舉行的那一段短期間內陸續進行建築工程。也為街道整頓等工程盡心盡力。

魔國聯邦
人鬼族
哥布娜

性格溫和沉穩的哥布莉娜。是優秀獵人，在食材調度很活躍。

魔國聯邦
人鬼族
哈露娜

跟哥布一一起在朱菜底下工作的哥布莉娜。她發明的抹茶布丁很受維爾德拉喜愛，擁有製作點心的才能。還從朱菜那邊學習儀態等等，也被交付招待來賓的任務。

魔國聯邦
人鬼族
羅格魯德 雷格魯德 魯格魯德 莉莉娜

羅格魯德為行政首長，是個非常大膽的男子。立場上是部下的烏蒂瑪都稱他「大叔」，跟他關係很好。雷格魯德是立法首長，同時也負責監視和輔佐卡蕾拉。魯格魯德是司法首長，雖有壞心眼的一面，但在做判斷時總是光明正大。在女性幹部之中，利姆路對莉莉娜的信賴似乎僅次於朱菜，也有參加跟東方帝國作戰前的作戰會議。不知為何利姆路叫她會加「小姐」。在開國祭上負責管理食材等物。

魔國聯邦
人鬼族
哥布衛門

跟哥布達對戰戰敗，在摩邁爾底下學習的孤傲人鬼。利姆路送他打刀讓他引以為傲。

魔國聯邦
矮人
凱金

魔國聯邦第一的鍛造工匠

原本是在德瓦崗開工坊的厲害工匠，是前王宮騎士團工作部隊團長。在魔國草創時期被利姆路挖角過來。對每個種族一視同仁，很有人情味，具有廣闊的胸襟。也跟黑兵衛一起發明許多裝備和道具，其中在開孔武器上安裝的魔寶珠開發就屬他貢獻最大。跟以前在德瓦崗水火不容的培斯塔一起開發魔導列車。

魔國聯邦
矮人
葛洛姆

是凱金照顧的三兄弟長男，跟凱金一起搬過來。只要有素材甚至能做出特質級防具，是擁有如此手藝的防具工匠。同時著手製作利姆路假魔體用的防具。

魔國聯邦
矮人
多爾德

跟凱金一起從建國之前就追隨利姆路，是矮人三兄弟的次男。特別擅長精工，也能使用本業符術師才會的刻印魔法。同時也擔任魔法裝備的製作。

魔國聯邦
矮人
米魯得

矮人三兄弟的三男。手很巧，舉凡素材加工到藝術、建築等等，在許多領域之中都有好表現。是沉默寡言的天才類型，跟周遭人相處也不錯，盡心打造利姆路的街道。

利姆路大人有話要說
矮人們都很優秀呢~在人才方面真的助益良多，可不能把德瓦崗看扁踩在腳底下。是說變成史萊姆沒腳就是了！

魔國聯邦
人類
摩邁爾

為魔國發展盡心的高超商人

原是以布爾蒙王國為據點的大商人。因為被利姆路幫助過，移居到魔國聯邦，負責財務統籌部門和宣傳廣告。個性老奸巨猾且行事果斷。雖是唯一一個人類幹部，即使周遭都是厲害的魔物，他仍辦事穩當，深得利姆路信賴。也很拚命，譬如在地下迷宮為了宣傳復生手環的效果被人斷頭。

魔國聯邦
矮人
培斯塔

研究人員類型的矮人

是魔國聯邦技術研究的重點人物之一。原本是德瓦崗的大臣，出身貴族，但當研究者埋頭研究似乎比較符合他的性格，像是跟戈畢爾一起栽培希波庫特藥草、跟凱金一起開發魔導列車等，陸續立下功勞。最近迷宮內部的研究設施開始啟用之後，他跟魔王等不得了的魔物一起工作，其實還滿適應這樣的生活。

魔國聯邦

龍人族 戈畢爾

其實文武雙全？擁有強大力量的龍人族少主

「我還有許多不足的地方，請多指教！」

蜥蜴人族的首領之子，如今進化成龍人族。是負責魔國聯邦開發部門的幹部。跟帝國作戰時是負責指揮飛龍眾百名、藍色軍團三千名、飛空龍三百隻的第三軍團長，跟帝國的空戰飛行兵團作戰。要部下們故意承受敵人的魔法攻擊，藉此獲得抗性，看所有人都遵從指示，由此可見部下們都很信賴他。因為他太過強大，帝國軍的法拉格少將誤以為他就是維爾德拉。

Topic

蜥蜴也想有女人緣！

最近戈畢爾開始想讓自己有女人緣，但是在研究所裡頭的女性矮人說生理上無法接受蜥蜴，讓他很挫折。他還跑去跟利姆路商量、學習體貼女生，摸索受歡迎的方法。

能力

Ability

主要技能等

龍戰士化／黑焰吐息／黑雷吐息／自滿者／渦槍水流擊／天眼

活用飛行能力，特別擅長以槍術為主體的近身戰。透過龍人族的固有技能「龍戰士化」能夠暫時發揮莫大的戰鬥力，但使用後會有一定期間無法動彈，是把雙刃劍。多虧「自滿者」，就算碰到最壞的情況也會走好運。

利姆路大人有話要說

常白忙一場而且不懂得看場合，這點跟哥布達不相上下，但有實力又謙虛。該說不愧是首領的兒子？

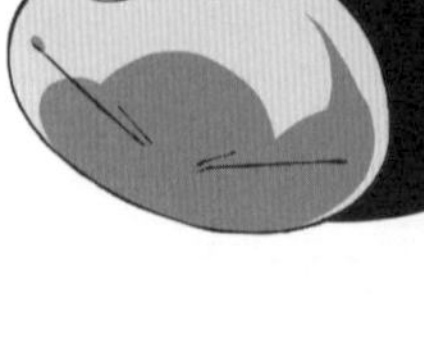

魔國聯邦

龍人族

蒼華

「這一戰打得漂亮！」

美麗的龍人間諜

戈畢爾的妹妹，蒼影底下「藍闇眾」的首領。跟敬愛的上司蒼影一樣，身為密探行事冷酷。天生性格牢靠，跟冒冒失失的哥哥老是在吵架。但還是會給很想受女人歡迎的戈畢爾建議，其實很為哥哥著想。對蒼影懷抱上司之外的感情，但是喜歡蒼影的情敵也很多……

Topic

明裡暗裡都很能幹

以密探行動為主，開國祭上還負責轉播武鬥大會的實況，在檯面上也很活躍。除此之外，在迷宮營運方面也會幫忙摩邁爾處理手邊事務，不管在哪邊工作都很能幹。

魔國聯邦

龍人族

東華／西華 南槍／北槍

跟隨蜥蜴人族族長女兒蒼華一起過來的四名隨從。跟蒼華一樣，兩名女子得到「東華」、「西華」當名字，兩名男性則是「南槍」、「北槍」。當密探從事諜報活動。四個人都是「藍闇眾」的成員，身手了得。

能力

Ability

主要技能等

密探／魔力感知

跟戈畢爾一樣，蒼華和部下東華等人都從蜥蜴人族進化，為了在蒼影底下進行諜報活動，因此他們的技能特別強化成適合隱祕行動。故蒼影說過他們戰鬥力不高，但若是考量到暗殺和偷襲，其實相當具有威脅性。

魔國聯邦

豬人王 蓋德

勤勞又沉默的工作能者 豬人（高等半獸人）族的首領！

負責統領進攻朱拉大森林的豬頭族（半獸人）倖存者之王，同時也是利姆路忠心的臣子。性格耿直又勤勞，利姆路非常信賴他。為了跟東方帝國作戰所訂出的新軍事體制中，他被任命為第二軍團的軍團長。平常這些軍團的士兵都屬於工作部隊，他率領這些士兵整頓跟各國連接的街道，還有建設猶拉瑟尼亞的新首都等等，在土木建設部門有很大的貢獻。

Topic

那身武技乃魔王級

在開國祭的武鬥大會上，他跟原本是魔王卻裝扮成蒙面獅子的卡利翁打成平手，戰鬥力甚至足以媲美魔王。平常是會煩惱該怎麼指導部下的溫柔上司，然而一旦開啟武將模式就非同小可。

「就讓我展現武技，讓大家開開眼界。」

利姆路大人有話要說

有點認真過頭讓人擔心。沒有什麼比你倒下更讓人困擾，拜託你對自己再好一點。

能力

Ability

主要技能等

守護者／美食者／回復療法／賢者／念力操作／多重結界

單看個體，蓋德在肉體上的力量高到非比尋常，但其實最厲害的在於統率一族的領導能力。透過獨有技「守護者」之力發動團體防禦形同銅牆鐵壁。還有他擁有的「美食者」，是利姆路「捕食者」的胃袋機能強化而成，在戰鬥以外的情況相當方便。

魔國聯邦 人類

吉田薰

↑此插圖來自番外篇漫畫《魔物王國漫步法》第三集。

異世界的甜點師傅。在英格拉西亞王國王都經營咖啡廳，因為魔國聯邦的開國祭被挖角，跟朱菜一起盡力準備料理。與凶狠外貌和高壯身軀相反，擁有頂尖的纖細手藝，像是薩里昂皇帝艾爾梅西亞等，許多達官顯要都是他的粉絲。

利姆路大人有話要說

包括孩子們和吉田大叔，同樣來自另一個世界的人齊聚一堂果然很讓人開心。雖然劍也他們還是小孩子，但今後發展令人期待！

魔國聯邦 人類

三崎劍也

被光之精靈看出有勇者資質的異界訪客少年。經過日向訓練，確實變得比一般聖騎士還強。一不小心就會去逗弄喜歡的艾莉絲，兩個人老是吵架。

魔國聯邦 人類

關口良太

異界訪客少年。劍術比不上劍也，但能分別使用水和風的精靈魔法，具靈巧的一面。個性溫和，但似乎對戰鬥很有自信，帶著閃亮眼睛引頸期盼跟利姆路進行模擬戰。

魔國聯邦 人類

蓋爾・吉普森

異界訪客少年。在四個人中年紀最大的寡言男子。戰鬥時腳踏實地徹底致力於防守，會巧妙運用盾牌和刀劍來攻擊。跟地精靈結合，因此也會使用地屬性的精靈魔法。

魔國聯邦 人類

艾莉絲・倫多

異界訪客少女。儼然就是個稱職的班長類型，年紀最小的女孩子。正如別名「女帝」所示，那身實力根本不像孩子會有的，是很厲害的操偶師。

魔國聯邦

人類

克蘿耶

持續在兩千年時光中輪迴的「蒙面勇者」

利姆路從優樹那邊接來收留的異界訪客少女，有著一頭散發黑銀色光芒的美麗秀髮。平常都很內斂，但面對利姆路就會變得天真無邪，遇到他的事情就會突然間幹勁十足。跟劍也等人很要好，是靜教過的孩子之一，但其實就是魔王雷

能力
Ability

主要技能等

時空之王猶格索托斯／絕對切斷／無限牢獄

擁有超越高階精靈的魔素，很擅長使用魔法，但同時也擅長利用日向給她的月光細劍進行近身戰。「絕對切斷」擁有跟究極技能並駕齊驅的威力，甚至能斬斷維爾德拉的手。無法完全控制的究極技能「時空之王猶格索托斯」能夠操控時間，使用停止時間這種作弊的力量。身為勇者的技量也跟帝國近衛騎士團不相上下。

「這次一定要大家一起活下去。」

昂在找的青梅竹馬克蘿耶．歐貝爾本尊。獨有技讓她沒辦法脫離「時空輪迴」，每次日向死亡就會跟她的靈魂一起回到過去，重複經歷這樣的命運。自從在目前這個時間帶復活後，就跟另一個人格「克羅諾亞」一起變本加厲展露對利姆路的心意，帝國大遠征時，她執意不放過想要取利姆路性命的袭。

➡小時候沒有當過勇者的記憶，是喜歡書本的懂事女孩。

Topic 1 克羅諾亞

為了避免跟來到異世界的克蘿耶產生矛盾，拜託魯米納斯封印起來的「克蘿耶」。因為沒有主要人格才會失控，透過利姆路製作的「抗魔面具」複製品，成功在她的精神世界讓靈魂覺醒。

Topic 2 跟靜的因緣

有個「勇者」給靜「抗魔面具」，將她救出來——那就是請魯米納斯封印靈魂、當下擁有日向靈魂的克蘿耶。日向的靈魂一面等著坂口日向轉生過來，一面以克蘿耶的身分繼續當勇者。

人物關係圖
利姆路
最喜歡
可愛的學生
雷昂
就像愛擔心的大哥哥
長年尋找的摯愛女性
日向
是可靠的大姊姊也是情敵
就像可愛的妹妹
靜
救命恩人
學生
同班同學
重要的朋友們
金
不讓他對利姆路先生出手
強者
維爾德拉
應該不是壞人
勇者？
魯米納斯
最愛的人
推心置腹的好友
不管是在沒有過去和未來記憶的哪個時間軸上，我都會喜歡上利姆路先生。這份心意不會輸給任何人。

※圖表內的克蘿耶來自番外篇漫畫《魔物王國漫步法》第二集。

魔國聯邦／龍種

維爾德拉

利姆路最初的朋友 猖狂暴風龍

全世界只有四名的最強生物「龍種」之一，別稱「暴風龍」的特S級天災級魔物。是「完全個體」，就算消滅也會在世界的某個角落再一次復活。因為勇者的技能「無限牢獄」被封印三百年，在洞窟裡頭遇到利姆路，跟他變成朋友。個性單純，天不怕地不怕，遇

Topic 1 君臨迷宮的主宰者

身為地下迷宮最後的關卡魔王，維爾德拉住在最深處的一百層。用人類姿態生活而壓抑的魔素，來到這邊就會放出來。多虧如此才能讓迷宮內部出現魔物，他就如字面所示是迷宮的主宰者。

能力
Ability

主要技能等

探究之王浮士德／暴風系魔法／念力交談／自然影響無效／狀態異常無效

身上的魔素含量無窮無盡，就算被封印仍對世界構成威脅。戰鬥能力也相當高，擅長使用暴風系魔法。因為利姆路「暴風之王維爾德拉」的效果使然，只要利姆路還健在，他實際上就算不死身。在魔國聯邦的戰力裡頭算是頂尖人士。

「像我這樣的紳士怎麼可能失控亂來！」

別人吹捧就沒轍，容易得意忘形。好奇心很強，似乎也有喜歡人類怕寂寞的一面。自從被放出「無限牢獄」之後，他就依附在利姆路的分身上，住在魔國聯邦裡，管理迷宮或是看漫畫、參加慶典等等，開心過著自由自在的生活。

Topic 2 勇者之中的真實身分

由於克蘿耶會跨越時空此事明朗化，得知封印維爾德拉的是在勇者體內的日向。似乎歸功於以前在迷宮裡頭作戰時，她曾透過一切手段摸透維爾德拉的底細使然。

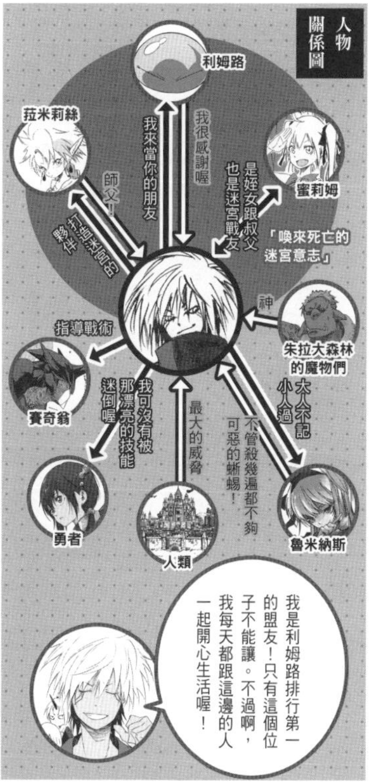
人物關係圖
利姆路
我很感謝喔
我來當你的朋友
菈米莉絲
師父！
打造迷宮的夥伴
蜜莉姆
是姪女跟叔父也是迷宮戰友
「喚來死亡的迷宮意志」
神
朱拉大森林的魔物們
指導戰術
賽奇翁
我可沒有被那漂亮的技能迷倒喔
最大的威脅
不管殺幾遍都不夠可惡的蜥蜴！
大人不記小人過
勇者
人類
魯米納斯
我是利姆路排行第一的盟友！只有這個位子不能讓。不過啊，我每天都跟這邊的人一起開心生活喔！

魔國聯邦 精靈

卡利斯

原本是附在靜身上的焰之巨人。在利姆路的胃袋中跟維爾德拉意氣相投，復活當他的助手。可能是維爾德拉替他取名字的關係，進化成焰魔精靈王，自覺到自己跟以前已是不同存在。

魔國聯邦

妖精族

菈米莉絲

「就是啊、就是啊！因為我很厲害啊！」

活潑吵鬧 但很溫柔的妖精女王

外觀是可愛的小妖精，個性上聒噪且單純，容易得意忘形。是一個愛惡作劇的小孩，但真實身分是「八星魔王」，是跟金和蜜莉姆平起平坐的最古老魔王，給予勇者聖靈加護的神聖引導者。原本是精靈和妖精族尊崇的妖精女王。利

Topic 1 墮天的妖精女王

原本是妖精女王，從前失控的蜜莉姆和打算阻止她的金大戰七天七夜，拉米莉絲當仲裁時沐浴在邪惡妖氣中。後來幾乎失去所有力量，墮落成會重複轉生的妖精。

Topic 2 怕寂寞的她和新夥伴

性格上樂天純真，但拉米莉絲其實很怕寂寞。她長時間一個人待在「精靈神域」裡頭，和利姆路做給她當護衛的貝瑞塔，及以前服侍過她的樹妖精德雷妮變成夥伴，似乎讓她很開心。

能力

Ability

主要技能等

迷宮創造／精靈魔法

原本是妖精女王，很擅長使用精靈魔法。「迷宮創造」在迷宮內部連生死都自由掌控，如同字面所示是「什麼都有可能」的可怕能力。只要有足夠的魔力，就連整個城鎮都可以搬遷到迷宮內部，實力深不可測。

姆路去她住的「精靈神域」造訪時跟她培養好關係，後來她硬是要搬到魔國聯邦居住。結果得到利姆路許可，在競技場地下透過自身固有能力「迷宮創造」創造出巨大的迷宮。如今成為迷宮的管理者，精力充沛地工作。

↑本來有好幾千歲以上，但現在受外表影響，就連言行都跟著幼稚起來。

魔國聯邦

聖魔人偶

貝瑞塔

寵溺又嚴厲的護衛聖魔人偶

利姆路做給菈米莉絲當護衛，寄宿了高階惡魔的魔偶。利姆路變成魔王時，他進化成聖魔人偶。被金看穿對於召喚主利姆路和護衛對象菈米莉絲雙方都有好感，要他選一邊，最後決定選擇菈米莉絲。敬愛菈米莉絲，但德蕾妮太寵她，他只好負責勸諫和對她嚴厲。

Topic

面具人偶的真面目

身體用魔鋼製作，是利姆路特別用心製作的球體關節人偶。取名字的時候，身上覆蓋頭髮和皮膚，外表變得很像人類，但是頭部被無機的面具蓋住，沒辦法看清真正的長相。面具底下的樣貌究竟是……？

魔國聯邦

靈樹人型妖精

德蕾妮

當森林管理者的樹妖精大姊

朱拉大森林的管理者。發生豬頭魔王事件時，拜託利姆路當森林的盟主，變成他的部下。獲得「擬造魂」進化成靈樹人型妖精。平常很能幹，但在某些地方有點脫線，甚至為了趕跑過來給予忠告的拉普拉斯，不聽解釋就跟他打起來。可以召喚役使「風之少女」，也精通精靈魔法。

Topic

偏袒菈米莉絲？

德蕾妮原本是侍奉精靈女王時期的菈米莉絲的精靈。如今也很敬愛菈米莉絲，總是順著她。平常她很嚴厲，但是碰到菈米莉絲的事情就會開啟溺愛模式。

利姆路大人有話要說

多虧德蕾妮小姐她們監視整個朱拉大森林，就算有外面的敵人入侵也會馬上發現。超感謝的～！

魔國聯邦

靈樹人型妖精

德萊雅／德莉絲

次女德萊雅和三女德莉絲跟長女德蕾妮是三姊妹。利姆路給她們附身用的肉體，她們進化成靈樹人型妖精。關於朱拉大森林周邊的警戒工作，她們也有很大的貢獻。

魔國聯邦

靈樹人型妖精

阿爾法／貝塔 珈瑪／戴兒塔

屬於相較年輕的樹妖精，附身到利姆路透過培養膠囊準備的肉體上。因為利姆路替她們取名字就進化成靈樹人型妖精。住在迷宮裡頭，幫忙營運迷宮。

魔國聯邦
墮天族
迪諾

「那、那麼，你說工作……
究竟是要我做什麼呢？」

學會工作的怠惰魔王

「八星魔王」之一。突然造訪魔國聯邦，結果以菈米莉絲助手身分工作。其實是金送來監視利姆路的，但金甚至沒有對迪諾本人說過。活到現在都沒有工作過，想要特別待遇卻被培斯塔一口回絕。後來雖認真工作，但總會強調自己過度勞動，跟周圍的人有些格格不入。

Topic 游手好閒魔王的自甘墮落生活

過去在達格里爾那邊寄住，白吃白喝過生活，但身無分文被逐出，因此就來魔國聯邦投靠利姆路。「幽眠支配者」並非浪得虛名，不論何時何地都能睡覺。

魔國聯邦
巨人族
達古拉 里拉 戴伯拉

⬆如今仍睡眼惺忪，眼神空洞。那空虛的眼神看起來也有些溫柔。

魔王達格里爾的三個兒子。達古拉是長男，里拉是次男，戴伯拉是三男。為了修行來到魔國聯邦時，被紫苑狠狠修理所以迷上她，如今成了她的部下，從早到晚訓練。每一個人都是紫苑親衛隊的隊長級。

魔國聯邦

蟲型魔獸

賽奇翁

「把勝利獻給利姆路大人。」

發誓對主君絕對忠誠 迷宮十傑的頂點

守護地下迷宮的十傑之一，負責第八十層。原本是利姆路保護的蟲型魔獸，得到利姆路身體的一部分，進化成人類型態。他沉默到只要說句話就會讓其他十傑吃驚。對於救助自己的利姆路抱持難以言喻的情義與感激。在迷宮裡頭數一數二強大，單方面蹂躪進攻而來的帝國幹部梅納茲等四人。

Topic

完成超進化的昆蟲之王

跟利姆路透過「靈魂迴廊」相連，「智慧之王拉斐爾」將其性能提昇到極限，再加上維爾德拉的鍛鍊，其實力在魔國境內名列前茅。甚至強大到讓利姆路說出「不能放這種傢伙出去外面」。

⬅變成人型之後，剩下的昆蟲要素就只有甲蟲角，還有厚厚的外殼，容貌大幅度改變。

能力
Ability

主要技能等

絕對防禦／次元活地獄斬波（Dimension ray）

利姆路給他用魔鋼做成的外殼，擁有非常高的防禦力。而且還能活用「絕對防禦」，扭曲自己周圍的空間，就連貫通攻擊都傷不了他。出拳很重，能夠粉碎任何鎧甲。還能使用「次元活地獄斬波」，無視防禦將敵人砍碎。

魔國聯邦

蟲型魔獸 阿畢特

威脅度進化的蟲型魔獸女王

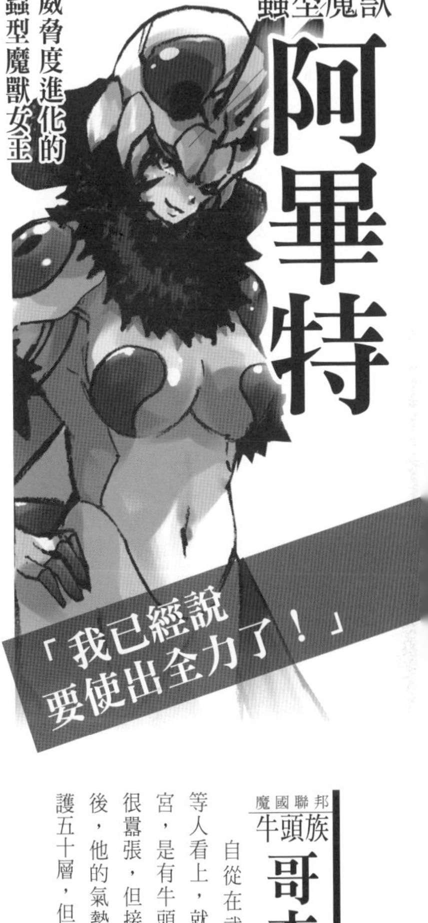

身為迷宮十傑，守護第七十九層的魔獸。從女王麗蜂進化成具備妖豔女性姿態及究極猛毒的蟲女王。同樣身為女性十傑，跟九魔羅不合。率領超過千隻的軍團蜂，從日向那邊學到用人類姿態戰鬥的技術，實力掛保證。跟帝國打防衛戰的時候，她和梅納茲展開激烈戰鬥，但最後差以些微差距輸給對方。

Topic

女王率領的軍團

阿畢特操縱的軍團蜂身長高達三十公分，能透過優秀的超感覺來搜尋獵物。小小的翅膀實現超高速立體機動，同時能變成高周波刀，單一隻也被指定為特A級災害，是具備這般力量的威脅。

魔國聯邦

牛頭族 哥杰爾

自從在武鬥大會上被利姆路等人看上，就跟梅傑爾一起守護迷宮，是有牛頭的魔獸。一開始態度很囂張，但接二連三見識過強者之後，他的氣勢完全變弱，被派去守護五十層，但沒什麼自信。

魔國聯邦

馬頭族 梅傑爾

跟哥杰爾是死對頭，同時也是搭檔，是有馬頭的魔獸。兩個人動不動就要競爭，在跟帝國打防衛戰的時候，兩個搭檔通力合作負責屠殺上層的逃亡者們。一開始沒什麼氣勢，但逐漸開始積極奮鬥。

魔國聯邦

妖魔獸

九魔羅

故鄉被毀滅的妖魔獸之王

負責守護第九十層的十傑之一，說話語氣像日本花魁的妖豔美女。有九條尾巴，是被稱為九頭獸的魔獸，過去被克雷曼控制的時候，利姆路救了她。如今雖會開朗地跟孩子們遊玩，但她有著被帝國毀滅故鄉，親眼目睹母親慘死這般過往。在守衛迷宮的時候，她指名要對付殺害母親的仇人堪薩斯。經過一場激烈戰鬥後漂亮復仇。

「來吧，各位，向利姆路大人展現你們的力量！」

Topic

八部眾平常的任務

九魔羅使役的八部眾都是小型妖魔獸，但其實都是很厲害的魔人，平常負責守護第八十二層到八十九層的各個樓層。順帶一提，九魔羅跟克蘿耶等人一起向日向拜師學藝，跟他們一起玩。

←原本是可愛的小狐狸，如今進化成說是傾國美女也不為過的美人。

能力

Ability

主要技能等　八部眾

使用在九根尾巴之中，八根可以變成動物型態尾獸的技能「八部眾」。「八部眾」由白猿、月兔、黑鼠、雷虎、翼蛇、眠羊、焰鳥、犬鏡組成，每個都有個人意志，可以單獨行動。那是九頭獸種族固有的能力，九魔羅的母親也能使用相同能力。

魔國聯邦

死靈

阿德曼

找到新的神明 不死者之王

跟艾伯特和寵物死靈龍一起守護迷宮第七十層的十傑之一。跟蓋多拉從千年以前就是好朋友。蓋多拉對他施了輪迴轉生之術，跟不淨的氣息混合在一起，結果復活變成死靈，還被魔王克雷曼的咒術變成死靈之王。解脫之後把利姆路當成神崇拜，還用很有前樞機風範的讚詞，讓利姆路很困擾。因為蓋多拉流亡而得以重逢，讓他很開心。

←↑狂熱的骸骨之王，和一臉淡漠、身邊漂浮鬼火的死靈聖騎士，是一對異色組合，這對知名搭檔名副其實。

魔國聯邦

死靈

艾伯特

死後也守護主子的聖騎士

生前原本是保護阿德曼的聖騎士，如今死了還是一樣忠心耿耿，依然繼續保護他。一開始是無法說話的死靈騎士，但進化之後變成死靈聖騎士。雖然沒有肉體，但是從骷髏人變成擁有原本爽朗姿態的青年，跟帝國近衛騎士戰鬥足以與之抗衡。不死系弱點的聖屬性也透過阿德曼用「聖魔反轉」克服，擁有的實力不辱其守護者身分。

魔國聯邦

惡魔族

迪亞布羅

最強惡魔雙璧

黑暗始祖迷戀利姆路大人

是利姆路覺醒成為魔王時，以兩萬具屍體當祭品召喚出來的高階魔將。被稱為「黑暗始祖」的遠古惡魔，取了名字又有肉體並進化成惡魔大公，因此成為最強的惡魔。性格一如惡魔狡猾又工於心計，但著迷於利姆路，如今是一個忠實的

「不愧是利姆路大人，竟然這麼
輕易就對我造成精神傷害……」

能力

Ability

主要技能等

大賢人／誘惑者／魔王霸氣

「大賢人」是跟「大賢者」很類似的技能，但不只是思考加速，還能進行法則操作等，用途很廣。至於「誘惑者」，曾經敗給迪亞布羅的人只要心存叛意就會被發現。可以利用對方害怕背叛被發現、遭收拾的心態來半強制使對方服從，是可怕的能力。

管家，侍奉在他身側。找到機會就想誇獎利姆路，就連利姆路本人都覺得很煩。不過他就是不死心。利姆路下令讓他去各國策反，並進行檯面下的工作，雖有做出成績，但他不想離開利姆路，為了把這些「雜務」推出去，他拉攏認識的惡魔們過來當利姆路的部下。

⬆跟黑暗之名很相稱的一身黑。頭髮有紅色和金色的挑染。

Topic 1 是惡魔且是戰鬥狂

迪亞布羅拒絕進化，對於變強一點都不執著，有著不像惡魔的一面。但其實理由在於若是自己變得太強，跟人作戰就不有趣了。從某方面來說是很像惡魔的戰鬥狂。

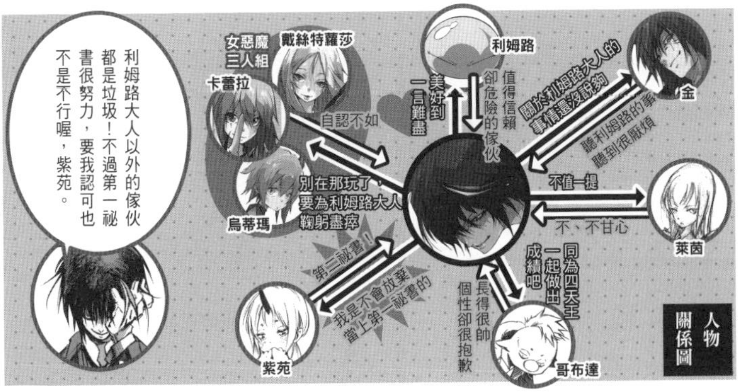
人物關係圖
利姆路大人以外的傢伙都是垃圾！不過第一祕書很努力，要我認可也不是不行喔，紫苑。
利姆路
美好到一言難盡
值得信賴卻危險的傢伙
金
關於利姆路大人的事情還沒說夠
聽利姆路的事聽到很厭煩
女惡魔三人組
戴絲特蘿莎
卡蕾拉
烏蒂瑪
自認不如
別在那玩了，要為利姆路大人鞠躬盡瘁
萊茵
不值一提
不、不甘心
哥布達
同為四天王一起做出成績吧
長得很帥個性卻很抱歉
紫苑
第二祕書！
我是不會放棄當上第一祕書的

Topic 2 爭奪第一祕書職位的無情之戰

紫苑和迪亞布羅都是利姆路的祕書，每天都在比誰比較適合擔任第一祕書。若是論才幹，當然是迪亞布羅獲得壓倒性勝利，但是他對紫苑的熱情予以肯定，似乎彼此認可。

➡視為利姆路敵人的對象絕不寬恕，會毫不留情將對方逼至絕境，將之毀掉。

Topic 3 高高在上VS冷淡對應

他似乎認識「赤紅始祖」金。但看起來關係不算好，面對親暱的金，他只給出冷淡對應。金也認為迪亞布羅是一個怪人，兩人維持微妙的關係。

⬅身分是利姆路的管家，因此穿著正式服裝。右手的反差感讓人覺得很酷。

➡在利姆路取名字之前，穿著類似貴族的服飾。

魔國聯邦

惡魔族

威諾姆

身為迪亞布羅直屬部下的高階魔將。迪亞布羅似乎挺中意他，但對應方式相當隨便。常常強人所難，但威諾姆似乎已經習慣了。是一生下來就擁有獨有技的特殊個體，還沒活過很長的歲月，但成長速度讓人嘆為觀止。

魔國聯邦

惡魔族

戴絲特蘿莎

「我說，做出這種事，還以為我會原諒你們？」

優美外表下隱藏可怕本性的惡魔

在迪亞布羅拉攏下宣誓對利姆路效忠。是被稱作「白色始祖」的惡魔。如今變成外交武官，在西方評議會出差。能夠完美背誦法規，甚至指出問題點，是個才女。在始祖之中也是最高傲的，因此會去當別人部下連金都感到訝異。跟端莊的外表相反，她其實非常好戰，個性殘酷。

Topic

染上血紅的惡魔

帝國的從屬國曾經發生的不祥事件「紅染湖畔事變」。這件好幾萬人被殺光的知名事件發生時，被召喚出的惡魔就是戴絲特蘿莎。這慘絕人寰的事件對她來說也只是愉快的「用餐」。

←看起來就像高雅千金小姐的白髮美女。然而誤判她的本性可是會遭殃……

能力

Ability

主要技能等

死亡祝福（Death Streak）

原本是高階惡魔，得到名字之後變成惡魔大公，原本就很凶殘的戰鬥力進一步強化。「死亡祝福」跟金過去覺醒時用過的是屬於同種魔法，只會取走靈魂，類似一種詛咒。

魔國聯邦

惡魔族

烏蒂瑪

充滿元氣!(?)的英氣女孩 其實是殘虐惡魔

回應迪亞布羅的勸誘，發誓效忠利姆路，別稱「紫色始祖」的惡魔。目前擔任檢察廳的檢察總長，負責調查國內的犯罪事件。外表是可愛開朗的少女，但根據魯米納斯所說，她的本性等同陰險和殘酷無情的代名詞。跟卡蕾拉動不動就起衝突，會大肆吵架，最後由迪亞布羅出面仲裁。

Topic

大叔和小小姐

烏蒂瑪很黏羅格魯德，叫他「大叔」，會遵從他的指令。羅格魯德也叫她「小小姐」，把她當成女兒般疼愛。這是因為羅格魯德不知道烏蒂瑪的真面目，但那景象還是讓人不禁莞爾。

←把一頭紫色頭髮綁成單馬尾的少女。語氣像男孩子，看起來就像天真無邪愛惡作劇的小孩。

能力

Ability

主要技能等

結冰地獄／破滅之焰（Nuclear Flame）

這名惡魔大公喜歡殘忍手法。核擊魔法「破滅之焰」擁有的熱量足以讓附近一帶蒸發，破壞力令人畏懼。被「破滅之焰」灼燒的帝國士兵沒有剩下分毫肉體，因此利姆路沒辦法復活他們。

魔國聯邦

惡魔族

卡蕾拉

隨性虐殺 不懂節制的失控惡魔

在迪亞布羅勸誘下發誓效忠利姆路的「黃色始祖」惡魔。目前擔任司法院最高法院長官。不會屈服於賄賂和暴力，為人公正，但根據雷昂所說，她同時也具備隨意亂放核擊魔法的亂來一面。雖然利姆路不在意，但她態度傲慢，常常惹怒迪亞布羅。

Topic

不懂得反省的暴衝車輛

部下阿格拉說卡蕾拉就像沒有煞車的暴衝車輛。她性格上喜歡追求短暫的享樂，不去管戰爭勝敗，會因為想放就放核擊魔法。若是輸了也只是大笑了事。

⬆有著及肩的耀眼金髮。平常就很喜歡穿軍裝，態度傲慢。

能力

Ability

主要技能等

Gravity Collapse
重力崩壞

聽到她放話「要下核擊魔法之雨」，部下還說「這以她的標準來說太溫吞了」，實力深不可測。對戰帝國時用過「重力崩壞」，在核擊魔法之中屬最強大，能打造出人工黑洞，運用重力將所有東西碾碎。

魔國聯邦
惡魔族
摩斯

戴絲特蘿莎的心腹，要永遠服侍她，概括承受所有雜務的大惡魔。看起來像十一二歲的少年，數萬年來從來沒有戰敗過。是僅次於始祖的高手。擁有讓許多分離出來的小分身飛往世界各地，同時蒐集情報分析的特殊能力。

魔國聯邦
惡魔族
席恩

在戴絲特蘿莎底下做事，擔任副官的男爵級惡魔。三百年來沒有戰敗過，重複轉生好幾次。在行政方面的能力很優秀，工作是輔佐去西方評議會當外交武官的戴絲特蘿莎。當她不在評議會時，似乎也會變成她的代理人。

魔國聯邦
惡魔族
維儂

擔任烏蒂瑪的管家，活了四千年以上的惡魔侯爵。好幾次輸給摩斯，據說每次輸給他就會反覆轉生。外觀上是有翹鬍子特徵的紳士，總是挺直腰桿跟在烏蒂瑪身邊。就算在戰場上，當然也要準備好喝的紅茶，無微不至地服侍。

魔國聯邦
惡魔族
祖達

三百年來沒有輸過，但轉生過好幾次的惡魔。是烏蒂瑪的隨從，同時也是專門製作宮廷料理的廚師。平常都穿著特製的雙排釦廚師服，動作高雅純熟，就算在戰場上也能提供頂級料理。然而烏蒂瑪常常給出負面評價。

魔國聯邦
惡魔族
阿格拉

三百年前來到卡蕾拉底下做事就再也沒有輸過的惡魔，既是近代種卻擁有子爵級力量的特殊個體。每天都努力教導像失控車輛的卡蕾拉常識，勞心勞力。在惡魔之中罕見地擅長使用刀而不是魔法，據說外貌很像白老的祖父兼師父荒木白夜。

魔國聯邦
惡魔族
耶斯普利

跟隨卡蕾拉，目前是五百年來都沒有戰敗、擁有子爵級實力的惡魔。轉生過好幾次。是有著可愛容貌的少女，但性格差勁到極點，每次卡蕾拉失控都順著她，沒有勸諫的意思。吃力不討好的工作都推給阿格拉，自己則徹底吹捧卡蕾拉。

魔國聯邦

人類 古蓮妲

靠著接暗殺任務討生活的異界訪客前傭兵

「今天改變想法了。從今天開始，我要為點數而活」

神聖法皇國魯貝利歐斯的「三武仙」之一，真實身分其實是「羅素一族」召喚過來的異界訪客，也是間諜。為了在西方評議會的會議上陷害利姆路等人，她執行英格拉西亞王子暗殺計畫失敗，被蒼影抓住。被羅素家用無法忤逆的「咒言」束縛住，但得知利姆路三兩下解開，她馬上反過來對利姆路發誓效忠，是很剛烈的女性。

⬆在原本的世界裡，她是擅長用槍枝和小刀的傭兵。有著苗條的體態，是個大美女，但嘴巴很壞。

能力

Ability 主要技能等 狙擊者

擅長狙擊。透過「狙擊者」擁有的「空間操作」技能，可以在視線範圍內將狙擊對象跟自己槍枝之間的空間自由自在連結。因此能夠用手槍狙擊，古蓮妲的手槍是她在原本世界愛用的槍枝。就算有遮蔽物也能狙擊，是看似無敵的技能。

魔國聯邦

人類 傑拉德

將「惡魔大公」米薩莉當成神崇拜的傭兵團「綠之使徒」團長。在格蘭貝爾爪牙約翰的委託下召喚米薩莉。目標是加入成為神的一員，但失敗了。

➡被綠之使徒當成神信奉的惡魔大公米薩莉。

魔國聯邦

人類 艾茵

隊伍「綠亂」的隊長，「綠之使徒」的精靈使者。雖然成功召喚米薩莉，但對她來說負擔過大而失去意識。後來跟傑拉德一起加入藍闇眾。

魔國聯邦

長鼻族 紅葉

為了戀愛向前邁進的長鼻族（天狗）

敢愛敢恨的長鼻族長老代理人，身為紅丸的妻子候補，每天都努力奮鬥，試圖抓住他的心。也被發現她是白老的女兒。和白老兩人拉近距離，如今已經是師徒關係。在帝國大遠征最後的地面戰上，她代替紅丸率領第四軍團，為了將來的夫君——更正，是為了魔國聯邦挺身而戰。有許多情敵，跟前來當援軍的阿爾比思是對手。

Topic

紅丸籠絡作戰

自從愛上紅丸之後，她就對紅丸展開熱烈追求。還用長鼻族居住的山開隧道需要調查當名目，跟他一起過去。向紅丸的妹妹朱菜熱誠地學習做菜，如此奮不顧身的態度就連朱菜都感佩。

魔國聯邦

長鼻族 楓

紅葉的母親，對白老很專情的長鼻族長老。大約三百年前生下紅葉之後體力大不如前，如今很少有機會離開隱居的村落。是讓人眼睛為之一亮的美女，但有時很脫線亂來，替紅葉的戀愛加油，自己也會寫情書給白老，心還很年輕。

➡外表跟人類沒什麼差別，但特徵在於有狗耳和白色翅膀，還有從白色轉成紅色的漸層髮。

魔國聯邦

兔人族

芙拉美亞

對慶典充滿興致的兔耳少女

↑此插圖來自番外篇漫畫《魔物王國漫步法》第一集。

是居住在朱拉大森林裡的膽小種族——兔人族族長的女兒。特徵是有一對大耳朵的美少女，她的父親為了向利姆路打招呼前往開國祭，她硬要跟去。好奇心旺盛，來到魔都「利姆路」就馬上一溜煙從父親身邊跑走，不見人影，也不去跟利姆路打招呼，消失在因慶典相當熱鬧的城鎮中。

利姆路大人有話要說
魔國聯邦也變得很熱鬧了呢～必須把這裡變成大家可以和睦生活的好國家。雖然危險的成員好像有點多！

魔國聯邦

兔人族

兔人族的族長

兔人族的首長。跟女兒走散沒辦法帶她過來，心懷恐懼前去問候魔王利姆路，當利姆路安慰他之後，這才放心。

魔國聯邦

半身人

塔克多

感嘆自己做什麼工作都不擅長，利姆路看出他透過音樂來鼓舞人心的才能，就推薦他加入軍樂隊。後來甚至在開國祭的音樂會上漂亮指揮，成長了不少。

魔國聯邦

龍人族

艾畢爾

蜥蜴人族的首領，跟在開國祭上變成魔王的利姆路久別重逢，讓他很緊張。也跟斷絕親子關係的兒子戈畢爾再次相見，得以和他單獨敘舊。

魔國聯邦

狗頭族

柯比

率領狗頭族的旅行商隊，在還沒有結成大同盟之前，就跟利姆路有交情了。如今是會分享有利商談的關係。

蜜莉姆領土

龍魔人

蜜莉姆

繼承龍種的血脈
天真爛漫的美少女魔王

「八星魔王」中的遠古魔王之一。活了很長一段時間，但外觀上還是惹人憐愛的美少女，個性天真無邪，動不動就跟人吵架，像個小孩子。但是她的力量被視為天災級，就連在魔王之中也特別強大。是最初的龍種「星龍王」維爾達納

能力

Ability

主要技能等

龍眼／龍星擴散爆／龍星爆焰霸

獨有技「龍眼」只要透過目視就能夠測量標的物的魔素含量。「龍星擴散爆」和「龍星爆焰霸」擁有甚至能改變地形的壓倒性攻擊力，就算沒有這些必殺技，她也具備最強的攻防實力。

瓦和人類女性生下的特殊存在。中意利姆路跟他變成死黨，就算芙蕾和卡利翁變成部下，日子繁忙起來，她還是會跑出自己的國家到魔國聯邦遊玩。也幫忙建設迷宮，捕捉要拿來當樓層魔王的龍、製作陷阱，甚至還操縱假魔體迎戰迷宮挑戰者們，隨心所欲樂在其中。

➡基本上重視行動方便性，但也會高高興興穿上時髦的洋裝。

➡認真起來的戰鬥模式。穿上黑色鎧甲，而頭上有類似角的突起物。

Topic 1 脫胎換骨的朋友

遠古時期，蜜莉姆之所以會失控是因為寵物龍被殺掉。她跟變成混沌龍的龍重逢，並跟利姆路一起成功救出心核。後來運用「擬造魂」復活那隻龍，這才和牠真正地重逢。

Topic 2 最棒的料理是？

在開國祭上，蜜莉姆希望利姆路這邊拿出能夠讓她的信奉者們改變想法的料理。那些人的料理是將素材原味當成最棒滋味，看樣子很難吃。蜜莉姆來魔國聯邦會變成貪吃鬼也是因為這點？

…

人物關係圖
利姆路
死黨
芙蕾
雖是朋友但在工作方面很棘手
不許蹺班
卡利翁
大部分的事情都交給他處理
跟隨妳喔！
米德雷
很膀叨
關於饕點就睜一隻眼閉一隻眼吧
哥布達
要徹底重新訓練
我已經精疲力盡了
蓋亞
好朋友
菈米莉絲
維爾德拉
迷宮夥伴
自從跟利姆路變成死黨後，朋友變多了，每天都很開心。希望他之後也能教我很多事情！

蜜莉姆領土
獸人族
卡利翁

獸王國猶拉瑟尼亞的尊榮「獅子王」(Beast Master)

獸人們居住的獸王國猶拉瑟尼亞之王。原本是魔王，自從魔王克雷曼敗給利姆路消滅之後，他自認實力不足，便將魔王寶座還回去，變成蜜莉姆的部下。很有獅子獸人的風範，是個武鬥派，性格豪爽大方，部下都很仰慕他。跟以前同樣是魔王的芙蕾一起輔佐蜜莉姆，變成蜜莉姆領土的新魔王領地實際上都是他在營運。

⬆同時具備冷靜與熱情特質的表情非常有男子氣概。獸人中的獸人——卡利翁。

Topic
強敵的真面目是前魔王

在開國祭上化身謎樣怪人蒙面獅子參加武鬥大會，打敗蓋德，展現他高強的實力。雖然敗給哥布達的戰術，但單論戰鬥力非常高。

蜜莉姆領土
獸人族
阿爾比思

統領三獸士的美女

猶拉瑟尼亞最高幹部三獸士的首長，別稱「黃蛇角」的蛇型獸人。散發知性又沉穩的氣息，是妖豔的美女，獸人化的第一階段是下半身變蛇，第二階段變身會成為龍形姿態。帝國來襲時，她率領兩萬大軍馳援。愛上紅丸，企圖成為他的妻子。跟同樣愛上紅丸的紅葉是情敵關係。

蜜莉姆領土
有翼族
芙蕾

被蜜莉姆耍得團團轉？統管有翼族的「天空女王（Sky Queen）」

跟卡利翁一起成為蜜莉姆部下的前魔王，負責統率有翼族的美麗女王。目前在管理屬於她領土的天翼國弗爾布羅，同時也是蜜莉姆的副官，但也像是蜜莉姆的指導人，監督身為統治者卻一天到晚丟下工作跑出去玩的她。雖然如此跟蜜莉姆關係良好。會假裝生氣來試探利姆路，是聰明又深不可測的大姊姊。

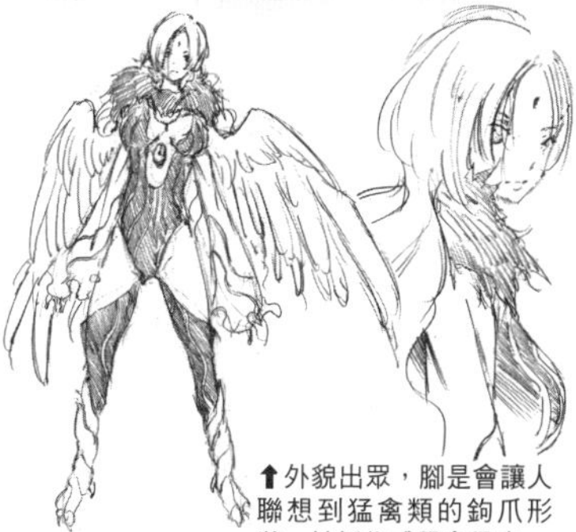

⬆外貌出眾，腳是會讓人聯想到猛禽類的鉤爪形狀，被抓住感覺會很痛。

Topic
暴君的照護人？

任性妄為的暴君蜜莉姆或多或少有些成長，芙蕾似乎認為那是多虧利姆路，因此雖然會對一不注意就跑去利姆路那邊遊玩的蜜莉姆說教，但也默默觀望，儼然就是個姊姊。

蜜莉姆領土
獸人族
蘇菲亞

三獸士之一，別名「白虎爪」的虎之獸人。第一次造訪魔國聯邦時充滿敵意來挑釁，但那只是在試探利姆路等人，認可實力之後，跟他們締結友好關係。

蜜莉姆領土
獸人族
法比歐

冠有「黑豹牙」之名的三獸士之一。比任何人都還要尊敬卡利翁，但自從被利姆路救過一命後，也很崇敬利姆路。

蜜莉姆領土
龍人族
米德雷

崇拜蜜莉姆的自然主義者

崇拜信奉蜜莉姆，住在失落龍都的龍人族神官長，擁有「料理是對食物的褻瀆」的獨特宗教觀。然而，在朱菜的勸說下吃過餐點後就改變想法，跟魔國聯邦締結友好關係。實力高到連紅丸也承認他是個戰士，而且講義氣，願意協助戈畢爾修行，但似乎很容易生氣，一旦激動起來就很難應付。

蜜莉姆領土
龍人族
赫爾梅斯

總是很辛勞的蜜莉姆隨從

蜜莉姆的隨從之一，米德雷的部下，但跟米德雷不一樣，沒有思想偏差。當初為了替米德雷那無禮的態度道歉，他一直向利姆路和朱菜低頭，總是很勞心。同時也具備能跟戈畢爾對打的戰鬥能力。難得後來米德雷想要進一步靠攏魔國聯邦，他卻說「感覺很煩人」等，也有著不太會看場合的一面。

魔國聯邦
龍　種
蓋亞

轉生的蜜莉姆好友

混沌龍是蜜莉姆以前的朋友，利姆路和蜜莉姆合作用「擬造魂」吸取，轉生之後變成這個姿態。在魔國聯邦的迷宮內部轉生成小龍，蜜莉姆在迷宮裡頭培育蓋亞，如今依然跟蜜莉姆非常要好。蜜莉姆回到自己的領土後，將蓋亞放在利姆路那邊，在迷宮裡頭安全過生活。

布爾蒙
人類

費茲

支援冒險者們的辛苦人

負責擔任自由公會布爾蒙王國分會分會長的能幹男人，如同愛蓮等冒險者的大哥存在。魔國聯邦建國之前，就和利姆路保持友好關係，還引介布爾蒙王國的德拉姆王跟利姆路見面，以及帶著貝葉特男爵到魔國聯邦，布爾蒙王國跟魔國聯邦的外交上，他功不可沒。跟貝葉特從小就認識。

利姆路大人有話要說

布爾蒙雖然是小國家，但是人才濟濟呢～對魔物沒有偏見這點非常好。很慶幸最先開始接觸的人類國度是這裡！

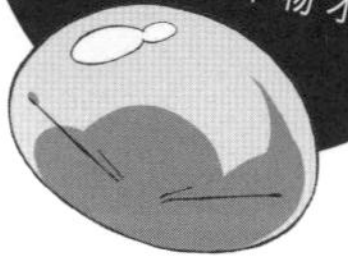

布爾蒙
人類

貝葉特

布爾蒙王國的男爵。思路清晰，是有遠見的大臣，國王也很信賴他。想要遊說讓魔導列車的中繼地設在布爾蒙王國時，正確預想出事後會帶來的影響讓利姆路感到驚訝。開放布爾蒙王國當作流通據點，承諾會為魔導列車的開通做準備。

布爾蒙
人類

德拉姆國王

布爾蒙王國的國王。乍看之下性情溫厚無害，卻跟利姆路當面表明會幫助魔國聯邦是因為另有所圖，讓利姆路大吃一驚。不愧是小國布爾蒙的領導人，是不容小覷的強悍之人。

布爾蒙
人類

布爾蒙王妃

和德拉姆王是鶼鰈情深的夫婦，受國民愛戴的賢妻。外觀看起來比國王年輕許多，但據說他們很多年前就結婚了。兩人也一起出席開國祭。

法爾梅納斯
人類
尤姆

一夕崛起的英雄王

法爾梅納斯王國的國王。尤姆原本是鎮上的小混混，在利姆路的安排下被打造成討伐半獸人王的英雄。在法爾梅納斯王國滅亡之後，國家名稱改為法爾梅納斯王國，他即位成為初代國王。後來自稱尤姆·法爾梅納斯。

法爾梅納斯
魔人
繆蘭

脫離魔王魔掌當上王妃

原本是克雷曼底下的魔人——無名指繆蘭。利姆路幫忙她脫離克雷曼的掌控，之後跟尤姆結婚。現在名叫繆蘭·法爾梅納斯，以王妃的身分輔佐丈夫。跟尤姆生下女兒蜜姆。

法爾梅納斯
獸人族
克魯西斯

獸王國出身的狼獸人。性格很有男子氣概，在魔國對決的契機讓他跟尤姆變成好友。如今加入法爾梅納斯王國騎士團擔任團長。愛上繆蘭，她懷孕的消息讓克魯西斯受到打擊，臥床不起。

法爾梅納斯

人類

隆麥爾

法術師。尤姆在當冒險者時的夥伴，地位上相當於參謀。現在在未來預定通過法爾梅納斯王國的魔導列車軌道建設現場指揮。

法爾梅納斯

人類

艾德卡

法爾姆斯王國國王艾德馬利斯的兒子。現在是尤姆的隨從。推薦尚未出生的尤姆之子擔任下一任國王，很仰慕尤姆。

法爾梅納斯

人類

艾德馬利斯

法爾姆斯王國時代的國王。引退讓位給尤姆，隱瞞真實身分擔任顧問，從政治層面支援尤姆。

利姆路大人有話要說
原本以為法爾梅納斯王國營運起來會更困難，結果進展很順利嘛。總覺得尤姆身邊聚集很多人才呢！

法爾梅納斯

魔人

拉贊

法爾姆斯王國的前宮廷魔術師長，同時也是魔人。聽命於迪亞布羅，在法爾梅納斯體制下協助尤姆。同時是蓋多拉的徒弟，跟他重逢之後，告知利姆路和迪亞布羅的威脅性。

法爾梅納斯

人類

薩雷

原本是魯貝利歐斯三武仙的男人。因為出了很大的糗沒辦法回法皇廳，這時被拉贊收為徒弟。

法爾梅納斯

人類

格萊哥利

跟薩雷一樣，原本是三武仙的男人。現在變成拉贊的徒弟，擔任法爾梅納斯國王尤姆的護衛。

魯貝利歐斯

吸血鬼
魯米納斯・瓦倫泰

唯一的神兼魔王
活過漫長歲月的吸血鬼

西方聖教會信仰的「神」。然而真面目是長壽的吸血鬼族人，還是被稱之為真魔王的存在。克服吸血鬼的弱點陽光，是所謂的「超克者」，她底下也有多名「超克者」。跟格蘭貝爾作戰後使得究極技能「色慾之王阿斯蒙太」覺醒，論地位和實力都是這世界上最頂尖的人士之一。

能力
Ability

主要技能等

色慾之王阿斯蒙太

在魯貝利歐斯被當成神崇拜的吸血鬼，也是魔王。擁有跟格蘭貝爾相抗衡的戰鬥力。「色慾之王阿斯蒙太」也會使用在戰鬥之外的用途，像是讓遭到殺害的日向復活等，能力的用途非常廣泛。

「你的覺悟，
妾身就確實接下吧。」

Topic 1 也很清楚世界情勢

從很久以前就活著了，也認識始祖惡魔們。平常我行我素，但也會斥責利姆路替始祖們取名字的事情，展現掛心世界平衡的一面。

➡平常身上都穿著歌德蘿莉風格的黑色洋裝。高雅的身姿妖豔又可愛。

Topic 2 維爾德拉不是對手？

大聲喝斥想要插嘴金和魯米納斯對話的維爾德拉「大人在講話別插嘴！」。在這個世界上敢把維爾德拉當成小孩子對待的，除了龍種就只有她了。

魯貝利歐斯

吸血鬼

岡達

古老的吸血鬼，從遠古開始就效忠魯米納斯，在「三爵」之中也是地位最高的實力派。看起來像高齡的管家，從政務到準備紅茶都一手包辦的優秀男人，當魯米納斯離開魯貝利歐斯時還會充當護衛，戰鬥能力也很強。

魯貝利歐斯

吸血鬼

路易・瓦倫泰

「三爵」之一。表面上假裝是魯貝利歐斯法皇，是魯米納斯忠心的臣子。原本跟弟弟羅伊是同一存在，但力量太過強大，除了魯米納斯沒人可以駕馭，所以被魯米納斯分成兩個人。自從羅伊被殺掉，又恢復成一個人之後，力量大幅度上升。

➡代替魯米納斯扮演魔王的雙胞胎弟弟羅伊。

魯貝利歐斯

人類

坂口日向

跟魔國聯邦和解 西方最強的聖騎士

被尊稱為西方最強聖騎士的異界訪客。擁有強烈信念的冷酷美人，個性上重視規律不懂通融，所以容易因為小小的誤解就鑽牛角尖。西方聖教會的方針是跟魔物敵對，因此過去都跟利姆路對立，但現在用友好的態度面對魔國聯邦。

能力

Ability

主要技能等

數學家／七彩終焉刺擊／神聖魔法

過去跟利姆路打成平手的高手。透過獨有技「數學家」支援邏輯思考，讓她在戰鬥時也能總是選出最好的答案。主要運用傳說級武器月光細劍進行近身戰，在西方名列為十大聖人之一。

「你說的話還真可笑。
那就麻煩你當我的對手吧。」

跟格蘭貝爾戰鬥時，為了保護克蘿耶死去，但她的精神沒有消滅，而是跟克蘿耶一起回到過去。在克蘿耶體內度過一段很長的時間，被封入聖櫃回到現代，在魯米納斯「色慾之王阿斯蒙太」的幫助下復活。幫助克蘿耶以「真勇者」的身分覺醒。

⬆穿著聖騎士的鎧甲和外套，手上拿著細劍，全身英姿煥發，看起來毫無破綻。

Topic 1 意外也有孩子氣的一面

在魔國聯邦的開國祭上，大肆購買慶典特別價格的武器防具和魔法道具，逛著攤販邊走邊吃到滿意為止，在慶典上盡情享受。對利姆路重現的日本料理似乎很滿意。

Topic 2 領導能力和指導能力也一流

日向平常負責率領聖騎士，也會照顧孩子們，陪他們練習，很會照顧人。在迷宮裡頭甚至會指導阿畢特，是很有領袖氣質的人物。

魯貝利歐斯
人類
雷納德・傑斯塔

聖騎士團副團長，被稱為「光之貴公子」，具備相當的實力。西方聖教會的十大聖人之一。原本是跟光之精靈締結契約的聖魔導士，擁有足以擺弄格蘭貝爾的劍技。在大聖堂一戰之中，即使有利姆路的「絕對防禦」幫忙，面對格蘭貝爾的崩魔靈子斬依然束手無策，昏厥過去。

魯貝利歐斯
人類
阿爾諾・鮑曼

西方聖教會的十大聖人之一，身懷實力，在聖騎士團之中是僅次於日向的劍術好手。停留在跟魯貝利歐斯締結友好關係的魔國聯邦境內。跟格蘭貝爾戰鬥時，和雷納德一樣瞬間戰敗，但勉強保住一命。

魯貝利歐斯
人類
莉緹絲

在滿是男性的聖騎士團中是少數女性，但實力足以被列為十大聖人，是跟水之聖女締結契約的精靈使者，擅長使用治癒魔法。襲擊魔國聯邦時敗給蒼影，後來似乎就迷戀於他，是蒼華的情敵。

魯貝利歐斯
人類

尼可拉斯・修伯特斯

用「靈子壞滅」打倒格蘭貝爾的西方聖教會樞機。但其實只是被格蘭貝爾的偽裝所利用，被格蘭貝爾的崩魔靈子斬打到時，雖受日向保護，但還是身負重傷。此外，東方帝國謠傳真的是他打倒格蘭貝爾。

魯貝利歐斯
人類

巴卡斯

跟阿爾諾一起停留在魔國聯邦境內的十大聖人之一。為了在迷宮裡頭修行，並沒有參加跟格蘭貝爾的作戰。和夫利茲通力合作，具有可以和獸王國「三獸士」的阿爾比思及蘇菲亞兩人互相抗衡的實力。

魯貝利歐斯
人類

夫利茲

在聖騎士之中特別崇拜日向。給人輕浮的感覺因此容易遭到誤解，實力一流，是十大聖人之一。沒有參加跟格蘭貝爾的戰鬥，奉命跟巴卡斯一起攻略迷宮，在迷宮裡頭修行。

自由公會

人類 正幸

被技能包裝出來懷著許多煩惱的假勇者

被稱作勇者正幸，又或是閃光正幸的異界訪客少年。本名叫做本城正幸。是大約一年前被傳送到這個世界的十六歲高中生。傳說他是西方諸國境內最強，但那其實是技能「英雄霸道」的效果，就算什麼都不做也會一直走好運，周遭會擅自誤解，不知不覺間他就被大家當成勇者了。由於他的實力追不上，

Topic 1 最糟的背叛和殘存的希望

跟東方帝國作戰時，夥伴邦尼和裘背叛他。當時包含迅雷在內，發現大家一直都知道自己的真正實力，讓正幸很受傷，但也得知只有迅雷知道他的實力卻依然仰慕他。

「就讓我當三上──不對，當利姆路先生的部下！」

Topic 2 除卻勇者身分 正幸的資質

正幸在遊戲和漫畫方面的知識博大精深，當迷宮再度開幕時，他以玩家的視角提議能夠改善的地方。還提議設置教學模式，以及可以從各個樓層前往旅館，這些也讓利姆路嘆為觀止。

能力 Ability

主要技能等

英雄霸道

超稀有獨有技「英雄霸道」蘊藏的力量直逼究極技能。隊伍成員的攻擊總是會變得特別強大，擁有莫大的影響力。相反地，正幸本身只是稍微練過劍道的一般人，單純論戰鬥力很低。

因此本人對這種情況很厭煩。他遇到利姆路就表明一切，希望對方可以提供庇護，後來就為利姆路工作。他變成迷宮的活廣告塔，漂亮地攻略迷宮，帝國軍入侵時，還擔任義勇兵團的軍團長。

➡具俄羅斯人的血統，樣貌端正。不知為何和皇帝魯德拉長得很像……？

人物關係圖
利姆路
當你的手下就好
意外很辛苦耶
迅雷
跟隨你到天涯海角
你真是個好人呢
摩邁爾
不愧是勇者正幸
又被誤會了
劍也
很憧憬
裘
沒發現被騙的蠢蛋
我還把你們當成夥伴
邦尼
哥布達
看起來明明很弱卻會變身！
感覺明明很受歡迎，卻莫名有種跟自己一樣運氣背的氣息
優樹
我還一直相信你
對利姆路先生只有感激。飲食也很讓人驚訝，但最重要的是居然可以在這個世界看到漫畫！我要一直跟隨你！

自由公會
人類
迅雷

知曉一切的正幸夥伴

正幸來到這個世界後，第一個找正幸麻煩的小混混冒險者，結果當場被正幸打倒。受正幸的技能影響，以為他是勇者，當場變成他的手下，後來就一起組隊戰鬥。邦尼他們趁帝國軍入侵暗殺利姆路，這時才發覺原來迅雷早就知道正幸幾乎沒什麼戰鬥力可言。即使如此還是認可很努力的正幸，什麼都沒說，一直追隨他。

自由公會

矮人

蓋札・德瓦崗

「那個利姆路可是朕的師弟。」

赫赫有名的武裝大國矮人王國統治者

統治著技術力和軍事力高到讓其他國家刮目相看的武裝大國德瓦崗的矮人之王，跟利姆路互相知曉彼此性情。三百年前，年紀還小的時候跟白老學過劍術，把同樣受過劍術指導的利姆路當成師弟看待。因此動不動就會給利姆路建議和忠告，平常都假裝一身威嚴、正經八百，其實是一個會偷偷跑出自己

Topic 1 與利姆路的關係

即使利姆路成為魔王，仍完全不覺得他會變成危害人的邪惡存在，至今依舊與他維持深交。在開國祭上，得知利姆路讓始祖惡魔成為夥伴，看著他毫無改變的樣子，確定了相信他這件事沒有錯。

Topic 2 蓋札的劍術

磨練跟白老習來的劍術，擁有至今稱為劍聖的呼聲仍舊很高的實力。過去試探利姆路時，可窺見其實力一斑。自從與白老重逢，對於自己無法再次請求他教導的自身立場感到悔恨。

能力 Ability

主要技能等

獨裁者／英雄霸氣／朧・地天轟雷

自從當上王以後，他就沒什麼機會揮劍。然而他的身手並沒有鈍化，像是用「英雄霸氣」封住敵人趁機行事等，做這些就像在呼吸一樣。也擅長使用跟白老學的見即殺「朧・地天轟雷」。「獨裁者」可以看穿對方的內心，可說是跟王非常相襯的技能。

國家去找利姆路玩的隨性人物。面對王國裡頭的重鎮，若是在私人空間內，跟他們相處都不會擺架子。

↑漫畫版川上泰樹老師的草稿。能讓人感受到王的威嚴。

利姆路大人有話要說

德瓦崗那邊的成員也會三不五時過來玩，可以變成同盟國真是太好了。這樣也有較多機會可以找蓋札幫忙呢。

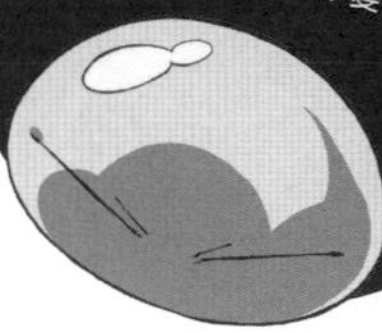

德瓦崗 矮人

潘

身上穿著漆黑的重鎧，是武裝大國德瓦崗的軍事部門最高司令官。僅次於蓋札的高手，也是他的益友。為人較正經，從初次見面開始，每次都為利姆路出人意表的行動驚訝，但既然他是蓋札信賴的對象，潘就決定也要相信他。

德瓦崗 矮人

德魯夫

擔任德瓦崗號稱最強戰力的祕密部隊天翔騎士團團長的純白騎士。跟潘一樣，和蓋札很親近，個性比較正經，平常都裝成文官的樣子。帝國軍入侵時，看到對方使用戰車和魔槍，便冷靜分析指出戰爭型態已經改變一事。

德瓦崗 矮人

安莉耶達

身為德瓦崗密探之長的美女。她有過底下的間諜們陸續被蒼影趕跑這樣困窘的經驗。此外利姆路戲劇性的行動也讓他們蒐集到的情報分量非比尋常，跟負責分析所有蒐集到的數據的情報部門一起面對沒完沒了的辛勞。

德瓦崗 矮人

珍

擔任宮廷魔導師的老婆婆，跟潘等人一樣，和蓋札關係很好。信任蓋札，但是利姆路危險的行動每每讓她感到驚訝，因此警告蓋札。知道利姆路底下有幾個始祖惡魔時，她罕見地激動起來，責備隱匿不報的蓋札。

薩里昂
長耳族
愛蓮（愛倫）

三傻中的一點紅、長耳族少女

以自由公會布爾蒙王國分會為據點活動的冒險者隊伍成員，女性法術師。其實是魔導王朝薩里昂的貴族——艾拉多公爵的女兒，因為憧憬冒險跑出自己國家的千金小姐。卡巴爾和基多是她的護衛。他們是B+等級的冒險者，一般而言手頭應該滿寬裕的才對，但不知為何愛蓮他們很貧窮。拿蛋糕去賄賂菈米莉絲，事先取得攻略迷宮的情報。

薩里昂
人類
卡巴爾

當三傻領隊的戰士

是愛蓮等人的隊伍的前衛，人族的重戰士。好歹算是隊伍的代表，但這個地位常常被身為護衛對象的小姐愛蓮搶走，因此沒什麼威嚴。其實是薩里昂的魔法士團成員，具備相當實力，但平常都用魔法戒指限制力量。可能是過慣冒險者生活的緣故，在迷宮開幕活動上拿到特質級武器「暴風長劍」相當開心。

薩里昂
人類
基多

身輕如燕的三傻小隊盜賊

三傻小隊的盜賊。跟卡巴爾一樣，是負責保護愛蓮、隸屬於魔法士團的騎士。不曉得是為了營造出盜賊感還是原本就那樣，說話語氣有點土氣為特徵。利姆路給他「暴風短刀」。在迷宮探索時，多虧他才能看破陷阱，順利蒐集到寶箱。除此之外還演出一些戲碼，用來宣傳回復藥和休息地點。

薩里昂

風精人

艾爾梅西亞・阿爾・隆・薩里昂

自稱是神的後裔 年齡不詳的天帝

「朕想跟你們締結盟約。」

統治魔導王朝薩里昂的女帝。是被稱為風精人的存在，就連蓋札王在她面前都抬不起頭。會跟叔父艾拉多的女兒愛蓮定期召開茶會，兩人很要好。從過去魔王雷昂還是勇者的時候就認識他了。家臣都認為她面無表情、冷酷無情，其實是像貓一樣善變的人物。在開國祭上看到魔國聯邦的文物受感動，甚至還買下別墅。

Topic

不管幾歲……

活得比擁有兩千年以上歷史的魔導王朝薩里昂這個國家還久，蓋札甚至說她是老妖女。去問這樣的她年紀是一大禁忌，當蓋札王要說出「老……」的時候，她身上放出連利姆路都為之顫慄的寒氣。

薩里昂

長耳族

艾拉多・格利姆瓦多

溺愛女兒的公爵

魔導王朝薩里昂的公爵，以使者身分造訪魔國聯邦。是愛蓮的父親，非常溺愛女兒的笨蛋老爸。同時也是艾爾梅西亞的叔父，艾爾梅西亞活得比艾拉多還要久上許多，因此他也得敬對方幾分。身為公爵，還要負責監視薩里昂的十三王家。關於跟魔王利姆路定下的街道整頓契約，艾爾梅西亞指出他還看得不夠透徹。

人魔族（埃爾德拉）

雷昂・克羅姆威爾

為了青梅竹馬背負許多業障的冷酷魔王

長長的金髮和藍色眼眸為其特徵，是「八星魔王」之一。統治跟惡魔界鄰接的黃金鄉埃爾德拉，人稱「白金色惡魔（Platinum Devil）」和「白金劍王（Platinum Saber）」。三百年前跟青梅竹馬克蘿耶一起從另一個世界過來，卻跟她走丟，為了找到她，變得不

Topic 1 對克蘿耶的執著

像兄妹一樣一起長大，一起來到這個世界的克蘿耶對雷昂來說就是一切。為了聚集在這個世界出現的異界訪客孩童，明知不對還是與優樹掛勾。因為精靈附身不夠安定而死亡的孩童不在少數。

「看到你的樣子，突然有種懷念的感覺。」

能力 Ability

主要技能等 細節不明

主要透過正統派的劍術打近身戰，從勇者時代開始就愛用神話級武器聖焰細劍，搭配傳說級的黃金圓盾。不辱前勇者之名，擅長迅速確實地攻擊，他的實力足以勉強應付來自失控克羅諾亞的攻擊。身為真勇者具備究極技能，但細節不明。

擇手段。以前被菈米莉絲底下的光之精靈相中成為勇者，但打倒卡札利姆之後就自稱魔王。容易遭人誤解，從前對靜的處理方式招致利姆路怨懟，但是經過與格蘭貝爾一戰，利姆路看清他的本質，後來互相合作。只是克蘿耶對利姆路有好感似乎讓他無法接受。

➡給人冷酷印象的藍色眼眸和長金髮是其特徵。白色長袍底下穿著黃金鎧甲。

Topic 2

該還以顏色的恩人

靜因為召喚失敗導致存在變得不安定，雷昂讓焰之巨人附身，將她變成魔人。即使覺得對不起靜，他還是認為這是為了尋找克蘿耶。後來讓繼承她意志的利姆路揍一拳。

利姆路大人有話要說

靜小姐也發現雷昂其實存有善意，所以留下遺言，說揍他一拳就好。雷昂讓人很難懂，我認為那樣的性格很吃虧喔。

埃爾德拉 種族不明

克羅多

被稱為黑騎士，為黃金鄉埃爾德拉最強，雷昂的親信，彬彬有禮又細心的武將。跟同僚阿爾羅斯都認識金。

⬆靜小時候跟黑騎士克羅多學過劍術。這身劍技之後救了許多人。

埃爾德拉 種族不明

阿爾羅斯

被稱為銀騎士，雷昂的首席部下。發現黃色始祖從埃爾德拉和惡魔界邊界消失的異象。之後在跟利姆路的會談上目擊到。

自冰宮

惡魔族
金・克林姆茲

最強最古老的惡魔之王 守望世界的「調停者」

別稱「暗黑皇帝（Lord of Darkness）」，永久凍土大陸的霸主。殘虐的赤紅始祖得到肉體，成為擁有妖豔美貌的「八星魔王」之首，維爾達納瓦要他防止世界毀壞，是造物主的代言人。會引起災禍，目的是透過恐懼來維持世界平衡，但對利姆路產生興趣，委託他管理人類。很看重最初的魔王蜜莉姆、菈米莉絲，跟雷昂是好友（？）。

「讓所有魔王來統治全體人類——這才是我的最終目標。」

Topic

知曉世界初始樣貌之人

不僅跟迪亞布羅等始祖惡魔熟識，甚至連四個「龍種」都認識。跟裡頭最年長的大姊維爾薩澤是拿整個世界玩某種「遊戲」的夥伴。從創世開始就結下的因緣仍在持續。

⬆擁有比血還紅的頭髮和鮮紅眼睛，是妖豔的美男子，也可以讓性別變成女性。

能力

Ability

主要技能等　熱龍焰霸

擁有比鑽石更堅硬的肉體，貫通攻擊也起不了作用。活用融合魔法和技能特質的技術，釋放出的攻擊能夠突破任何防守。使用元素魔法「熱龍焰霸」，就連優樹的「能力封殺」都毫無意義。此外也擅長使用武器，無需任何前奏就神速出劍直逼敵人，如此技量連實力的一小角都不到。

白冰宮
惡魔族
萊茵

嫉妒黑暗始祖的青色惡魔大公

發誓對金絕對服從，穿著暗紅色女僕裝的青髮美女。真面目是始祖惡魔之一的青之始祖。重視法律和秩序，表情一成不變，但是嫉妒以前跟金打成平手被認可實力，卻不進一步追求強勁的迪亞布羅，對他感到不滿。跟變成利姆路部下的迪亞布羅使用「遍布」放出分身作戰，卻傷不了對方。名字的由來是「血之雨」。

白冰宮
惡魔族
米薩莉

藏著暴虐性格的綠之惡魔大公

發誓對金絕對服從，穿著暗紅色女僕裝的綠髮美女。真實身分是始祖惡魔之一的綠之始祖，利用信奉她的集團「綠之使徒」監視人類社會並蒐集情報。受金命令，打算讓西方被恐懼和混亂籠罩，卻被戴絲特蘿莎阻擾，最後失敗收場。跟萊茵一樣，都是被金召喚來打雜的。名字來自「人類因痛苦而扭曲的表情」。

英格拉西亞
人類
艾基爾國王

英格拉西亞王國的國王。是最高權力者，為兒子艾洛利克闖下的禍事代替他道歉，有相當肚量。

英格拉西亞
人類
艾洛利克·馮·英格拉西亞

英格拉西亞第一王子。很自戀，舉手投足都像在演戲。原本打算去議會討伐利姆路立下功勞，卻三兩下被人抓住。

英格拉西亞
人類
雷斯塔議長

擔任西方評議會議長的人物。具備公正又公平的價值觀，就算面對身為魔物的利姆路也能保持中立。

英格拉西亞
人類
萊納

跟艾洛利克共謀的騎士團總團長。擁有超越A級的實力，卻小看日向還挑釁她，結果遭到反噬。

英格拉西亞
人類
凱

開國祭也有參加的A級冒險者。在英格拉西亞的議會上受艾洛利克王子僱用去偷襲利姆路，但被朱菜鎮壓。最後被瑪莉安貝爾操縱加入襲擊行列，但被利姆路秒殺。

英格拉西亞
人類
拉瑪

原本是三武仙。敗給古蓮妲，變成她的部下。受瑪莉安貝爾精神干涉影響，相信古蓮妲已經死了，為了報仇去攻擊利姆路等人。

卡斯通
人類
莫查

卡斯通王國的公爵。魔國聯邦開國祭上利用大商人們算計利姆路，打算賣人情。但在蓋札和艾爾梅西亞的協助下被防範於未然，因而失勢。暗中跟西方評議會勾結。

英格拉西亞
人類
克勞斯

在利姆路之後接任到自由學園任教之人。原本是A等級的冒險者，頗有實力，會為孩子們設身處地著想，個性很好。

自由公會
人類
格拉斯

常待在自由公會本部的B級冒險者。對比自己等級還低的人很囂張，但不至於讓人討厭他。

西爾特羅斯

人類・瑪莉安貝爾・羅素

打算靠前世記憶掌控經濟「貪婪」的少女

轉生者。前世掌控整個歐洲，打算利用當時的記憶和經濟知識及自身的「貪婪者」，驅使一切企圖支配世界。為了對抗利姆路，釋出各式各樣的陰謀詭計，但全都失敗，親自參與最後的戰役。然而理應已被她洗腦的優樹，實際上力量卻不管用，「貪婪者」遭奪走被殺害。事實上她也是瑪麗亞・羅素的轉生體。

「正有此意。我要讓你認清現實。」

Topic

跟格蘭貝爾結盟

才轉生幾年就展現才幹的瑪莉安貝爾，為了讓自己身邊的夥伴增加，就算是家人也毫不留情地支配精神。只對一族的先祖格蘭貝爾坦承自己的記憶和知識，拉他來當同伴。

能力

Ability

主要技能等

貪婪者／貪欲波動

「貪婪者」可以讀取對象慾望，藉此控制精神，是可怕的獨有技。她控制許多人的精神，讓這個世界按照自己的意思發展。對方慾望的強弱將會左右效果範圍。「貪欲波動」能讓強韌的意志力產生物理性破壞力，可以說是瑪莉安貝爾的「殺手鐧」。

⬆角色草稿設計時，整體給人比較柔和的印象至今仍留存著。

人類・格蘭貝爾・羅素

暗中支配西方諸國羅素一族的始祖

格蘭貝爾是過去跟魯米納斯戰鬥過的勇者，敗給魯米納斯之後，他就成為「七曜大師」和五大老之首，利用其影響力領導西方諸國，並守護人類免受從北方侵略的惡魔所害。從前愛過的女性瑪麗亞死後，精神開始變得不正常，瑪莉安貝爾的死似乎讓他找回理智。讓克蘿耶覺醒成「真勇者」，將未來的希望託付給她。

「現在就為這場因緣做個了斷吧。」

Topic

恢復成全盛時期的肉體

從前魯米納斯給了格蘭貝爾「愛之吻（Love energy）」，他將那些能量保存在瑪麗亞體內，吸收瑪麗亞之後，格蘭貝爾的肉體變年輕，取回以前被稱為勇者那段時期的力量。

←↑原本是勇者，同時也是對西方各國進行經濟支配的老翁，看起來溫文儒雅又陰險。

能力
Ability

主要技能等

不屈者／希望之王薩利爾／崩魔靈子斬／堅忍不拔

「希望之王薩利爾」跟魯米納斯擁有的「色慾之王阿斯蒙太」一樣，都是能夠掌控生死的究極技能。過去身為勇者活躍的時期就愛用的「真意之長劍」，屬於神話級。崩魔靈子斬不費吹灰之力就能打碎利姆路擴大範圍的「絕對防禦」，甚至讓與之對峙的聖騎士們昏過去，具備壓倒性的攻擊力。

羅斯帝亞
人類
約翰

五大老之一，羅斯帝亞王國公爵。下令要人破壞英格拉西亞王都的「防衛結界」。效忠格蘭貝爾。

德蘭
人類
德蘭

五大老之一，德蘭將王國的國王。遵從格蘭貝爾的命令，沒有跟他一起參加最終決戰，為了在世界混亂回歸沉穩後復興人類社會而殘存。

英格拉西亞
人類
西德爾

五大老之一，英格拉西亞的邊境伯爵。包辦北方的守護工作，跟約翰一樣，都為格蘭貝爾盡忠。

英格拉西亞
人類
葛芬

五大老之一，英格拉西亞的伯爵。在瑪莉安貝爾的授意下，計劃跟艾洛利克王子一起攻擊出席議會的利姆路。然而襲擊行動失敗，他被抓起來遭到處分，再也沒機會看見太陽。

西爾特羅斯
使魔
瑪麗亞・羅素

格蘭貝爾從前的妻子。在跟魯米納斯進行最終決戰時，跟格蘭貝爾一起現身。長相酷似瑪莉安貝爾，但為妙齡女性。真實身分是透過死靈復甦造就的使魔。敗給魯米納斯，跟寄宿在體內用來保持年輕的能量「愛之吻」一起被格蘭貝爾吸收，讓他找回從前勇者時期的肉體。

英格拉西亞
蟲型魔獸
蘭斯洛

是許久之前格蘭貝爾取名的蟲型魔獸，進化成最終形態的稀有種。守護人類免受北方惡魔侵擾，可以說是西爾特羅斯的王牌。對物理和魔法攻擊都保有優勢。雖然敗給紫苑和蘭加，但靈魂跟瑪麗亞一起被格蘭貝爾吸收，讓他的「不屈者」進化成「希望之王薩利爾」。

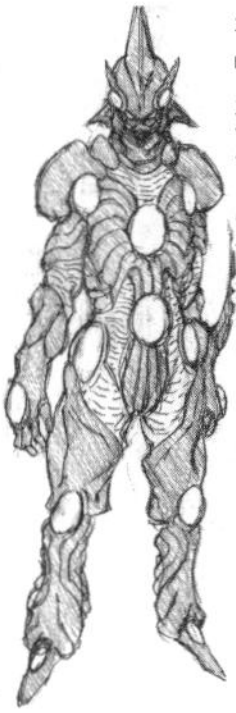
➡跟賽奇翁一樣，擁有被外骨骼包覆的強韌肉體，具備各種抗性。

東方帝國

人類

神樂坂優樹

「我會好好利用你的力量。」

目標是征服世界中庸小丑幫的老大

優樹是敗給雷昂的卡札利姆要讓自己復活，為了奪走身體才召喚過來的異界訪客。優樹來到這個世界馬上就獲得技能「創造者」，他利用這技能打造「能力封殺」，戰勝卡札利姆。後來變成自由公會的會長，為了統治這個世界著手做準

Topic 1 無法估量的欲望

優樹的欲望是要對抗這世界的不公平，「支配世界，由自己將世界導向正確方向」。那欲望過於龐大，甚至連瑪莉安貝爾的「貪婪者」都無法支配。

能力
Ability

主要技能等

創造者／能力封殺／貪婪之王瑪門

利用「創造者」製作出來的「能力封殺」，可以把魔法和技能等攻擊無效化。肉體進化成聖人，獲得非常強大的身體機能。主要打近身戰，可以透過「能力封殺」打出貫穿對手防禦的攻擊等等，在一對一的戰鬥之中抱持絕對自信。跟金戰鬥之後，他獲得究極技能「貪婪之王瑪門」。

備。

跟金對打的時候完全傷不了對方，還被夥伴庇護，這份無力感讓他的「貪婪者」覺醒成為究極技能「貪婪之王瑪門」。變成世界上最強的戰力之一。後來轉移到東方帝國，高升成為軍團長。

↑過去自由公會會長的打扮。也因年幼的外表，感覺個性很善良。

➡隸屬於東方帝國的優樹。換上軍服，頭髮也梳起來。

Topic 2 就連元凶都變成部下

卡札利姆是把優樹召喚過來的元凶，還覬覦性命，但優樹把卡札利姆的精神體卡嘉麗接來當副官，做事天不怕地不怕。也有對已視為同伴的拉普拉斯等人展露真實的一面。

利姆路大人有話要說
原本一直把優樹當成朋友看待，確定他背叛我真是打擊啊……我們還曾經一起暢談漫畫！

人物關係圖
利姆路
這股力量根本是怪物
不會原諒你
金
總有一天要超越你
隨時奉陪
卡嘉麗
中庸小丑幫
我的主子
拉普拉斯
老大，窩很信賴你哩
無可取代的夥伴們
日向
雖是同鄉但不信賴
蒂亞
人家也相信你
福特曼
呵呵呵，我很信任你喔
擔憂
利用
蓋多拉
沒想到我被利用了呢
格蘭貝爾
虧我之前還做好萬全準備耶…金和利姆路先生都太犯規了。我絕對不會放棄喔！

中庸小丑幫
人造生命體

卡嘉麗

中庸小丑幫的會長

優樹的祕書。表面上是自由公會的副會長，古代遺跡專家。真實身分其實是被稱為咒術王的前魔王卡札利姆之精神體，現在用薩里昂製造的人造人當身體。原本是長耳族的王族，但很久以前受到詛咒變成黑妖長耳族，然後進化成妖死族。最後當上魔王。為了對打倒自己的宿敵雷昂復仇，他帶著部下中庸小丑幫追隨優樹。跟優樹一起離開西方諸國，將據點搬到東方帝國。

中庸小丑幫
魔人

拉普拉斯

中庸小丑幫的副會長。魔王級別的高階魔人，但輕浮又可疑，自稱「享樂小丑」(Wander Pierrot)。在帝國和魔國聯邦的戰爭之中，為了傳遞來自優樹的警告——邦尼和裘背叛，他造訪魔國聯邦。然而過去的糾葛讓德蕾妮不願意聽拉普拉斯解釋，後來展開戰鬥，結果警告來不及傳達。

中庸小丑幫
魔人

福特曼

中庸小丑幫的成員，自稱「憤怒小丑」(Angry Pierrot)，不太會說話，沒耐心的胖男人。從三巨頭那邊接手特定機密商品的交易，跟拉普拉斯、蒂亞一起去找魔王雷昂傳達無法繼續交易。

⬇這副外貌。畢竟是小丑，看起來可疑也沒辦法吧？

⬆臉上戴著看似憤怒的面具，但無從得知真正的表情和情感。

中庸小丑幫
魔人
蒂亞

中庸小丑幫的成員，名為「淚眼小丑（Teardrop）」的女魔人。跟魔王雷昂交易的時候，她負責交涉。格蘭貝爾襲擊魯貝利歐斯時，在克蘿耶因為跨越時空消失的那一瞬間，趁機對克羅諾亞放出魔力彈。誘使克羅諾亞和雷昂戰鬥。

⬆正如其名，戴著像在哭的面具。身材嬌小卻是強大的魔人。

三巨頭
前人類
達姆拉德

祕密結社「三巨頭（Cerberus）」裡頭的「金」。假扮成東方商人達姆放假消息給日向，讓她跟利姆路對立。自從優樹把據點搬到東方帝國後，就把優樹引薦給蓋多拉，做了一連串動作。邦尼和袞也是透過達姆拉德之手分配給優樹當部下。

⬅⬆東方帝國自然不在話下，達姆拉德在西方也策劃了不少陰謀，是個策士。

三巨頭
人類
米夏

代表三巨頭的「女」。依照優樹的命令去拉攏機甲軍團長卡勒奇利歐。身為帝國的機甲軍團參謀，她也去參加侵略作戰。最後為了把情報帶回去，一個人逃亡。

三巨頭
人類
威格

代表三巨頭的「力」。擁有均稱宛如肉食獸一般的肉體。按照優樹的指示潛入帝國魔獸軍團。

東方帝國

人類

魯德拉·納姆·烏魯·納斯卡

「所有的棋子都湊齊了，
不久之後寡人將會贏得勝利。」

跟魔王長期對戰的東方霸主

為了跟金用整個世界當籌碼，拿人和魔物當棋子進行遊戲，連續好幾代讓自己的孩子繼承自我與記憶的東方絕對王者。雖然因為利姆路的行動讓整個局勢大亂，但對魯德拉來說也成了有利的情況。最終王牌「天使大軍」的力量也累積到最大限度，但因此讓他精神狀態疲勞。這個人物身上還有許多謎團。

➡穿著如中國皇帝般華麗服飾的魯德拉。外觀看起來年輕，但其實這具肉體年紀已經很大了。

東方帝國

人類

卡勒奇利歐

率領帝國最大戰力機甲軍團的獨眼大將，朱拉大森林侵略作戰的總司令官。來自低階貴族，慾望龐大，被蓋多拉帶回來的魔晶石和魔鋼裝備迷昏頭，不出利姆路所料，以地下迷宮為目標進軍。原本看輕魔物們，但親眼見識整支軍隊全滅的絕望和死亡恐懼，被利姆路復活之後，強大的力量令他折服。

東方帝國

人類

格拉帝姆

帝國軍的主力之一，率領魔獸軍團的大將。擁有被評為帝國第二強男人的實力，也被稱為獸王。跟魔國聯邦作戰的時候，接獲元帥的命令，為了侵略西方，他搭乘空戰飛行兵團的飛空艇。

東方帝國

龍種

維爾格琳

一直陪在皇帝身邊的火焰「龍種」

在東方帝國身分成謎的元帥真面目，活得比維爾德拉還要久，「龍種」之一的灼熱龍。變成人型是藍色頭髮和冷酷美貌讓人印象深刻的美女，在金和魯德拉糾葛不清的對戰中，她為魯德拉著想，一直支持他。個性好戰，覺得一分高下的那天就快到了，考慮排除可能會礙事的弟弟維爾德拉和利姆路。

⬅身上穿著有龍紋的旗袍，纖細美腿從高衩處露出，是名妖豔女子。

東方帝國

人類

蓋斯特

卡勒奇利歐的心腹，負責魔導戰車師團的中將。即使想進攻德瓦崗，卻被哥布達等魔狼愚弄。最後被以使者身分現身的戴絲特蘿莎逼至絕境，把這件事情推給碰巧現身的迪比斯等人。試著拿他們當誘餌撤退，結果被戴絲特蘿莎弄斷脖子喪命。

東方帝國

人類

法拉格

負責指揮空戰飛行兵團的少將。誤以為飛行的戈畢爾就是維爾德拉，因而展開攻擊。然而卻對上前來蒐集飛空艇情報的烏蒂瑪。不僅所有部下的頭都沒了，還被「破滅之焰」包覆，整個船艦大隊都被捲進去，炸個粉碎。

東方帝國
人類
近藤達也

「為了帝國起舞吧。
你的性命已經被我掌握。」

對帝國一清二楚，充滿謎團的怪人

來自日本，負責掌管在帝國也鮮為人知的情報局。有著伶俐的容貌，也彰顯其性格，在原本的世界和這個世界都是軍人。七十年前參加特攻作戰，卻來到正在祕密庭院休憩的皇帝身邊。因為這緣分和實力讓他爬上如今地位，打心底效忠皇帝。對背叛者完全不留情面，尤其警戒企圖發動政變的優樹。

⬆穿白色軍服給人舊帝國海軍的感覺，很適合嚴肅銳利的容貌。

東方帝國
人類
迪比斯／巴爾德／哥頓

在紅染湖畔事變中擊退白色始祖的三人組。據說是隸屬於情報局的間諜，為最強的近衛騎士，領隊迪比斯排行第十一，還認識「個位數（Double O number）」。去找蓋斯特時遇見戴絲特蘿莎。因「死亡祝福」全滅。

➡面對得到肉體和名字的白色始祖，只能害怕地發抖，先被斷頭的巴爾德算是比較幸福的了。

東方帝國 人類

梅納茲

卡勒奇利歐全面信賴的少將。身上穿著特別訂製的軍服，優雅的斯文男，透過獨有技「壓制者」可以將進入視線範圍的所有東西用引力操作壓縮、引爆。勉強戰勝阿畢特，跟克里斯納等人會合之後去挑戰賽奇翁，卻傷不了對方，因為空間斷絕攻擊失去性命。

➡阿畢特經過魔改變得更強，兩人對戰不相上下，結果幾近平手。

東方帝國 人類

堪薩斯

二十年前在妖魔鄉殲滅作戰中成功被視為英雄，冷酷傲慢，是梅納茲的部下。階級是大佐。過去那場作戰他將九魔羅賣給克雷曼。在地下迷宮裡基於九魔羅的希望，跟她一對一單挑，透過獨有技「掠奪者」驅使她母親的「暗影」。被情緒激昂的九魔羅大卸八塊。

➡對手是很想報仇的九魔羅，利用母親之死讓她更加怨恨，因此扭轉戰局。

東方帝國 人類

克里斯納

排行十七的文雅近衛騎士。在迷宮打倒艾伯特，卻輸給賽奇翁。因蓋多拉帶回的手環得以離開迷宮，但被迪亞布羅殺掉。後來被利姆路復活，變成信徒。

東方帝國 人類

巴桑

在迷宮裡頭單槍匹馬壓制死靈龍的大塊頭，排行第三十五的近衛騎士。打敗阿德曼後，去挑戰賽奇翁先發制人，卻被一招瞬間秒殺。

東方帝國 人類

萊海

展現跟阿德曼對等力量的美女魔法師。排行九十四的近衛騎士，跟克里斯納等人挑戰賽奇翁。巴桑被秒殺讓她愣住，遭一刀兩斷。

東方帝國 人類

邦尼

三巨頭安插的異界訪客暗殺者

優樹介紹給正幸的前美國人元素魔法師。在帝國大遠征之前，他都是隊伍「閃光」的成員，假裝很尊敬正幸，其實是達姆拉德安插的帝國最強近衛騎士「個位數」之一。打算偷襲利姆路，但是被紅丸擋下，透過復生手環逃到地面上。跟裘、米夏一起撤退，卻被迪亞布羅殺掉，之後利姆路將他復活。

「可別以為我們跟其他的近衛騎士一樣。」

Topic

成為元素魔法師之路

被優樹收留的當下，邦尼只會說英文，魔法讓他會說其他語言。受到這股力量吸引，他希望到英格拉西亞的學院學習魔法。成為優秀的元素魔法師。

⬆只要握著脖子上掛的鏈墜，皇帝賜予的傳說級裝備就會出現著裝。

能力
Ability

主要技能等

雷擊大魔雨／聖淨化結界

身為元素魔法師，可以使用像「雷擊大魔雨」這類強力魔法。但真本領是槍術，擔任近衛騎士的他穿著傳說級裝備，能夠使用皇帝賜予的部分究極技能。能力被隱藏因此不清楚細節，但應該是對魔法和技能有絕對優勢，以及可以防止干涉等，特別強化防禦支援。

東方帝國

人類
裘

「閃光」一點紅是想取利姆路性命的「個位數」！

原本懷疑正幸是假冒勇者的小人，操著淡漠語氣的精靈魔法師。自從變成隊伍「閃光」的成員後，盲目信奉正幸，相當活躍。真面目跟邦尼一樣是近衛騎士。按照達姆拉德的指示，企圖暗殺利姆路。偷襲被克蘿耶擋下就去支援邦尼，但被受到利姆路支援的克蘿耶粉碎掉。後來跟邦尼面臨相同命運。

「聊天就到這邊結束吧。快點把他給殺了。」

Topic

美女的真面目是暗殺者

特別擅長隱身和偷襲，為達目的毫不留情，這就是裘。殺掉可能會妨礙暗殺行動的聖騎士巴卡斯和魯米納斯派來的「超克者」。跟克蘿耶對戰的時候，為了分散利姆路的注意力，拿迷宮都市當目標。

⬆跟邦尼一樣，能透過鏈墜讓最頂級的傳說級裝備出現，手裡拿著黑色刀刃的刀劍作戰。

能力
Ability

主要技能等

精靈魔法／隔離結界／毒霧

擅長精靈魔法，但也會使用回復魔法，擔任隊伍「閃光」的支援者。身為近衛騎士，她能使用皇帝賜予的刀劍和具備優越隱密性的究極技能。就連「智慧之王拉斐爾」都沒發現她的真面目以及她接近。跟克蘿耶戰鬥時，她放出毒霧想把對方的眼睛弄瞎，藉著趁人之危的手段讓自己保持優勢。

東方帝國

人類

蓋多拉

透過輪迴轉生 活過漫長歲月的大魔法師

從遠古就知道有異世界，一直在保護轉生過來的異界訪客，是帝國境內數一數二的大魔法師。對外都表現得高高在上，但其實心地善良，意外隨和。從徒弟拉贊那邊聽說利姆路已經替好友阿德曼報仇，一方面也對帝國沒什麼留戀，因此就跟真治等人一起流亡。代替貝瑞塔被選為地下迷宮十傑。

Topic

沒有報成的仇

厭惡設計好友阿德曼落入陷阱，殺害他的魯米納斯教七曜大師，為了毀滅西方，運用異世界的知識強化帝國軍隊。然而在軍隊現代化發展上成了絆腳石，由他擔任團長的魔法兵團解體。徒弟們也都被收走。

➡在當帝國的宮廷附屬魔法師時，穿著比較樸素，但使用的質地是高級品。長長的鬍子和頭髮以及長袍看起來很有導師風範。

能力
Ability

主要技能等

神祕奧義「輪迴轉生」

蓋多拉為了追尋魔導極致開發一種魔法，可以透過這種奧義重複轉生。他每次轉生就廣泛閱讀許多各國的祕密藏書，獲得如今這身力量，可以同時發動兩種以上的魔法，或是妨礙敵人發動魔法等。除此之外，神祕奧義還可以對其他人施展，他也對阿德曼施過這種魔法。

東方帝國 人類

谷村真治

有人望、身穿白衣的異界訪客

原是一天到晚待在研究室的日本大學生，被優樹收留成為蓋多拉的徒弟。擁有獨有技「醫療師」，能操控病毒，也能運用治癒術和毒素，在帝國是可靠的軍醫。跟馬克和申龍星為了調查以勢如破竹之勢挺進地下迷宮，被利姆路看出間諜身分。因為極具魅力的城鎮再加上蓋多拉說服，決定跟馬克等人一起流亡。

東方帝國 人類

馬克・羅蘭

跟真治和申龍星一起被優樹收留，向蓋多拉學習如何使用獨有技，是年約二十五歲左右的異界訪客。總是穿著坦克背心和牛仔褲的肉體派，可以運用「投擲者」投出任何物品。信任真治。

東方帝國 人類

申龍星

特徵是穿著中國風服飾和有著黑色辮子，還很年輕的異界訪客。沉默寡言，但是信任優樹、真治和蓋多拉。會淡淡執行別人交派的事情，擅長避開危險。

東方帝國 人類

路奇斯

為了攻略迷宮找來的精銳之一。是異界訪客，真治等人的朋友。為了找尋失蹤的朋友進入迷宮，順利跟真治等人重逢。被說服變成夥伴。

東方帝國 人類

雷蒙

為了找尋真治等人和蓋多拉，跟路奇斯一起進入迷宮的前格鬥家異界訪客。看到蓋多拉等人還活著很高興，跟路奇斯一起流亡到魔國聯邦。

利姆路大人有話要說
真治為首的異界訪客陸續增加，我國的戰力增強也讓人耳目一新！蓋多拉老弟，再多帶一些人過來♪

SPIN-OFF COMIC

漫畫 轉生史萊姆日記

關於我轉生變成史萊姆這檔事

描繪魔國聯邦的日常景象
溫馨的衍生四格漫畫♪

跟本篇有點不同，描繪利姆路和愉快夥伴們悠閒生活的四格漫畫，目前正在講談社《月刊少年Sirius》上連載！由繪製日常系四格漫畫佳作《おおきなのっぽの、》的柴老師經手，利姆路等人幽默有趣的互動讓人看了會心一笑。想被療癒之時，務必要看看這部作品。

⬇➡無論原作中有沒有描寫到的魔國日常皆有收錄。用稍微不同的搞笑風格編排劇情，讓人看了心情舒暢。

⬆➡朱菜、紫苑再加上蘭加……大家對利姆路的愛沒有極限。然後哥布達負責做出有趣的結尾（笑）。這個魔國好和平♪

注目POINT

基本上是熱鬧喜劇的愉快四格漫畫，但像是蓋德對死去的半獸人王感到思念、永生的蜜莉姆不經意展現寂寞的一面等，想到小說版的內容就讓人有點感傷的部分也有描繪。很有《轉生史萊姆》的風格，栩栩如生的角色們編織出令人喜愛的日常生活衍生作品。

月 日 晴天！
轉生史萊姆日記
描繪跟本篇有點不同的
利姆路他們的日常。
SHIBA
柴
2019.
ほかほか
リムルさまん

世界導覽

WORLD GUIDE

因魔王利姆路而劇烈變動的世界

在此約略解說隨著故事進行辨明的新事物，還有因為主角利姆路活躍使之大幅改變的人魔雙方勢力圖等。跟8.5集的相同單元合併閱讀，能夠更深入了解這部作品的世界觀。

在朱拉大森林裡，以利姆路為盟主的朱拉大森林大同盟成立，而且還建立魔國聯邦「朱拉·坦派斯特聯邦國」。這幾年來，人類領域因為法爾姆斯王國侵略魔國戰敗，導致內戰爆發。結果討伐半獸人王的英雄尤姆建立法爾梅納斯王國取代法爾姆斯王國。西方數一數二的大國發生體制變更讓周邊諸國為之驚愕。

另一方面，魔物領域也發生大變化。豬頭族(半獸人)大進攻加上暴風大妖渦復活，朱拉大森林接二連三發生災難。這些都是魔王克雷曼使的陰謀詭計所致，但利姆路跟魔物們一起面對，解決所有的混亂局面。這段期間利姆路摸索著如何和人類社會建立友好關係，同時也

世界真理

在此介紹技能、魔法、種族、法則和現象等，在作品中新發現的世界哲理。

【魔素】
魔法的根源，此物質也可稱為魔法能量，但仍有很多謎團。在戈畢爾和培斯塔的研究中，發現魔素會對「意志」起反應。

【靈子】
構成魔素的特殊粒子。會釋放特殊波動，發出暗色光芒。可以干涉精神體和星幽體，甚至連靈魂都能干涉。可穿透一切物質，就連「絕對防禦」也沒辦法完全抵擋。在神聖魔法之中，控制靈子的魔法很多。

【資訊體】
這個世界的最小單位，比靈子還小。這個世界所有的物質都必定包含，靈魂裡頭也有。因為克羅諾亞給利姆路干涉權限，利姆路可以在有限範圍內觀測和操控資訊體。

【靈魂、精神體、星幽體、物質體】
靈魂是由靈子構成的聚集體。星幽體可以說是保護靈魂的「身體」最小單位。精神體負責承載星幽體，來累積力量。就算這些都遭到破壞，只要靈魂還殘留，就有可能復活（如魯米納斯的「神的奇蹟」或神聖魔法「亡者復活」等）。惡魔和精靈可以靠精神體、星幽體來行動，屬於「精神生命體」。當人類變成仙人或聖人，肉體也會變得接近精神生命體（如日向）。

跟魔王蜜莉姆和魔王卡利翁建立友誼。之後利姆路打倒克雷曼，當上新的魔王。魔王卡利翁和魔王芙蕾趁機交還魔王寶座，跟隨蜜莉姆，從舊的「十大魔王」轉變成「八星魔王（Octagram）」時代。

各個國家對待新魔王的態度不一，將魔物當成罪惡的魯米納斯教及神聖法皇國魯貝利歐斯派出聖騎士團長日向前去討伐。法爾姆斯王國侵略作戰也是如此，其實背後都有企圖統治世界的羅素一族和優樹等人在算計，但最後利姆路和日向和解。跟魯貝利歐斯締結不侵犯條約，魯米納斯教的教義也進行部分修正。

這下風向轉變，傾向跟魔國聯邦建立友好關係。他們召開盛大的開國祭，還被接受成為西方評議會加盟國，包括矮人王國和魔導王朝薩里昂在內，目標是打造人與魔物共存共榮的生活圈。為了實現便利又舒適的生活，利姆路積極獎勵大家導入及研究新技術和新文化。以中央都市利姆路為中心進行開發。也將羅素一族各式各樣的陰謀全數擊退，在人類社會站穩腳步，同時謀求更多的發展。接著東方帝國終於出動——

長久以來保持的均衡瓦解了，如今世界出現巨大變革。這場變革中心點就是利姆路和魔國聯邦。

哎呀——這樣看來世界真的出現激烈轉變了～莫非是因為我的關係……？

種族

惡魔族

惡魔社會之中有所謂的低階惡魔、高階惡魔、高階魔將和惡魔大公這些種族等級，除此之外，還會透過生存年月（現代種～史前種、始祖）和爵位（騎士～公爵、王）來明確分級，屬於階級社會。其中有些個體會一再轉生，或是一生下來就具備獨有技，雖也有例外，但基本上強度就等於地位。順便補充，關於惡魔的階級，是經過蓋多拉長年研究才判明。

身為精神生命體的惡魔透過龐大能量來形成身體，但通常很難在物質世界維持身體。然而在這個世界（物質世界）的各處存在著跟精神世界的惡魔界重疊的類似門扉之處，若是透過那些充斥著濃厚魔素和瘴氣的地方——地獄門現身，就算是沒有獲得肉體的惡魔也能在短時間內顯現於物質世界。黃色始祖常常從魔王雷昂統治的黃金鄉埃爾德拉附近的地獄門出現，每次出現似乎都會跟負責守護那邊的雷昂部下們大鬧一場。

蟲型魔獸

阿畢特、賽奇翁和蘭斯洛這類蟲型魔獸，並非只是單純具備昆蟲型態的魔獸，其實是居住在稱為異界的物質世界和精神世界的夾縫間，身上寄宿著精靈力量的半精神體。因為種族特性使然，會自然而然獲得肉體，可以在精神世界和物質世界之間自由來去，入侵各界。

因同時具備物質和精神兩種特性，面對物理攻擊和魔法攻擊都有高度抗性，為惡魔族的天敵。也能受魔素影響進化，最強的蟲型魔獸最終進化型態是人型。由於變成人類模樣，能鍛鍊和學習戰術。賽奇翁受維爾德拉鍛鍊，阿畢特則跟著日向，具備壓倒性強大力量。

其他

北海那邊有被稱之為大海獸的大型海洋魔獸棲息。智商不高，但對於入侵地盤者具備高度攻擊本能，據說若用那超過十公尺的巨大身軀撞擊船，不管何種船隻都會沉沒。雖然不及，但利姆路等人用來做壽司的槍頭鎧魚也是大海獸的一種，會用高達六十節的速度突擊，是會在船身上穿出一個大洞的怪物。

技能和技藝

智慧之王拉斐爾的進化

相較於以前有了更多的進化，彷彿跟利姆路屬於不同人格，變得能自由行動。

似乎很喜歡開發新的能力，還發明可以把能力借給利姆路部下的「能力授予」。那是組合「整合分離」、「能力改變」和「食物鏈」產生的新能力，曾經授予哥布達「同化」和給哥杰爾「超速再生」等。

被允許對菈米莉絲的「迷宮創造」進行干涉，可以對迷宮內部發生的龐大資料進行演算。

還可以分析他人的究極技能，以及對手的基因情報，幫助克羅諾亞時，開開心心地在「無限牢獄」中操控日向和克蘿耶的資訊體，讓獨有技進化成究極技能「時空之王猶格索托斯」。

⬆發現可以經由智慧之王拉斐爾判斷來切換「毒無效」，利姆路就能體會酒醉的感覺。

新覺醒的究極技能

不確定發動條件為何，推測是劇烈的情感變化會觸動靈魂，附著在靈魂中的能力——獨有技就會大幅度改變，因而產生究極技能。

●色慾之王阿斯蒙太／魯米納斯

失去聖櫃和日向靈魂消失讓魯米納斯氣到超乎極限，獨有技「色慾者」進化成的究極技能。能夠掌控「生與死」。利用「再誕」的能力干涉無限牢獄，掏出被埋在「時空之王猶格索托斯」裡頭的「數學家」（日向的靈魂），救了克蘿耶和日向兩人。

●希望之王薩利爾／格蘭貝爾➡克蘿耶

瑪麗亞、蘭斯洛、格蘭貝爾的力量在「靈魂」中昇華，格蘭貝爾的獨有技「不屈者」進化之後的能力。是相對於「色慾之王阿斯蒙太」的究極技能，掌管生死。

●時空之王猶格索托斯／克蘿耶、克羅諾亞

是能讓時間靜止等操控時間的能力。操控時間消耗很大因此難以控制，發動上還不安定。

獨有技

獨有技是感情和願望具體化的能力。往往附著在靈魂之中。因此靈魂若是受到獨有技保護，就能夠緩和如「貪婪者」這類會對靈魂產生影響的能力帶來的效果。反過來說，若是將技能放回身體裡，技能原始持有者的靈魂就會回到肉體裡，因此能夠復活。

維持日向自我的是「靈魂殘渣」——「數學家」。經過統合並沒有變質，殘留下來，因此能夠讓靈魂復活。根據日向所說，轉生、獲得肉體等橫渡世界行為發生時，會吸收大量能量，受到靈魂的影響，能力就會顯現（實際上，優樹找來的異界訪客九成都擁有獨有技）。

至於被分類在大罪系的獨有技，跟人的原罪——慾望泉源有著密切關係，就這點來說相當特殊。

瑪莉安貝爾的「貪婪者」非常強大，擁有能夠支配人類慾望的能力，可以植入慾望加以刺激並操控。攻擊能力也很高，只要下令「渴望死亡！」就能反轉生者的本能，讓對方死亡。

優樹在轉生之前就能使用超能力，他吸取大量純粹的能量，創造出能夠自由自在變化的獨有技「創造者」。靠這個能力編寫出連精神體都能守護的力量「能力封殺」。讓他變成超特殊的靈感體質，能夠讓所有魔法、技能單一攻擊無效化，只會受到部分參雜魔法的技藝傷害。

技藝

除了透過訓練能學到一些技術，還有從技能衍生出的「技藝」。

●疾風魔狼演舞（Dance with Wolves）／哥布達&蘭加

兩個人進行「魔狼合一（變身）」就能使用。一邊引發超音速衝擊波同時高速移動，藉此產生「破滅的龍捲風」的對軍用的殲滅技。

●給亡者的鎮魂歌（Memory end Requiem）／魯米納斯

魯米納斯獲得究極技能「色慾之王阿斯蒙太」後，解放力量的一閃之技。

魔法

神聖魔法

以神之「名」為媒介，信奉神的術師能夠行使的運用了祕術的魔法。

魯米納斯教給利姆路的「信仰與恩寵的奧祕」是控制「靈子」的技術，讓信仰對象操作「靈子」來發動魔法的系統。所謂的「信仰」就是將魔力獻給神明，信徒愈多，身為信仰對象的神就會有更多魔力。

核擊魔法

這個世界除了普遍的四大魔法（元素魔法、精靈魔法、神聖魔法、召喚魔法）以外，還有境界更高、更強烈的魔法，其中之一就是核擊魔法。這主要是操作靈子的魔法，人類需要有高等級的法師們耗費時間詠唱，進行儀式魔法或集團魔法來行使。但是對身為精神體且魔素存量龐大的高階惡魔來說，甚至能夠連續發射。

●破滅之焰（Nuclear Flame）／烏蒂瑪

以黑焰核（Abyss Core）為中心引發超高熱爆炸，利用衝擊波炸飛周圍物體。烏蒂瑪不經詠唱就一擊消滅空戰飛行兵團。

●死亡祝福（Death Streak）／戴絲特蘿莎

放出會對生物基因或靈魂造成影響的暗之光（靈子），讓對象強制死絕的大規模殲滅魔法。戴絲特蘿莎使用時，半徑五百公尺內的帝國士兵都死光了。若沒有限制，效果範圍最大甚至高達半徑數公里。這是連靈魂都能破壞的究極禁斷魔法，但也是會選出世間罕見具魔性相容力之人的祝福魔法。

●重力崩壞（Gravity Collapse）／卡蕾拉

卡蕾拉使用的核擊魔法中，具備頂級威力的魔法。會產生黑洞，將所有東西毀滅。不只是物品，就連魔法和現象都能毀掉。

除了核擊魔法，像是利姆路的大規模觀測魔法「神之眼（Argos）」、蓋多拉為了轉生使用的神祕奧義「輪迴轉生」、帝國用來製造障壁和結界而使用的軍團魔法等，已知有各式各樣的魔法存在。

魔導兵器

以東方帝國在魔國聯邦侵略作戰中使用的魔導戰車為代表，這些兵器是蓋多拉根據從異界訪客那邊聽來的科學技術為基礎，結合這個世界的魔法技術打造，許多都要利用魔素。

飛空艇

帝國引以為傲的飛天戰船。目前這個世界等同沒有制空權概念，也沒有對空保持警戒的想法，因此可以輕易對地面發動攻擊或是運輸大規模兵力。最大可以搭乘四百人。操作上最低需要五十名人員，最大速度超越音速。先前一直沒有對外公開，然而在魔國聯邦侵略作戰之中投入運用。除了運用部門、防衛部門、攻擊部門，還加上預備人力和醫療人員，分別配置百名人員。

防禦就靠魔法或是防禦結界。由於經過輕量化，船體裝甲很薄。武裝系統上有機密兵器——魔素擾亂放射發射器（對魔物的能量來源魔素產生影響，用來封住魔物行動的裝置），除此之外正面還有魔法增強砲（最多可有十名魔法師同時注入魔力於台座上的魔力球，進行魔法詠唱，因此能夠輕易操作大型魔法），左右兩側各有兩座，總共搭載五座。也有配備一般兵器機關槍當作輔助武器。

魔導戰車

帝國的裝甲武裝車輛。全長約十公尺，全寬三點五公尺。具備運用魔素的內燃機關，透過讓大氣循環來補充能量。需五個人操縱。最大速度達到時速一百公里。能夠稍微浮在半空中，透過車輛連結或陣型能作為臨時

插畫／meiz

要塞使用。

主砲「魔導砲」的口徑是一百二十公釐，初始速度達到每秒兩千公尺。最大射程三十公里，有效射程三公里。裝填彈藥數量五十發，一分鐘內可以發射五發。威力強大，甚至可以媲美戰術級魔法超高等爆焰術式。此外雖然透過魔法原理發射，砲彈本身卻是鐵塊，能夠輕易貫通對魔法結界或是對弓防禦，是讓人畏懼的質量兵器。還裝備了附屬兵器機關槍。

除此之外，雖還在試作階段，但裝備了能讓數十公尺範圍內發生爆炸，產生數萬度熱量和暴風的特殊彈藥。

插畫／meiz

其他

●改造兵

做過魔法改造的步兵。戰鬥力相當於C+到A級。一個星期不吃不喝也能行軍。

●魔槍

分為手槍和長距離用的魔槍——狙擊槍。不能使用魔法的人也可以打出攻擊魔法，能對魔物和精神體造成傷害。在子彈之中注入魔法，用來狙擊戴絲特蘿莎的狙擊槍有加入元素魔法「火焰大魔球」。此外還有不具備魔力的原始小槍和手槍。

●重魔導砲

在攜帶型火器之中，具備最強火力的魔導兵器。能夠從大氣之中聚集魔素，屬於充魔式，可以射出元素魔法「空破大魔砲」。

●帝國式魔法劍

透過使用者的魔力讓魔素循環，效果等同比技藝「鬥氣劍」更高威力的魔法劍。

街道：往德瓦崗
農場
圓形競技場
觀光娛樂地區
街道：往猶拉瑟尼亞

LE GUIDE TEMPEST

魔國導覽

★★★

持續發展的魔國聯邦。還有在朱拉大森林正中央，不斷增強存在感的中央都市利姆路。接下來要介紹充滿刺激的魔物王國最新情報。一邊看一邊打上自己專屬的評分或許很有趣喔！

效忠魔王利姆路的魔物王國「魔國聯邦」，誕生以來經過幾年就靠著利姆路自己的力量和居民們的努力，讓各式各樣的技術和文化發展得突飛猛進。準備萬全所舉行的開國祭上，朱拉大森林全域各個種族都來拜見，讓魔國聯邦對這片廣大領土的支配變得更加確實。此外以西方諸國為中心，人類國度也承認魔國聯邦是個國家，結果讓彼此交流興盛，發展成充滿刺激的觀光勝地，並逐漸成長為經濟和文化的新重鎮。

首都中央都市利姆路發展也很顯著。如今人口增加到大約三萬。而且商人、冒險者和觀光客等來自外部的造訪者也變多，總是有數萬以上的人口滯留。以這些人為對象的經濟活動也更加活化。從初期開始就在進行的回復藥事業也順利進展，其中地下迷宮正式開張，營運帶來的直接收入及作為觀光資源的價值帶來莫大的利益。

城鎮大致分為居住、迎賓、工商和娛樂四大區塊，

通往封印洞窟的
小徑
辦事館
學園
教會
居住地區
迎賓地區
街道：往布爾蒙
工商業地區
插畫／meiz

目前依此方向進行開發，還有新建了魯米納斯教會、歌劇院等文化設施這些變化。其中改變最多的應該就屬觀光娛樂地區。除了開國祭之初緊急建造的圓形競技場之外都是空地，但現在整頓成有模有樣的街區。目前變成四邊都有四公里的龐大街道，但繼續發展下去，總有一天勢必要擴展街區。

在國民的生活上完全保障食衣住，因應需求，各種物品和保險的配給制度從最初延續至今。但是最近基於利姆路的意思，開始建立根據貢獻度可以獲得各式各樣獎勵的功勞點數制度等，似乎也在導入轉移成貨幣經濟所需的實驗制度。在教育層

插畫／meiz

面，也藉著設立「學園」，不只能夠教授基本的讀書算數，還可以針對各種專門職業進行栽培。

此外郊外的農地也順利擴大，生產力跟著增加。農作物的品種變得愈來愈多元。

附帶一提，在封印洞窟裡頭以栽培希波庫特藥草和開發回復藥為首，設置用來從事各種技術開發的研究設施，但現在都搬到迷宮第九十五層。目前主要當成因應特殊狀況的戰鬥訓練用訓練場。

LE GUIDE TEMPEST

Diplomacy 外交

從一開始就與魔國友好的布爾蒙王國和矮人王國，還有實際上受操控的法爾梅納斯王國等，利姆路不斷致

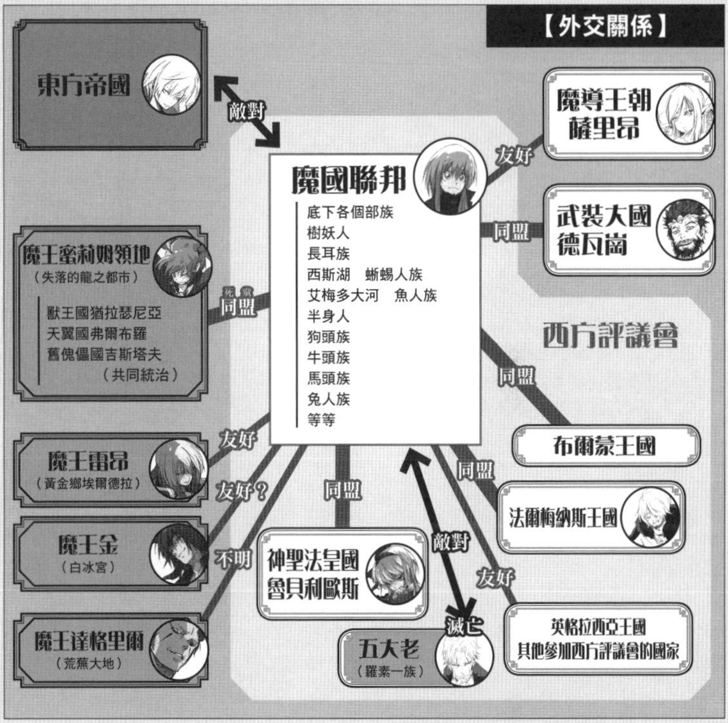

力於跟鄰近國家打好關係，之後又透過跟魯貝利歐斯和解與締結互不侵犯條約、經歷開國祭、正式加盟西方評議會等，成功跟大多數的鄰近諸國締結友好關係。結果檯面上的戰爭疑慮消失，可以預想到流通和貿易層面也會有更多益處。

跟其他魔王們大致也處於友好或中立立場，讓人在意的就只有目前仍具諸多謎團的東方帝國動向。

LE GUIDE TEMPEST

Tempest Festival

開國祭

開國祭為魔國聯邦對外發表會的重要活動，由利姆路所策劃。利格魯德和摩邁爾等文官幹部也很努力，從前夜祭開始，讓各國賓客享用只有魔國才有的菜餚和服務，接著魔王利姆路進行開幕宣言，還有樂團演奏會、技術發表會、武鬥大會和地下迷宮等，每個企畫都頗受好評，盛況空前。

不只是王公貴族和使節團，冒險者、商人和一般平民也都蜂擁而至前來觀光，在開國祭舉行的期間，利姆路的城鎮最多有大約十萬人以上停留。

我國發展自然不在話下，考量到人類與魔物共存共榮的未來，這場活動絕對不能馬虎呢。

插畫／meiz

⬆首都利姆路數個廣場之一。攤販和店鋪林立，開國祭期間特別熱鬧。

魔國聯邦見聞錄

魔國的日常系列①

作／Tomomi Seto

穿過熱鬧的慶典喧嚣，老人古雷葛嘴裡小聲念著「嘿咻」，坐到設置在廣場邊緣的長椅子上。慶典的氣氛讓他感到興奮，都一把年紀了還到處逛。去參加服飾工坊紡織體驗的妻子也差不多快回來了吧。

這裡是在朱拉大森林新誕生的王國──魔國聯邦首都利姆路。聽說要舉辦盛大的開國祭，在布爾蒙王國還算富裕的退休農夫古雷葛，就帶著年紀相仿的妻子梅雅莉遠道而來遊山玩水。

「老公，讓你久等了。」

當他坐在長椅子上眺望人與魔物來來往往的廣場，過沒多久梅雅莉就出現了。脖子上圍的應該是在紡織體驗中製作的圍巾。

「沒什麼，沒等那麼久啦。話說紡織感覺怎樣？好玩嗎？」

「好玩！我還是第一次用這麼大的紡織機。織出來的布料顏色和花紋都很鮮豔，就連旅行去過的瑞拉城鎮上也沒看過那些。真的很棒。」

帶著微笑眺望著像個少女般紅著臉興奮說話的妻子，古雷葛很慶幸自己帶她來。一開始跟兒子和媳婦說他要帶梅雅莉來參加開國祭時，遭到強烈反對。不過，也不能怪他們。畢竟朱拉大森林是有一堆魔物橫行、危險至極的地方，雖然他們國家正式跟魔國聯邦締結邦交，但居民全是魔物，更重要的是那個國家是來路不明的新魔王創建的。不過……古雷葛受到從認識的旅行商人那邊聽說的事──魔國聯邦的魔物真的都對人類很友好，都市非常繁榮──吸引。事實上當魔國成立後，哥布林就不太會到田裡搗亂。跟布爾蒙之間的街道經過整頓，往來的人也變多了。聽說國王陛下也要前往，應該不算危險才對。結果他猜對了。

「對了對了。工坊的人多是哥布莉娜和獸人族，但大家都很親切善良。雖然是魔物，但不是所有魔物都那麼可怕呢。」

「好像是呢。每間店鋪都很歡迎我們，就算迷路也會有人親自帶路，還是第一次看到跟人類這麼親近的魔物。」

當然，這個國家應該也有很多可怕的魔物吧。然而一路上都極度舒適，在旅館等地方工作的魔物們都很親切，進入首都利姆路之後也一樣。

看著宏偉的街道和格外雄偉的圓形競技場，還有建在周邊的攤販，古雷葛為他們的技術水準和得以建國的熱情感嘆，對眼前來來往往的人魔群眾也驚訝不已。在那裡，人類與魔物不分種族彼此交流，有說有笑一起享受慶典。

來到這座都市之後，過不了多久他就拋下所有不安，決定盡情享受開國祭，古雷葛認為自己的判斷是對的。

「話說回來，從剛才開始就聞到很香的味道。是從你行李傳出來的嗎？」

突然間，梅雅莉好像發現了什麼，歪著頭窺探古雷葛的行李。這才讓古雷葛想起，從行李之中取出還溫熱的一包東西。刺激嗅覺的香味又變得更濃了。

「我想挑些伴手禮給女兒們，就去逛那些店舖，結果不小心被這個味道吸引呢。哎呀，都是些不曾看過的美味食物啊。」

有叫做漢堡的東西，用麵包夾著肉、蔬菜和起司，還有叫做拉麵的湯，裡頭加了細麵。其中有個攤販特別多人，像是店長的年輕男子做出來的就是這個圓形食物。

「好像叫做『章魚燒』。我吃過剛做好的，很好吃呢。」

表面酥脆，裡頭好像會被燙到般又熱又濃稠，還放了某種柔軟的海鮮。

他想現在應該差不多涼到可以吃了，便推薦給妻子吃。

「哎呀，真好吃！這食物還真奇怪呢。」

「對吧？我跟那個店長莫名聊得來呢。跟他說是和妻子一起來的，他還多給我一些，要我拿給妳吃。」

那是一個以生意人來說態度過於傲慢的年輕人，他是因為看到自己買來當伴手禮的龍擺設品才來搭話。那是雕刻成暴風龍維爾德拉的木雕，古雷葛跟對方說自己第一眼看到很喜歡就買了，對方便說「這樣啊、這樣啊」，不知為何一臉滿足。

維爾德拉確實是很可怕的存在，但是對居住在朱拉大森林周邊的古雷葛等農民來說，同時也是防止其他國家侵略的守護神。是令人感激的偉大神明，他們倆聊這些聊得很開心。

「原來是這樣。那個人肯定也出生在跟我們有同樣淵源的地方吧。」

梅雅莉也認同地點點頭，嘴裡說著「我也想吃剛做出來的」。古雷葛便跟妻子提議：「明天也去那個攤販逛逛吧。」雖然明天預計要回村子，但出發之前還是能順道過去吧。

「那個店長也要我務必再去光臨。他不一定會一直待在店那邊，但他跟我約好會先跟店裡的人交代，只要說出他的名號就可以多送一些。」

想起那個年輕人挺起胸膛打包票的樣子，古雷葛不禁笑了出來。在那之後他真的把自己的名字告訴古雷葛了。

「我的名字叫做維爾……說錯，我想想——叫做『假名』才對！記好了啊！」

為了避免忘記年輕人的名字，古雷葛在腦子裡複誦，同時小聲念著：「真希望回去之前可以再跟他見一面呢。」

LE GUIDE TEMPEST

Trade : Fashion

商業 流行文化

在利姆路的城鎮上，各種商店、工坊等等都集中在鎮上的十字主要通道和西南方區域的工商業地區。許多商人和採買的客人都前來買魔國聯邦生產的高品質物品及稀有物品。從需要數十枚金幣的高級道具到用銀幣也買得起的伴手禮都有，種類豐富，就算只是逛街也能樂在其中。

其中比較受歡迎的就是武器和衣服這些裝備品，目前人氣特別高的，是有販售朱菜工坊出品的稀有設計服飾的精品服飾店。朱菜工坊的商品不只設計新穎，許多產品還會使用魔物或魔法相關材料的新素材，凌駕一般鎧甲和盾牌的高機能特別受到歡迎。樣式新穎這方面有一半以上幾乎都要歸功於利姆路的記憶，但加上朱菜的獨有技「解析者」和品味，因而催生出在這個世界上絕無僅有的產品。

順便說說如此催生出的朱菜巫女服和紫苑套裝等，人們對於穿著者的憧憬也推波助瀾，在鎮上造成一股流行。事實上有些人甚至開始把朱菜和紫苑當成流行教主追隨。

當然也有活用這些要素的既成品，價格相較更容易入手。但要說最有人氣的還是訂製品。在朱菜的指導下，許多工坊的工匠們都已熟能生巧，根據所選擇的費用而定，甚至能夠在當天內將量尺寸到修改全數辦妥。

在開國祭時造訪利姆路城鎮的各國王公貴族，也有不少人指名要從朱菜工坊購買訂製服。日向也買了價錢可觀的高機能洋裝。今後各國要人都會穿上那些衣服，想必日後知名度和價值都會提昇。

陸續製作出新的衣服固
然是件好事，但不知為
何都喜歡叫我試穿……

插畫／meiz

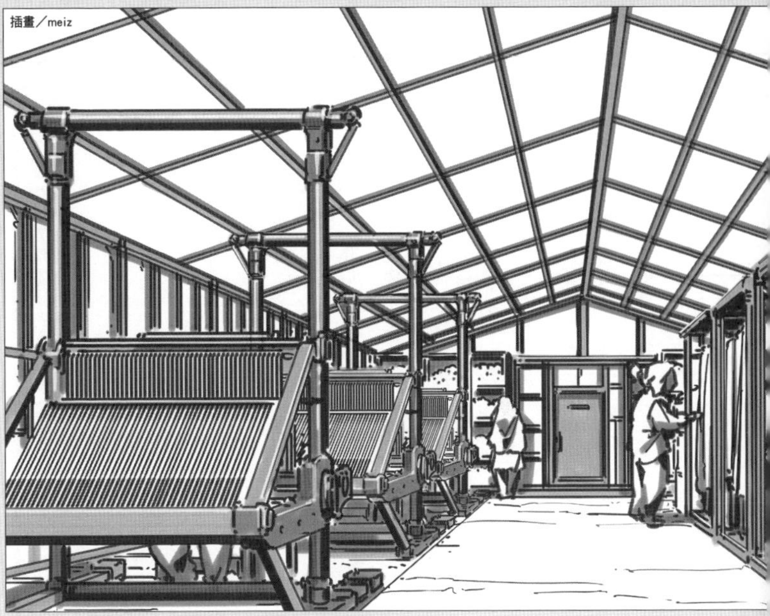

專欄：魔國的製造業

通常在人類的國家和都市裡，譬如製作衣服，會分成皮革、精工，就算只有布料也會依照紡織工匠的不同分別形成公會，除此之外製作者和販賣者也會明確區分，許多時候都會區分行業別。這種制度是為了守護各自的立場和權益，然而制度容易複雜化或是僵化，在現實中往往會妨礙天馬行空衍生出的技術革新或商品開發。

然而在魔國，他們的主軸就是對利姆路效忠，所做的一切都是為了利姆路，魔物們團結一致，因此跟這樣的弊端無緣。在魔國內能催生新事物，很大一部分來自利姆路身為異界訪客的記憶，但更大的主因在於聚集在利姆路身邊的人們，都是有他們的創意和熱情才能造就吧。

※此插圖來自番外篇漫畫《魔物王國漫步法》第一集。

魔國的日常系列②

某個哥布莉娜的碎念

作／Tomomi Seto

歡迎光臨。歡迎來到首都利姆路的製作工坊。這個設施主要用來研究開發及製作纖維、布料、縫製技術、衣服、裝備品等等。

位在居住地區裡頭，這點讓人驚訝對吧？畢竟武器之類的工坊都在南邊地區。這裡比那裡更安靜，能夠心平氣和工作。

我是誰？我是在這裡負責紡織的哥布莉娜，名字叫做早苗。在朱菜大人的指導下，每天都在磨練紡織手藝，是一介工匠。

在那邊發出巨大聲響的就是織布機。用來織麻和絲等等，是矮人的力作，是很少故障的好東西。最近終於不只織麻，就連絲織品的紡織方法也開始教給我了。我必須更精進才行。

啊，絲是從地獄蛾繭抽出的特殊絲線，蘊含高濃度魔素，防禦力相當優秀，是魔國聯邦的特產。要紡織它需要具備非常高的技術，不久之前是只有朱菜大人才能駕馭的東西喔。

朱菜大人？那位大人會在這個工坊研究和製造纖維及服飾，還會思考新設計等等。然而不只這些，還會負責輔佐利姆路大人、招待賓客，非常忙碌，因此很少出現在工坊這邊。我也是因為憧憬朱菜大人才會進入這間工坊，偶爾才能看到她實在很遺憾……但那也沒辦法。

那麼接下來，這裡是倉庫。為了避免吸收濕氣，牆壁等地方下了不少功夫。放在裡頭的東西是準備拿到店鋪裡去賣的。裡面還包含新作，因此內容還請保密。

咦，都是沒看過的設計？我想也是。我知道了。舉例來說，這叫做套裝，紫苑大人主要都穿這個。俐落有型，跟她很配對吧。這邊的是「水手服」。聽利姆路大人說，去上學的人都會穿這種衣服……

這邊這些少見的服裝，大多都是利姆路大人親自設計。利姆路大人的知識和點子真的很棒。朱菜大人會一一試作，再讓利姆路大人本人穿。那位大人很可愛，跟他很相配喔。

只是在這些東西裡頭，還有一個尚未完成。好像是說材料的質地不好解決……手跟腳都會露出來，上下一體成型，包住整個身體，就是這樣的設計，對了，胸口那邊好像要縫上寫著名字的白布。那設計獨特又先進。我的夢想就是總有一天要完成，讓利姆路大人穿。

名稱就叫做……對了對了，有人草草記下「學校泳裝」這個字眼。敬請期待完成的那天♪

LE GUIDE TEMPEST

Trade : Arms

商業 裝備

　裝備工坊和商店集中在西南地區，說是魔國的貿易重點之一也不為過。這裡以凱金和葛洛姆等熟練的矮人工匠工坊為中心，其徒弟（哥布林等其他種族）的工坊和店舖林立於此，早上工坊的煙囪總是冒著煙。黑兵衛的裝備工坊也在其中一角。工作的工匠和他們的家人基本上都住在這裡。也有許多為勞動者開設的食堂等等，再加上也聚集了主要賣給來白城鎮外的冒險者等一般客人的武器店、各種裝備和工藝品店及繁華市街，形成熱鬧的工商業區塊。

　在其他國家市面上

靠技術＆貿易立國！魔國的黎明就從這裡開始喔。

插畫／meiz

不太能看到稀少如其名的稀有級裝備，更別說特質級道具，一般而言有錢也不一定買得到，但是來到利姆路的城鎮，只要多走走看看，不用花太大功夫就能找到。此為其他國家學不來的壓倒性優勢。

雖無法招待些什麼，不過至少這裡可以隨你們參觀。

←位在鍛造工坊街道的黑兵衛工坊。黑兵衛和徒弟工匠們會鑽研製作高級裝備。

※此插圖來自番外篇漫畫《魔物王國漫步法》第二集。

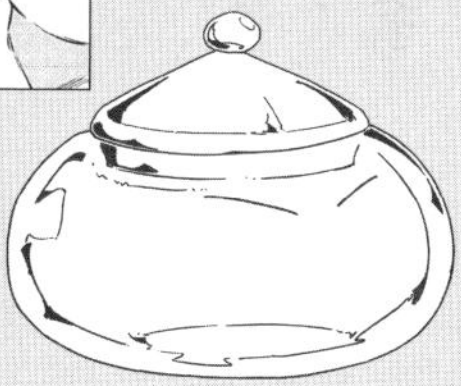

➡可能是出自工匠們的喜好吧，在伴手禮之中可以看到很多外型是利姆路的工藝品。

專欄：商人們的魔國之夢

從高級裝備到高階回復藥等貴重魔法藥材，都能在魔國獲得穩定供給，最近前來採購的商人也變多了。布爾蒙王國的市面上也愈來愈多魔國聯邦製造物，但在其他地區還鮮為人知。因此把這裡買來的商品拿去那些地區販售，將可以獲得豐碩的利潤。

順帶一提，在布爾蒙的都市採買也有相當利潤，但在利姆路城鎮進貨的價格和品項豐富度上都較有優勢。話雖如此，畢竟是魔物王國，很多人認為利姆路城鎮很危險，因此光就這點而言，在魔國直接買賣可以說好處多多。跟挑戰迷宮的冒險者在不同意義上，對商人來說一攫千金的魔國之夢就在此。

插畫／meiz

魔國的日常系列③

街角的技術革新

作／Tatsuya Masuda

鏘鏘鏘！用錘子敲打鋼鐵的聲音不絕於耳，這裡是位在工業區塊的數個裝備工坊之一。爐子成為光源的木造室內，比外觀看來更加寬敞。掛在牆壁上的武器和防具都塗上油，表面反射出光芒，可以看出受過仔細保養。

「你什麼都不懂！」

一名少女睜著像被鹽水煮過的雞鴨眼睛，在她面前，雙胞胎矮人雙手捧著滿滿的自豪物品，雙方的熱情互相碰撞。

「比基尼鎧甲才是真理。」

「哥德蘿莉才是答案。」

（天國的奶奶，莎蘭是哪裡錯了呢……）

莎蘭是夢想著一夜致富而來到魔國聯邦的冒險者。在迷宮附近的酒吧前被漢堡香味弄到肚子咕嚕叫，這個時候戴因和麥特這對矮人雙胞胎找上她。他們委託莎蘭試穿女性專用的裝備，除了報酬還會另外準備餐點，面對如此有吸引力的提議，她二話不說答應。

吃了用魔石當燃料來鍛造的爐子煮出的雞鴨鹽湯填飽肚子後，雙胞胎就對她解說委託內容。但是戴因和麥特卻開始吵著要先試穿誰的防具。

「傳統上女性冒險者都會穿著比基尼鎧甲去挑戰迷宮。」

「不不不，被稱為魔法少女的冒險者們代代都會穿著哥德蘿莉裝和強大的敵人作戰。」

這兩人因為崇拜凱金和葛洛姆才搬到魔國聯邦居住，去學校當義工幫忙教學的時候，他們看了人類孩童拿著的漫畫，後來完全迷上了。故事裡面描寫楚楚可憐的少女穿著華麗衣裳，拿著粗獷的武器去挑戰魔物，這模樣讓他們的創作慾受到前所未有的刺激。

當他們兩人在爭吵時，莎蘭面前也陸續出現形形色色的裝備。她就只能睜大眼睛。

戴因在稱之為猜拳的比賽之中獲勝，因此莎蘭從他的裝備開始試穿，但接下來才是真正辛苦的地方。用地獄蛾幼蟲取出的魔絲與黏鋼絲製造的複合纖維，以魔鋼為中心鍛造出來的裝甲施了刻印魔法，所有防具都是強度比外觀更強的高級品，但數量實在太多。

從比基尼鎧甲開始，哥德蘿莉、巫女、忍者、公主騎士，許多裝備都是莎蘭從沒聽過的……再加上雙胞胎還配合防具打造成套的武器，要莎蘭手上拿著巨大的刀劍或槍擺出特定姿勢，最後雙胞胎甚至開始用像是照相機的謎樣魔術道具拍照。

就在這裡，異世界文化和矮人的技術融合，引發了相當於核擊魔法等級的大爆炸。不過這點程度的爆炸其實在這個魔國聯邦境內隨處可見……

當委託結束後，莎蘭累得半死，發誓再也不要跟這對雙胞胎有所牽扯。不過——

幾個月後在迷宮裡，身上的防具遭到破壞，她又去雙胞胎那邊扮裝，讓他們拍了一堆照。

LE GUIDE
TEMPEST
Tourism & Amusement
觀光和娛樂

說起利姆路城鎮的觀光娛樂，大致分為西北迎賓地區的度假勝地、高級美食區和人文地區，以及東南地區的大眾美食及娛樂區。

在迎賓地區以高級旅館和料亭為首，可以享受上流社會的待遇。王公貴族和大商人等富裕階層自然不在話下，就連努力工作存錢的一般老百姓也有因應階級準備相應設施。兩邊都能享受超越費用、其他地方找不到的頂級服務，客人滿意度很高。悠閒泡澡來療癒身心，這樣的日本文化——尤其是溫泉文化，由利姆路帶來的要素催生很大的消費級距。

愈接近北方的辦事館，高級度就愈是增加，距離以歌劇院為首的文化設施也很近。薩里昂皇帝艾爾梅西亞很中意這個城鎮，她甚至還買下這個區塊的某間房子來當別墅。

這裡是不分國內外，聚集了各種人前來觀光的地方，
今天我來到了這裡的名勝「露天溫泉」！

➡基本上是偏富裕階層消費的高級休閒地段，但也有相較貼近平民的中級住宿設施林立的溫泉街，居民們也跟觀光客一起同樂。

※此插圖來自番外篇漫畫《魔物王國漫步法》第二集。

溫泉蛋很好吃！
對、對啊！能夠便宜買到真好！

插畫／meiz

⬆➡迎賓館是用來招待國賓的設施，屬於西式建築，但是在開國祭的前夜祭上，大廳有設置日式空間，拿來當作大宴會廳使用。

※此插圖來自番外篇漫畫《魔物王國漫步法》第一集。

插畫／meiz

觀光娛樂

地區的主打就是放在區域中央位置，比其他建築物還突出的大型地標圓形競技場（Colosseum）。仿效羅馬帝國的競技場，為冒險者和對自己身手自豪的人舉辦的武鬥大會，及各種運動競技自然不用說，還會舉辦讓其他以牛型魔獸為首的各種魔物互相對戰的鬥獸大會，或是聚集了各國廚師比試料理手藝的美食大賽等等，會舉辦各式各樣的活動。

最大的娛樂設施莫過於入口在競技場底下的地下迷宮。多達一百層的菈米莉絲地下迷宮是一大冒險娛樂（賭博？）設施，已經正式開張，常常會改善內部構造和營運面，目前頗受好評。活用最大收容人數可達五萬人的容納量和巨大螢幕來進行迷宮攻略的實況轉播，就連一般人都可以感受到冒險的魄力，已經變成知名活動。

在圓形競技場周邊有馬戲團表演和小劇場、咖啡廳、餐廳、當地名產商店等等，有許多觀光設施。將來也有建設主題公園之類的構想，預計要讓這裡變成更多元的娛樂殿堂。

這一帶以吉田氏的咖啡廳為首，有許多販賣高品質甜點的店，除此之外也包含拉麵、餃子、章魚燒這類平民美食，能夠享受美食也是來利姆路觀光的一大樂趣。

插畫／meiz

LE GUIDE
TEMPEST
Lives of the people

一般居民的生活

在東北區塊的居住地區，以人鬼族（滾刀哥布林）為中心，從初期就加入魔國聯邦的種族，還有後來加入魔國聯邦的種族居住在該地區。但是居民中有幾成（主要是單身者）在工商業地區工作者，主要生活在工商業地區，居住地區硬要說起來以家族一起生活的家庭居多。自從摩邁爾當上幹部後，人類的數量也變多了。補充一點，這個地區的住宅基本上都是木造和瓦片屋頂的日式設計。

東北一角有設立氣派的學園校舍。這所學校（統稱為「學園」）會教授魔國聯邦的國民從閱讀和算數這些基本知識，到各種職業必要的多種專門技術。學生不一定都是小孩，只要有意願，不管什麼年紀都可以入學。設立初期以人鬼族為主，但現在有從朱拉大森林各地移居過來的種族，還有部分從西方諸國移居過來的人類，學生的組成很多元。

叮—咚
噹—咚…
呼～
※此插圖來自番外篇漫畫《魔物王國漫步法》第二集。

至於教導學生的老師，有從英格拉西亞王國招攬過來的人才，還有魯貝利歐斯的聖騎士等，似乎以人類為主。關於這部分，或許是基於利姆路的理念——為了跟人類共存共榮而將其文化廣傳給魔物。由於並非義務教育，上學的人只有志願者，但一般而言學習意願都很高。而只要學會看書就滿足的人，他們也可以選擇有別於學校的私塾。

附帶一提，朱菜的紡織工坊就在這個區塊。

許多魔物都意外認真，
很會念書呢。啊，哥布
達是例外。

魔國的日常系列④

密探暗中活躍

作／Tomomi Seto

瓦片屋頂房並列的一角，有個揹著大包貨物的男人正在走動。從古老的藥草、方藥到價格親民的魔法藥，這個男人──卯利是專門販售藥材的一般旅行商人。聽說有新城鎮興起，他就過來尋找商機……這些都是表面話。他的真實身分其實是為西方的某個小國家賣命，周遊各國行商來打探情報的密探。

他目前的目標是在朱拉大森林突然誕生的魔物王國。比布爾蒙王國還要更西側的地區，正確情報都還沒有傳達出去。而探索這個神祕王國的內情，掌握他們的動向，就是卯利的使命。

「今天就從這裡開始走吧……」

直至昨天，他以來自城鎮外的人類為取向的商店、工坊和娛樂街為中心察看。過去卯利曾在矮人王國跟狗頭族和半身人交易過。他知道在魔物之中也有較通情達理的種族，但這個城鎮說真的實在太過有模有樣。他就是無法洗清心中的疑慮。

他進入的並非觀光客和冒險者人來人往的區塊，而是多半為一般市民居住的區域。有時會跟巡邏人員擦身而過，但沒有被斥責。取代大街的喧囂，到處都可以聽見努力工作的人和孩童遊玩的聲音。

卯利鎖定某個住家。建築樣式看來陌生，但還算氣派。然而並非有錢人或貴族的豪宅，是這一帶常見的住宅之一。換句話說應該是一般平民的家。

當他跟對方搭話，看似這家主人的人鬼族男子就親切引他入內。還說：「利姆路大人要我們跟人類友好相處。」

卯利想要盡快蒐集情報，因此把作為商品的各種草藥排到桌上……不過——

「這我用不到。我們家有利姆路大人給的高階回復藥，抱歉啊。」

看到卯利引以為豪的藥材，主人看似過意不去卻二話不說回絕。卯利心想「怎麼可能」。確實聽說過這個國家的特產是高階回復藥，但怎麼可能隨隨便便把要價銀幣三十枚的藥發給國民。

「不，那麼貴重的東西應該要留在緊急時刻用吧。就這方面來說，我的藥材價格上都很親民……」

「若是我們去說有需要，不管多少都會發給喔！基本上就算要買，我們也沒什麼錢。舉凡食材、穿著和住處，所有必需品都是配給的，所以不需要呢。」

看他若無其事地說了這些，卯利不禁環顧四周。雖然是木造的，但是建築物跟家具都很堅固。還有端出來的茶和點心……這些全都很樸素，品質卻很好。在卯利的故鄉，如果不是貴族，根本無法奢望過這種生活。然而這些全都是配給的……？他感到一陣暈眩，要自己先冷靜下來。他說想借廁所，主人二話不說答應。

「廁所在那邊。若是不知道怎麼用，你儘管問我，我再教你。」

使用方法？一頭霧水的卯利前往廁所，結果他愣住了。沒想到這個廁所能夠用水把所有的排泄物清出去。就算在故鄉的王宮也沒看過這種廁所。

他鐵青著臉回到客廳，主人過來關切。主人問他要不要沖個澡，而得知每戶人家都有浴室，更是讓他驚訝。附帶一提，就連那個廁所也是此居住區各家的標準配備。竟然住在這種高級住宅地段，其實這個人鬼族是高級官僚嗎？

「我的工作？我在裝備工坊的倉庫工作喔。」

聽到這個答案的下一秒，卯利說他突然想起有急事，然後就從現場逃走。

他急著要立刻上報。但上頭的人究竟會不會相信呢？最壞的情況下搞不好會被當成沒用的傢伙捨去也說不定。假如真的變成那樣……

（嗯，搬來這個國家住好了。）

卯利毫不猶豫地如此決定。

LE GUIDE TEMPEST

Primary Industry

初級產業

魔國聯邦首都利姆路繁華的工商業和娛樂產業很吸睛，但不愧是受到整個朱拉大森林的大自然恩惠眷顧，初級產業也頗具規模。

從草創期的哥布林聚落開始，會狩獵採集可以食用的生物或植物，受到棲息於西斯湖和艾梅多大河的蜥蜴人及魚人幫忙，調度淡水魚等物資變得容易。除此之外，雖只是零星些許，但也開始能夠去大陸南北的海域調度海產。由於這個世界的漁業權和領海設定並不嚴格，目前能夠隨意捕撈。至於在北海捕獲的槍頭鎧魚，在開國祭已經被白老做成漂亮的壽司和生魚片。

當然林業也很興盛。目前並沒有輸出木材，專門供給國內的土木建築事業所需。這一方面有很大原因，也是出自利姆路尊重森林管理者德蕾妮等樹妖精的意思。可說是多虧有她們協助，才能運用永續的森林資源。

【農產品、水產等調度路線】

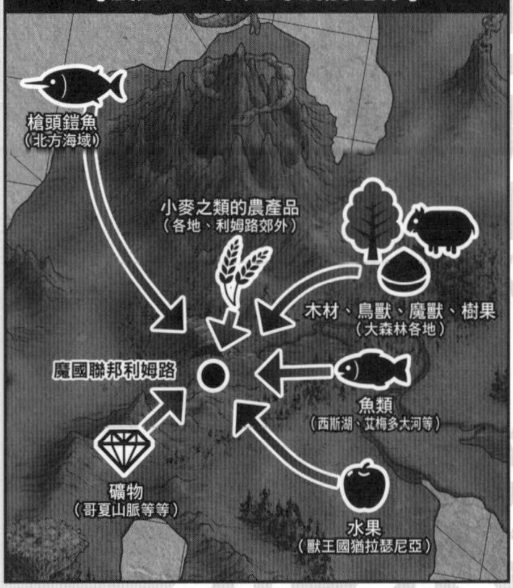

槍頭鎧魚
（北方海域）
小麥之類的農產品
（各地、利姆路郊外）
木材、鳥獸、魔獸、樹果
（大森林各地）
魔國聯邦利姆路
魚類
（西斯湖、艾梅多大河等）
礦物
（哥夏山脈等等）
水果
（獸王國猶拉瑟尼亞）

雖然比不上矮人王國，在朱拉大森林裡以哥夏山脈為首，還有許多蘊含豐富多元礦產資源的地點。且還有透過地下迷宮中維爾德拉的魔素，讓天然鐵礦石進化成魔礦這類不得了的隱藏絕技。

除此之外，領土內的各個地區都有實行農耕。主要都是豬人族負責。他們原本是在半獸人王的率領下來到這個地方，人數龐大，是很適合從事勞力工作的種族。

插畫／meiz

更重要的是對於栽培食材這種行為有非比尋常的熱誠，個個都變成優秀的農民。其中還包含首都郊外農場的大規模小麥耕作。隨著觀光客增加和魔物的生活文化水準提昇，對啤酒和麵包這些小麥製品的需求與日俱增，而利姆路自己特別重視糧食自給自足和追求口味，因此像是稻米和蔬菜等等，也會栽培各式各樣的農作物。

跟周邊各國交流也帶來莫大恩惠。會從早早締結友好關係的獸王國猶拉瑟尼亞輸入高品質水果，用於甜點不在話下，也會作為製造葡萄酒之類的果實酒原料。舉凡啤酒、白蘭地、日本酒之類的製酒，原本都是基於利姆路個人興趣和想法發展，但未來也考慮將這些確立成產業。

麵包、酒和拉麵都一樣，沒有原料就做不出來啊！飲食豐富是文化水準的指標。很重要！

魔國的日常系列⑤

魔國的農夫要早起

作／Tatsuya Masuda

在首都利姆路外圍的某塊農地，今天那裡也有一大早就勤於耕作的豬人族家族。自開國以來，有不少人來此觀光都是為了魔物王國與眾不同的極致佳餚。對於目標是以觀光立國的魔國來說，從事農業的他們可以說是這項政策的棟梁。

在魔王利姆路的指導下，在這塊農地上，他們整頓灌溉設備，採用魔王利姆路帶來的農耕器具，相對於耕作面積，他們得出破天荒的傲人產量。

對許多人類來說，魔物從事農耕讓人難以置信吧。在這塊農地上，他們栽培著魔王利姆路重視的作物「小麥」。那種植物被風吹拂會演奏出舒服的音色，對魔物們來說是不熟悉之物，但磨碎成粉後可以變換出各式各樣的料理，是魔法般的食材。

即使在開國祭，這塊土地耕種出來的小麥似乎也用來製作餐點提供給各國首腦。

「好，今天就先到這邊吧！」

父親湖——十六一聲令下，全家人都停止手邊動作。因為工作到周邊都暗下來才停手的關係，他們非常疲勞，但是對這份工作抱持的驕傲和使命感，讓他們比起疲勞感更覺得充足。

被交派負責這塊農地的豬人族原本打算侵略這塊土地。然而豬頭帝蓋德敗給利姆路，侵略計畫最終失敗。儘管如此，利姆路原諒他們，沒有奪走性命，還迎接他們來到這塊土地，甚至為高達十萬以上的同胞取名子。

被拯救的這條性命，以及因為取名而從豬頭族進化成豬人族的這股力量，全都要獻給利姆路。想要回報他的大恩大德，做好利姆路分派的職務，不只是湖—十六一家，對整體豬人族來說都是一種喜悅。

某天魔王利姆路來農地視察。

「嗨，你們真努力呢。」

這麼說著向湖—十六等人搭話的人就是魔王利姆路。他們感動地中斷手邊作業低下頭。

接著魔王利姆路跟他們說在開國祭上提供的料理頗受好評。

「這都是你們這些農夫努力的成果。辛苦了。」

魔王利姆路慰勞完他們就離開。

「好棒！利姆路大人還是第一次跟我說話！」

「利姆路大人果然很和善！」

兒子湖—十八和妻子湖—十七接連道出對利姆路的感謝。信賴的統治者來看自己勞動，這讓他們更加開心。

「好，湖—十八，以後我們也要努力耕田，把美味的小麥獻給利姆路大人！」

在大家長的號令下，豬人族發出吼叫回應。

以他們為首，住在周邊的豬人族之後也從早到晚努力耕作。心中懷著對魔王利姆路的敬意，他們今天也在田裡持續耕作——

Research & Development

研究開發

朱菜經手的服飾、新素材和新料理、食材，戈畢爾的部下們用樹木纖維製作出來的紙張、凱金和培斯塔等人製作出的裝備及魔法道具等，在利姆路的城鎮上每天都會誕生許多東西，成為產業和文化的激發點。

研究中心是位在地下迷宮第九十五層的研究設施。過去放在封印洞窟，但是那裡空間太小，再加上為了更維持機密性，所以就移到地下迷宮。如今在迷宮裡頭的研究設施分別有矮人煉金工匠（「精靈工學」）、薩里昂的研究者（「魔導科學」、「精靈工學」）、魯貝利歐斯的「超克者」（「魔導科學」）等，跟魔國聯邦維持友好關係的各國派出各領域研究者參加。

「魔導列車」

基於利姆路想法進行開發的列車、鐵道網絡構想。核心部分的機關車動力是採用將魔素作為燃料來產生能量的「精靈魔導核」。藉由能給予各種屬性的精靈魔素，變換成方便使用的能量，通常都是吸取大氣中蘊含的魔素當燃料，不夠的時候可以透過魔晶石補充。是一種將魔素轉換成熱量來推動渦輪的內燃機關。也可以產生電能，將各個車廂照亮。產生的能量會回到「精靈魔導核」裡，像電池那樣蓄積起來。

完成試作版魔導列車零號後，生產了實驗用機關車二十輛。矮人王國和英格拉西亞王國連接的部分已經開始實施試車、試跑。機關車有著黑亮的威武外表，一看就知道是用魔鋼製作而成，看起來就像駭人的鋼鐵怪物。平均時速達到五十公里。但這樣的速度是以安全為優先，理論上最高速度為其四倍。目前基本編制是一輛機關車連結貨車兩輛、客車三輛，串成六輛。

「有孔洞的裝備」

黑兵衛和凱金同心協力實現利姆路的構想，打造出新型魔法裝備。準備充當魔法發動核心的媒介，藉由交換零件，讓一種魔法裝備可以發動各式各樣的魔法。黑兵衛開發出來當作樣板的裝備本身是特質級，最多可以開出三個孔洞。若是在孔洞中裝進放有魔法的魔石，裝載在魔石裡面的魔法就會附著上去，讓裝備變成魔法裝備。凱金讓魔素濃縮，成功結晶化。那種結晶若賦有屬性就叫做「精靈屬性核（Element core）」或是魔寶珠。「精靈屬性核」技術是從「精靈魔導核」研究過程中獲得的。雖然魔力會用完，但熟練的魔法師可以灌注魔力進去進行補充。

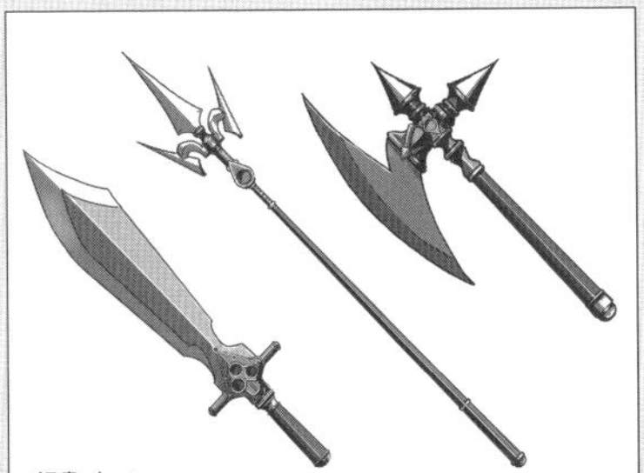
插畫／meiz

插畫／meiz

LE GUIDE TEMPEST

Mirlitary Force

軍事力量

隨著魔國聯邦這個國家有所發展，軍事力量也大幅度強化。在開國祭舉辦的時候就已經頗具規模，但也因即將跟帝國開戰，必須加強軍備，經紅丸提議，魔國聯邦加入新戰力並重新編制組織。指揮系統有些特殊，統率權在利姆路身上，但全軍指揮權握在大將軍紅丸手中。會有這樣的系統是因為利姆路認為門外漢不該插手軍隊指揮，如此一來指揮運用上就更有彈性。

從前就有的狼鬼兵部隊、綠色軍團、黃色軍團、飛龍眾等各個部隊和軍團，新加入紅色軍團和藍色軍團，重新編制成第一到第三軍團（紅焰眾、藍闇眾、紫克眾是獨立部隊）。另外新設置了以魔人為主、直屬紅丸的第四軍團，以及魔國聯邦居民和鄰近諸國移民組成的義勇兵團等。第一到第四軍團都是所謂的常備軍。當然，若是對朱拉大森林的各種族發動召集，可以獲得更多戰力。光這些能直接運用的戰力就超過十萬人。

除此之外，還有非官方且只有利姆路能夠指揮的王牌——迪亞布羅底下七百名惡魔組成的黑色軍團等，這類若是公開可能會很不妙的隱密戰力……

呼哈哈哈——看吧，看
看我軍多威武！……是
說有些人不知不覺間加
入，讓我嚇到，這是祕
密喔。

●獨立直屬部隊

・紅焰眾

直屬紅丸的親衛隊。以哥布亞為首，加上A級以上的猛將三百人為中心組成的精銳部隊。現在也兼任參謀本部。

・藍闇眾

蒼影率領的間諜活動為主的密探集團。蒼華和底下四名隊長率領百名隊員。聚集A級和特A級等實力派，是充滿謎團的部隊。

・紫克眾

直屬紫苑的利姆路親衛隊。因為是守護利姆路性命的部隊，因此不會聽從他的命令。由紫苑和與她一起復活的百人組成，相當於B，特徵是不容易死亡。

・紫苑的直屬部隊（非官方）

達格里爾的兒子們——達古拉、里拉、戴伯拉擔任隊長的非官方部隊。原本只是哥布杰等狂熱的紫苑粉絲擅自組成的紫苑粉絲俱樂部，某方面來說是特殊部隊。不知為何B+等級以上的強者有一萬人之多。

●第一軍團

由軍團長哥布達、軍事顧問白老率領。

成員包括百名A-級狼鬼兵部隊，和大半來自朱拉大森林的魔物組成的共一萬兩千人的綠色軍團。最初就加入的B級上級士兵會帶領新加入的C到D級下級士兵，三人一組行動。

●第二軍團

由軍團長蓋德率領，目前在各地充當工作部隊活躍。

成員包括最初為蓋德部下、相當於B+級的豬人族戰士團兩千人組成的黃色軍團，及新加入相當於C級的豬人族志願兵三萬五千人的橙色軍團，在前線充當盾牌，具強大守備力。

●第三軍團

由軍團長戈畢爾率領龍人族組成的游擊飛空兵團。

成員包括具備相當於A-級戰鬥能力、飛行能力、高度指揮能力、技能「龍戰士化」的最強部隊飛龍眾百人，以及來自蜥蜴人族戰士團志願兵三千人組成的藍色軍團。藍色軍團相當於C+，但能騎乘相當於B+的飛空龍來掌握制空權。

●第四軍團

由軍團長紅丸率領，集結了紅焰眾千人長的紅色軍團。

從過去克雷曼底下的魔人挑出擅長戰鬥者，加上來自朱拉大森林的三萬人所構成。克雷曼的部下們原本身為俘虜於工地工作，工作讓他們找到生存價值，願意為利姆路自願參加。

●義勇兵團

由軍團長正幸率領，成員包括魔國聯邦的居民，加上鄰近諸國的冒險者和傭兵，總共兩萬名人類。

●黑色軍團

利姆路的直屬部隊，成員為只接受軍團長迪亞布羅和戴絲特蘿莎、烏蒂瑪、卡蕾拉三名女惡魔命令的高階惡魔七百人。是唯一不受紅丸指揮的完全獨立部隊，也是利姆路的王牌。

●西方配備軍

軍團長姑且算是戴絲特蘿莎。是人數高達十五萬的大軍，正式隸屬的單位是西方評議會。雖然魔國聯邦有指揮權，但原本是評議會附屬的小規模軍隊，加上用來進行後方支援的支援兵所組成。成員四散各地，因此直接用於當地。主要任務以災害救助、土木工程及後方支援為主。

●迷宮十傑

從地下迷宮五十層以下開始，每隔十層都會配置樓層守護者。是迷宮的守護者。

魔國的日常系列⑥

地獄修練場

作／Tomomi Seto

「喝啊啊啊！喝呀——！」

在城鎮外圍的練兵場裡，淡綠色的皮膚上充斥汗水、正一心揮劍的，是新僱用為綠色軍團下級士兵的人鬼族。原本居住在朱拉大森林外圍的他，目前實力不過C級，但每天都跟軍團的夥伴們接受嚴酷訓練，努力提昇戰鬥力。

他很崇拜大將軍紅丸。身為魔物的實力有多強自然不在話下，紅丸還有強大的劍技、率領軍隊的力量，再加上冷酷嚴肅的樣貌，這些全都很帥。想著要變成那樣未免太不自量力，但還是想盡量讓自己接近那個樣子。

結束上午的訓練，吃午餐吃到一半，有個夥伴上氣不接下氣地跑進練兵場食堂。

「喂，不得了了！等一下在特別修練場，紅丸大人和白老大人好像要進行模擬戰喔！」

聽到這句話可不能坐視不管。他大口吃完剩下的飯，從椅子上站起來。對下級士兵來說，很少有機會拜見忙碌的紅丸。更不能錯過他跟人切磋的寶貴時刻。休息也草草了事，他趕緊跑去特別修練場——也就是封印洞窟。

這場戰鬥只能說實在太厲害了。

封印洞窟因為長時間封印暴風龍的關係，如今仍飄散著濃郁的魔素，弱小個體沒辦法長時間停留。程度到某個水準的強者才能使用這個修練場，在這裡訓練也是他的憧憬之一。

而在這裡進行的紅丸VS白老對決，光是要用眼睛捕捉動作就很吃力。刀劍的軌跡瞬間由靜轉動砍出，還有那閃躲的身姿，響徹洞窟的刀劍聲震撼著他。被那兩人身上的氣魄掃到，他甚至有種頭暈目眩的感覺，難掩興奮，看這場對決看到入迷。

結果是白老獲勝。論用劍技巧，紅丸似乎還無法超越師父。但反過來說就「只有」用劍技巧而已。假如紅丸還使用「黑焰獄」之類的招式作戰，結果就會改變吧。

在這個國家裡頭，要說誰能夠戰勝認真起來的紅丸大人，恐怕就只有利姆路大人和維爾德拉大人了吧……？

他用憧憬的目光看著紅丸慢條斯理地將刀收回刀鞘的側臉，心裡想著——若是變得那麼強，就再也無所畏懼了吧。不管面對怎樣的對手都不會害怕，表情總是很從容——

然而他卻看見了。

「啊，萬萬不可，現在紅丸大人正在跟白老大人對戰……！」

「呃！紫苑！」

沒錯。他看見面對端著冒出妖異紫色煙霧盤子的紫苑，紅丸臉上神情大變的瞬間。

彷彿見識到地獄一般，紅丸白著一張臉，冷汗直流，先是慢慢向後退，接著就逃之夭夭。紫苑端著散發異樣氣息的盤子追過去。而他就只能呆呆地目送這兩個人。

LE GUIDE TEMPEST

Dungeon

地下迷宮

運用魔王菈米莉絲能力創造出來的地下迷宮。那裡有可怕的魔物和陷阱在等著，同時還有機會獲得有價值的寶物一夜致富，因此不斷吸引冒險者前來。開幕以來就不斷更新，變得愈來愈熱鬧，是利姆路城鎮中最大的娛樂設施。

關於系統，先在櫃檯辦理入場許可證，每次入場需支付銀幣三枚。第一次樹妖精（主要是阿爾法、貝塔、珈瑪、戴兒塔）會陪同進行介紹，並接受任務形式的教學。櫃檯同時也有設置道具販賣所，可以鑑定或是收購獲得的道具。

每個樓層都有設置連接至一百層維爾德拉房間的魔素供給口，自然而然產生魔物。其中一部分魔物有放入掉落用的道具，會在迷宮內部徘徊。各處都有設置寶箱或陷阱，但隔幾天部分通道和房間之類的構造就會更換一次。每個樓層都有地域魔王，每隔十層就存在著稱為樓層守護者的特別強大魔物。打倒那些魔物，營運單位就會頒發擊破獎勵。

往下一個樓層的樓梯前方必定會設置用來休息的房間，是很親切的設計。若是在那裡支付費用（一銀幣），就可以傳送到第九十五層的城鎮，享受餐點和住宿等各式各樣的服務。每隔十層還會設置可以從那邊再次展開冒險的「記錄地點」。此外還有販賣就算在迷宮裡頭死掉也能復活的手環，從某方面來說變成可以放心挑戰的冒險場所。

※插圖來自番外篇漫畫《魔物王國漫步法》第一集。

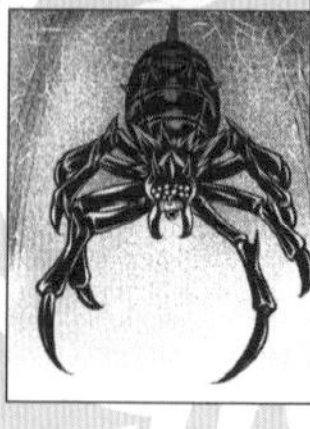

←↑從打倒的魔物和寶箱可以開出低階回復藥等，還能找到魔晶石或高品質裝備等高價寶物。當然愈往下走愈能夠遇到好東西……！

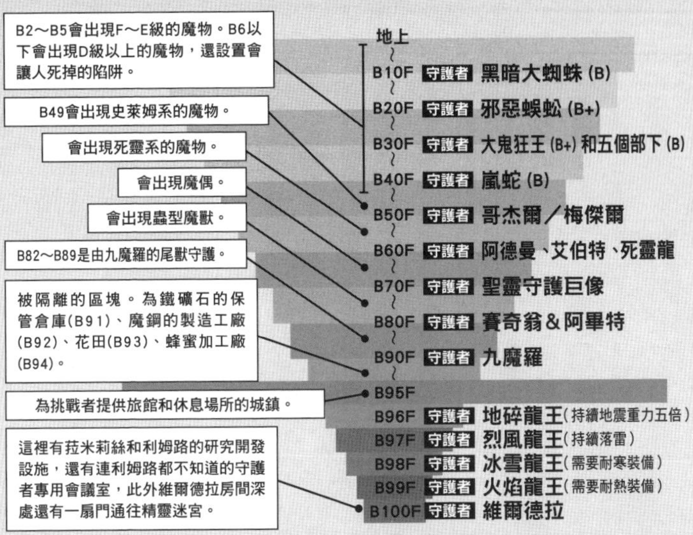
B2～B5會出現F～E級的魔物。B6以下會出現D級以上的魔物，還設置會讓人死掉的陷阱。
B49會出現史萊姆系的魔物。
會出現死靈系的魔物。
會出現魔偶。
會出現蟲型魔獸。
B82～B89是由九魔羅的尾獸守護。
被隔離的區塊。為鐵礦石的保管倉庫(B91)、魔鋼的製造工廠(B92)、花田(B93)、蜂蜜加工廠(B94)。
為挑戰者提供旅館和休息場所的城鎮。
這裡有菈米莉絲和利姆路的研究開發設施，還有連利姆路都不知道的守護者專用會議室，此外維爾德拉房間深處還有一扇門通往精靈迷宮。
地上
B10F 守護者 黑暗大蜘蛛(B)
B20F 守護者 邪惡蜈蚣(B+)
B30F 守護者 大鬼狂王(B+)和五個部下(B)
B40F 守護者 嵐蛇(B)
B50F 守護者 哥杰爾／梅傑爾
B60F 守護者 阿德曼、艾伯特、死靈龍
B70F 守護者 聖靈守護巨像
B80F 守護者 賽奇翁＆阿畢特
B90F 守護者 九魔羅
B95F
B96F 守護者 地碎龍王(持續地震重力五倍)
B97F 守護者 烈風龍王(持續落雷)
B98F 守護者 冰雪龍王(需要耐寒裝備)
B99F 守護者 火焰龍王(需要耐熱裝備)
B100F 守護者 維爾德拉

寶箱

寶箱分成銅、銀、金三種種類。第一個樓層就只有銅寶箱，從第二層開始就會設置銅和銀的寶箱。金寶箱只有打倒樓層守護者才會出現。

內容物：回復藥／迷宮用道具／現金／（銅寶箱）特上級以下的裝備／系列裝備（名稱一致就會發動特殊效果）／（金寶箱限定）黑兵衛徒弟製作的特上級裝備、黑兵衛製作的稀有級裝備／（銅寶箱限定）陷阱

迷宮內部的陷阱

毒箭／毒沼澤／旋轉地板／移動地板和切斷絲線／地洞陷阱（只有刺槍洞）／麻痺毒／假寶箱（B20F以下）／爆炸寶箱／裝有催眠瓦斯的寶箱／魔物小屋／密室／黑暗樓層／低天花板樓層／隱藏房間（B11F以下）／沒有精靈的區域（精靈使者對策）／掉落未鑑定物品（參雜毒藥）／巨大史萊姆房間（B49F）／史萊姆池（B49F）／史萊姆雨（B49F）／史萊姆魔偶（B49F）

櫃檯販賣的道具

●復生手環：就算在迷宮內部死亡也可以到地面上復活。能夠阻斷死亡時的痛苦。第一次不用錢，但大部分挑戰者來第二次以後都會買，所以是賣得最好的。價格是兩枚銀幣。

●回歸哨子：能夠回到地面上的道具。價格是銀幣三十枚。

●現象記錄球：能夠在任意地點產生記錄點（限一次）。就算死了也能從登錄地點重來繼續冒險。價格是一枚金幣。

●低階回復藥：銀幣四枚。

●高階回復藥：銀幣三十五枚。

●各種攜帶用糧食：施過保存魔法的糧食。

●各種租借裝備：死掉時失去武器和防具等物品的人會利用。

※此插圖來自番外篇漫畫《魔物王國漫步法》第一集。

【第九十五層的城鎮（迷宮都市）】

此樓層是迷宮內部最後的安全地帶。大小達半徑五公里，生長著茂密的森林，是一個樹人族和長耳族居住的城鎮。其中一個區塊有迷宮攻略者專用的設施（所有費用都比地面上還要貴），販售對象是從各樓層傳送過來之人，提供休息場所、餐廳和住宿地點，除此之外還有販售只有此樓層才能買到的高級裝備的店舖。各個設施的管理營運都由樹人族和長耳族包辦。

此外，在隔離地區有廣大的研究設施，聚集來自德瓦崗的煉金工匠、薩里昂的魔導研究者、魯貝利歐斯的研究人員，他們能夠自由自在、不時互助合作針對各種領域做研究。其他還有阿畢特的養蜂場、希波庫特藥草等魔素化植物栽培地，以及利姆路等人御用的特別會員專用長耳族酒店等等，迷宮攻略以外的其他層面重要設施也聚集在此。

為冒險者提供服務的例子

九十五層入場費用	銀幣三枚
住宿	銀幣三枚
洗滌衣物	銀幣三枚
利用大浴場	銀幣三枚
洗淨和修補裝備	銀幣五枚

與帝國戰爭時期的地下迷宮

跟東方帝國作戰的時候，這個地下迷宮成為主戰場。透過菈米莉絲的技能創造出平常不存在的一百零一層，將中央都市利姆路整個傳送過去，並迎擊敵方主力部隊七十萬大軍。每當有一千人闖進迷宮就分到別的樓層，陸陸續續投入戰力的帝國軍五十三萬一個星期就全滅了。

這個時候有別於平常營業，地下迷宮變更成特別設計。入侵時會對每個人的精神直接做條件確認，改變設定成沒有過關就出不去。過關條件就是打倒迷宮之王維爾德拉。除此之外，維爾德拉所在的百層門扉若沒有蒐集完每個迷宮十傑各自擁有的鑰匙就無法打開。此外做了構造變更，愈往下走就愈窄，每個樓層大小都不一樣，亂數穿插。空間和魔物、陷阱的種類等等也進行內容變更。

迷　宮　十　傑

- 魔導王蓋多拉
- 不死王阿德曼
- 死靈聖騎士艾伯特
- 蟲女王阿畢特
- 蟲皇帝賽奇翁
- 九頭獸九魔羅
- 地碎龍王
- 烈風龍王
- 冰雪龍王
- 火焰龍王

委託擔任迷宮下層守護者的強者們。為了向利姆路展示其忠誠，總是在找機會表現，對他們來說帝國軍入侵是絕佳的表現機會。面對帝國大軍壓境和精銳，阿德曼、艾伯特、阿畢特很可惜地戰敗，但也給對方莫大打擊。最後留下來的人被賽奇翁秒殺。

Dungeon Dominator

喚來死亡的迷宮意志

是利姆路等人的假魔體。平常會自動行動，以特殊關卡魔王的身分徘徊。

主要變更點

●提昇徘徊魔物的等級。將通常是F～D級程度的魔物變更成B級前後的魔物。

●將哥杰爾和梅傑爾從B50F移動，變成B30F的樓層守護者（前任大鬼狂王（食人魔王）和五個部下成為他們的部下）。

●讓B49F的史萊姆系陷阱凶暴化→史萊姆地獄。將嵐蛇從B40F的守護者移動到B50F。

●B51F～B60F大量設置凶惡的陷阱（類似化學兵器的東西：會傷害眼睛和喉嚨、無色無味的毒氣／神經毒／潑灑溶解液等等）。放許多附帶自行修復機能的魔偶徘徊。喚來死亡的迷宮意志出現。

●B60F的樓層守護者換成魔導王蓋多拉和魔王守護巨像。

●B70F是有大量不死系魔物的死者城郭都市。樓層守護者變成不死王阿德曼、死靈聖騎士艾伯特和死靈龍。

●B79F的樓層守護者改為蟲女王阿畢特。

●B80F的樓層守護者改為蟲皇帝賽奇翁。

●B96F～B99F擴張成十倍大。

●將原本的B95F傳送到B100F，讓第二軍團和第四軍團守護。

●將整個中央都市利姆路傳送到B101F。

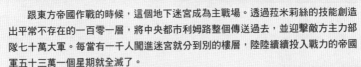

魔國的日常系列⑦

迷宮與冒險者

作／Tomomi Seto

「出、出現了……」

「好猛……沒想到真的出現了……」

「看來傳聞是真的……」

吞口水的咕嚕聲響起。就在我們三人眼前，稀有級的劍綻放燦爛光輝。歷經一番艱辛終於把過分強大的巨熊打倒，辛苦開出的銀色寶箱裡出現這個東西。

沒錯，這裡是魔物王國魔國聯邦的地下迷宮。

我們三個冒險者是兒時玩伴，組成隊伍「荒野之風」，從法爾姆斯——不對，現在叫做法爾梅納斯王國的超偏鄉前來，攻略最近傳得沸沸揚揚的迷宮。

目的是試試身手，還有最重要的是賺錢！打倒迷宮裡頭的魔物就能拿到魔晶石。運氣好的話還能拿到高品質武器，或是古代金幣之類的寶貝啊。一開始還半信半疑……如今我們打算在這裡海撈一筆。然後一定要衣錦還鄉！

「不過啊……」

紅著臉露出一臉陶醉的表情，魔法師莉莉手裡拿著冰涼的果汁，喃喃自語。

「這邊旅社的大澡堂真是太棒了……就算花上銀幣三枚也一點都不覺得可惜。」

「不只澡堂吧。房間跟床鋪也都很乾淨，飯也很好吃，接待客人又親切。而且還能保障安全。」

通往下方樓層的階梯旁邊有一扇門，門會通往這個旅社，是第九十五層的安全地帶。開門需要花銀幣一枚。此外住宿需要銀幣三枚，但能夠在這種地方住宿其實算便宜了。

「這裡是天堂嗎……我想要直接住在這裡……」

喝著冰涼的水果酒，我發出嘆息。跟我們的村子等級實在差太多了……

「不不不，聽說還不只這樣呢。」

目標是把食堂菜單上東西全部吃過的柏朗兩手抱著食物回來。

「我跟旅館人員打聽過了。若是去這個城鎮的一般旅社，花跟這邊一樣的費用好像能有更豪華的享受呢。房間也比這邊還大還漂亮，食物的種類豐富，服務也很多元……」

「什麼……竟然比這邊還棒……？」

我吞了一口口水。這裡對我來說已經很像天堂了。沒想到用一樣的價錢可以過更好……？啊，難道說……！

「等一下等一下……！也就是說……？」

動作比我還快，莉莉帶著彷彿發現這個世界真理的表情發出聲音。啊啊，莉莉啊。妳也發現了是嗎……

「也就是說，只要拿出更多的錢……還能去住更棒的地方是吧……？」

「對……根據那個工作人員所說，若是拿出更多的銀幣，房間不僅會附帶浴室，還能吃看都沒看過的異國料理吃到飽……」

我們再次吞吞口水，不禁看向裝著今日蒐集到的魔晶石的袋子。若是把這些都賣掉，或許能去住那個傳說中的豪華旅店……

「……不不不！我們的目的是帶一堆錢衣錦還鄉！」

「說、說得也是！我打算存錢，在村莊裡面開店嘛！」

「我要來場全國美食之旅……說錯，是武者修行之旅！」

我也有夢想。想要變成有錢人，讓人們都說我是會賺錢的冒險者……然後受女孩子歡迎！為此現在要先忍耐，我們就只能含淚忍耐了。

話雖如此——

　在四層深處的小房間裡，那隻巨大的熊守護著的銀色寶箱，從裡面開出很棒的稀有級刀劍。這真的很不得了。若只是苦幹實幹，那種等級的寶物我這種人一生可能都無緣目睹。把這個賣掉就能暫時獲得一大筆金錢，足以玩樂度日。還有……還有……

「我說……應該……沒關係吧……？因為我們，很努力嘛……？」

「對啊……非常努力……剛才我還差點死掉呢……？」

「就是說啊……得稍微犒賞一下才行……」

　我們你看我我看你，對著彼此點點頭。光只是這樣就能立刻明白對方想說什麼。我們真的是默契十足的最佳團隊。

「來吧，各位，我們走！」

　我們提起勁，一路朝著地面上去。然後朝著耀眼又吸引人的頂級住宿體驗跨步前進。

　如今距離那個時候已經過了一個月，我們現在依然在魔國聯邦，致力於攻略迷宮。這可不是在玩喔。雖然遲遲沒有前進到其他樓層，但攻略技術變好了，靠魔晶石和戰利品賺了不少錢。

　然而即使如此，我還不能回故鄉。因為——

「那些看起來很有趣的地方都還沒參觀完呢。還有最近發現一套可愛的洋裝，好想要喔。」

「還有很多沒吃過的東西。在我做這做那的時候，又會有新的食物誕生，完全不能大意。」

「也沒去競技場看過。希望能坐到好位子。」

　因此我們現在還不能從這個首都利姆路離開。可以理解吧？

「不過，不能離開的最大理由，就是不知道為什麼都存不了錢啦……」

「就是說啊。明明都賺這麼多錢了，真不可思議。」

　真的耶。世界上還真有不可思議的事情呢。對吧，你也這麼覺得吧？

LE GUIDE TEMPEST

★★★

Road & Post town

街道和旅館

從首都利姆路有三個主要街道延伸出去。朝著東方前進穿越西斯湖，沿著艾梅多大河北上的是德瓦崗路線、向南延伸的猶拉瑟尼亞路線，以及通過布爾蒙王國前往西方諸國和魔導王朝薩里昂的西方路線。

這些街道都是魔國聯邦整頓的。是鋪石板路的氣派道路。尤其是在朱拉大森林——也就是魔國的領土，特別追求舒適性和便利性。每隔十公里就會設置「全自動魔法發動機」，用結界阻擋魔物入侵，為了保護旅人和維持治安，還會派警備兵巡邏，每隔二十公里就安插駐紮警備部隊的「派出所」，每隔四十公里有旅店，提供餐飲和住宿，或是販賣與提供各種裝備。根據地區不同，有些部分緊鄰警備部隊的駐紮地或從事開墾、擴張工程部隊的營地，因此就變成小型村莊或城鎮。旅店提供的罕見料理對走魔國街道的旅人來說是一大樂趣。

插畫／meiz

LE GUIDE TEMPEST

Organigram

組織圖

- 第一祕書 紫苑
- 第二祕書 迪亞布羅
  - 法爾梅納斯王國：拉贊
  - 西方評議會：外交武官、全權大使 戴絲特蘿莎

- 統治、行政統籌：利格魯德
  - 行政部門：羅格魯德；檢察總長 烏蒂瑪
  - 司法部門：魯格魯德；最高法院長官 卡蕾拉
  - 立法部門：雷格魯德
  - 食品管理部門：莉莉娜
    - 狩獵採集團隊
    - 農業管理團隊
  - 學園 — 私塾
- 財政統籌、廣告宣傳：摩邁爾
  - 御用商人：柯比
  - 朱拉大森林：各部族長
- 巫女姬 朱菜
  - 餐飲團隊：哈露娜
  - 服裝研究團隊
  - 料理研究團隊：哥布一

組織愈來愈有模有樣，但不只是下對上，幹部們都會彼此商量，把事情處理妥當，幫了不少忙～！

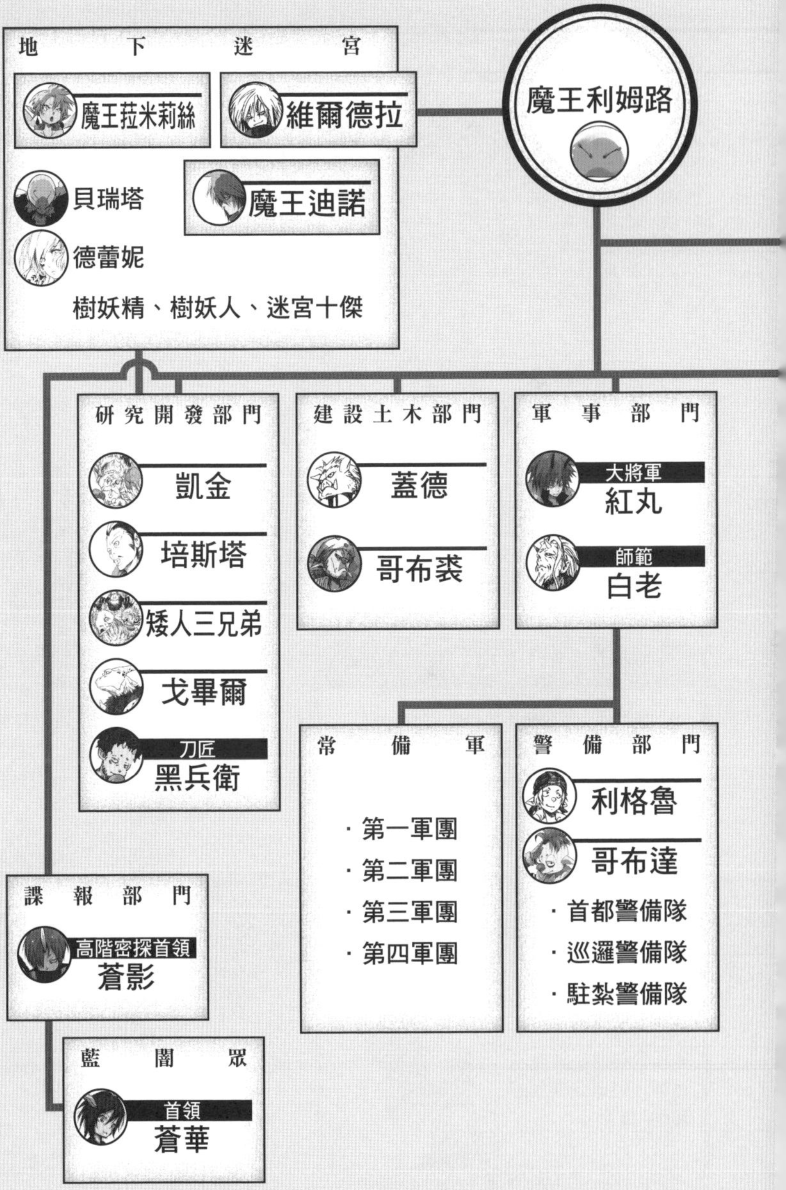
魔王利姆路
地下迷宮
魔王菈米莉絲
維爾德拉
貝瑞塔
魔王迪諾
德蕾妮
樹妖精、樹妖人、迷宮十傑
研究開發部門
凱金
培斯塔
矮人三兄弟
戈畢爾
刀匠
黑兵衛
建設土木部門
蓋德
哥布裘
軍事部門
大將軍
紅丸
師範
白老
常備軍
·第一軍團
·第二軍團
·第三軍團
·第四軍團
警備部門
利格魯
哥布達
·首都警備隊
·巡邏警備隊
·駐紮警備隊
諜報部門
高階密探首領
蒼影
藍闇眾
首領
蒼華

其他區域

西方評議會

位於大陸西方的各個國家，在創設者格蘭貝爾・羅素的努力下，為了對抗魔物和東方帝國帶來的威脅，以及調停西方諸國各式各樣的問題，因而設立的國際組織。每個月會在英格拉西亞王國召開一次會議。標榜是平等的互助組織，事實上根據獻金的不同，選拔出來的議員數量也不一樣，影響力會跟著改變。由於至今以來具龐大勢力的羅素一族和其重鎮五大老失勢，讓最近加盟的魔國聯邦勢力增加。

魔國聯邦的代表人是外交武官戴絲特蘿莎。她擊退想要奪取英格拉西亞之人召喚出來的惡魔，拯救其他議員，因此穩固了地位。如今，就連議長雷斯塔也相當重用她。

自由公會

屬於西方評議會下級組織的國際組織，由原本就有的冒險者互助會改制，負責與各國的高官交涉、讓冒險者們相互扶持，及買賣冒險者蒐集、採收的魔晶石之類的收穫物等事項。本部在英格拉西亞王國的首都，獲得英格拉西亞為首的西方諸國當後盾。打造出這套系統的人是自由公會總帥神樂坂優樹。將魔物和冒險者根據強度劃分等級的系統也是由他所做。然而目前神樂坂優樹和副會長卡嘉麗都逃亡了，因此公會內部亂成一團。

布爾蒙王國

跟朱拉大森林西側相鄰的小國，首都是用石頭打造的城鎮「隆多」。溫厚的德拉姆國王和聰明美麗的王妃鶼鰈情深，很受國民愛戴。國王看起來容易讓人以為只是個溫穩的人，其實意外對利益很敏銳，跟魔國聯邦很早就締結邦交，開始貿易。

對魔國聯邦來說是連接西方諸國的門戶，此外布爾蒙王國還擁有優秀的情報局，擅長蒐集情報和操作情報，利姆路認為這個國家會成為目標的人魔共榮圈核心，因此很重視，計劃讓這裡成為物流中心。

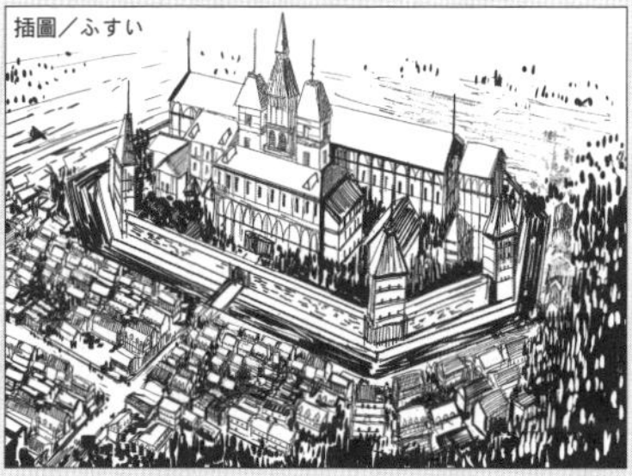
插圖／ふすい

法爾梅納斯王國

朱拉大森林西北方的大國，以首都「馬利斯」為中心繁榮發展。法爾姆斯王國時代在西方有強大發言權，但對魔國聯邦發動戰爭戰敗而滅亡。英雄尤姆成為新國王，國家重生成為法爾梅納斯王國。目前國家營運是以成為迪亞布羅僕人的魔術師拉贊和王妃繆蘭為主。

姑且屬獨立國家，但統治階級的人都信奉利姆路，因此可以說跟魔國聯邦幾乎為一體。在舊體制時代下，主要產業是工藝品和裝備的中繼貿易，但換成新體制之後，農業變成主要產業，也讓他們自行進行「魔導列車」的軌道鋪設工程，正努力發展中。

尤姆跟繆蘭生孩子了呢。恭喜你們！尤姆國王，今後也請多多指教！

英格拉西亞王國

位置接近大陸的中央地帶，西方諸國的交通樞紐英格拉西亞王國，聚集西方評議會的本部、自由公會本部、西方聖教會實務據點等重要設施。中央有一座白色工城聳立，還有劇場和圖書館、自由學園、具備櫥窗的精品店等等，首都有許多文化設施，是被稱為「華麗瑞拉」的大都會。

這個大國也是國際政治的舞台，有許多權謀交錯，透過老奸巨猾的艾基爾國王巧妙治理。不同於騎士團和軍隊，還擁有魔法審問官這類直屬於國王的全國最強集團。魔法審問官似乎是為對付羅素一族而成立，這些使用魔物力量的異類都擁有超越A級的實力，是令人恐懼的魔人。策劃陰謀卻因此失勢的評議會議員葛芬伯爵，和擔任王國北方守護任務的西德爾邊境伯爵都是羅素一族的五大老。

插畫／meiz

西爾特羅斯王國

夾在英格拉西亞王國和法爾梅納斯王國之間，是北方的小國。首都是美麗的「席亞」。主要產業是金融、工藝等，同時也是貿易的中繼站。這個國家原本是由前「光之勇者」格蘭貝爾．羅素和其後代統治，將觸角伸向西方諸國，歷經千百年，打算藉著羅素一族的力量支配世界經濟。然而瑪莉安貝爾之死讓計畫功虧一簣，失控的格蘭貝爾也被人打倒，羅素一族便由五大老之一德蘭國王所治理之德蘭將王國延續。

其他西方評議會參加國

羅斯帝亞王國：五大老之一、自由公會的大宗出資者——約翰．羅斯帝亞公爵所在的王國。約翰計劃配合格蘭貝爾的謀反，派人破壞英格拉西亞王國的防禦結界，召喚米薩莉將所有評議會成員殺光，卻被戴絲特蘿莎阻止。

德蘭將王國：五大老之一的德蘭國王所治理，西方的小規模軍事國家。為了不讓羅素一族滅絕，沒有跟格蘭貝爾一起反叛，而是優先接濟一族倖存者。在評議會上已經失去影響力，歸順利姆路。

卡斯通王國：跟英格拉西亞王國相鄰的商業國家。這個國家的貴族莫查公爵接獲羅素一族長老的命令，在開國祭上暗中操控商人，計劃讓魔國聯邦失去信用，但是失敗了。後來莫查被羅素一族的手下（應該是古蓮妲）暗殺。

巴勒奇亞王國：英格拉西亞周邊的小國。哥賽爾公爵擔任幹部的奴隸商會根據地，有在買賣以長耳族為主的奴隸和危險的魔獸、危險的道具等等，形成巨大的市場。國王委託自由公會，勇者正幸率領討伐部隊搗毀奴隸商會。

拉奇亞公國：沒跟朱拉大森林相鄰的內陸國家。鬍子臉代表暗中要求利姆路賄賂，展現差勁的對應方式。

札蒙特共和國：跟拉奇亞公國對抗，主張要優先進行軌道建設工程。

拉瓦哈王國：拜託英格拉西亞對他們的治水害工程提供援助。作為回報，反對魔國聯邦加入評議會，似乎已經被收買。

卡爾那達王國：受到乾旱損害，向英格拉西亞尋求糧食援助。一樣作為回報英格拉西亞，被要求反對魔國聯邦加入評議會。

神聖法皇國魯貝利歐斯

神聖法皇國魯貝利歐斯位在大陸西部，是尊崇唯一真神魯米納斯的「魯米納斯教」信徒所居住之宗教國家。首都「盧因」籠罩著清廉的氛圍，是魯米納斯教的聖地，為西方聖教會的大本營，許多來自外國的朝聖者也會造訪，因此經濟方面繁榮發展。

治理國家是以神魯米納斯的代言人法皇為頂點，而法皇廳是從樞機之中遴選出來的執行官們負責處理行政事務。在魯貝利歐斯生活的人都以神之名生而平等，工作和生活全受到管理。沒有競爭，大家都能夠安穩生活，是一個幸福的國家，但是利姆路為了交流會來訪時，他感到這樣的經營方式很扭曲。他認為這也是一種正確選擇，但自己選擇的路並非如此。

跟城鎮相鄰的靈峰山麓外有建設聖神殿（法皇廳）和西方聖教會大本營等。而後方有一條階梯通向山頂，其內殿的更深處有這個國家真正的都市。居住在靈峰底下那廣大「夜想宮庭」的人正是神魯米納斯真身——稱為「夜魔女王」的魔王魯米納斯・瓦倫泰。至今為止她都沒有站上檯面，而是讓心腹部下維持這個國家。然而魔王利姆路崛起，再加上魔國聯邦嶄露頭角，使她不得不改變做法。

跟魔國聯邦的關係似乎有些複雜。不容許魔物存在的西方聖教會聖騎士團長日向，打算除掉魔王利姆路而前去挑戰。後來發現這是優樹和格蘭貝爾的圈套，兩國修復關係建立邦交。包括教會在內，魯貝利歐斯本國和魔國聯邦簽訂百年的互不侵犯條約。這下不承認魔物存在的魯米納斯教教義也將跟著變化。跟魔國聯邦締結友好關係之後，魯米納斯邀請在開國祭上很中意的魔國聯邦樂團來進行音樂交流會，還送稱為「超克者」的吸血鬼研究人員至魔國聯邦提供技術協助，積極拓展交流。

另一方面，魯貝利歐斯國內因為七曜大師之首格蘭貝爾叛亂蒙受不少損害，目前似乎相當混亂。失去羅伊，再加上近衛師團的三武仙事實上已經崩

感謝日向和聖騎士們待在城鎮上幫忙，但拜託別再用迷宮做訓練了！

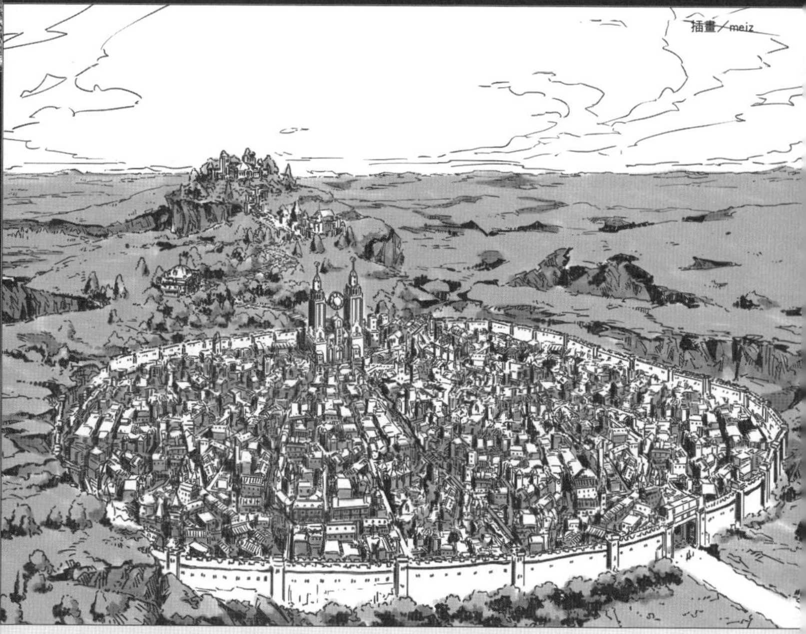

插畫／meiz

解，在許多層面似乎都必須改變舊有體制。

神聖法皇國魯貝利歐斯的戰力

法皇廳所屬　法皇直屬近衛師團

全員都在A級以上。其中身為精銳的蒼穹薩雷、巨岩格萊哥利、荒海古蓮妲被稱為三武仙，但都分別敗給利姆路的部下，實際上已經崩解。

西方聖教會所屬　神殿騎士團

聖教會神殿派遣出來的騎士總稱。據說人數超過數萬。

西方聖教會所屬　聖騎士團

在神殿騎士團中特別優秀的人所組成。都是日向親手鍛鍊，所有人實力都在A級之上。

近衛師團和聖騎士團的團長都是日向擔任，聖騎士團聽命於她，六名隊長率團，作為專門討伐魔物的組織受到各國敬重。其威名和活動有助於魯貝利歐斯在西方諸國的影響力，乃千真萬確的事實。過去加上三武仙，被稱為十大聖人。

魔導王朝薩里昂

魔導王朝薩里昂是以十三王家組成的古老王朝為中心之王朝國家。人口大約一億，首都被稱為「神樹之都（艾爾敏·薩里昂）」，正如其名是建築在通天巨大神樹內部的美麗都市。

這個國家有兩千年的悠久歷史，興起國家的是長生不老的風精人、神的末裔——稱之為天帝的艾爾梅西亞·阿爾·隆·薩里昂皇帝。在她統治之下的十三王家和君主都效忠艾爾梅西亞。讓各王家自治，對皇家繳納稅收，沒有各自的軍隊，皇帝負責各國之間的調停。所有的權力都由皇帝掌握，據說在過去甚至不許出現任何一次的反叛。稱之為魔法士團（Magus）的高階武官集團是薩里昂的最高戰力，據說其戰力足以匹敵魯貝利歐斯的聖騎士團。還擁有許多可以靠龍之力飛在空中的「飛龍船」。

插圖／ふすい

在經濟方面，沒有加盟西方評議會，而是展開獨自的經濟活動。是可以自給自足的國家，由於很少有機會跟其他國家交流，皇帝艾爾梅西亞從來不曾離開母國到外頭出遊，在魔國聯邦的開國祭上，她甚至沒有附身在人造人上面，而是親自造訪，為一大事件。

跟魔國聯邦建立邦交，當初是艾爾梅西亞全權委派薩里昂的重鎮艾拉多公爵當使者。艾拉多公爵的獨生女愛倫化身成冒險者愛蓮，與利姆路認識，就結果而言

也促使利姆路覺醒成為魔王，對此感到責任，艾拉多公爵才想親自鑑定利姆路的為人。後來得知利姆路的為人後，選擇跟對方締結友好關係。

可喜之事是建立邦交一事獲得認可，艾爾梅西亞聽說會談的情況後就對魔王利姆路抱持很大的興趣，決定出席開國祭。他們也談好要提供技術合作，立刻決定要引進沖洗式衛浴等設備。艾爾梅西亞對魔導列車也很有興趣，積極協助鋪設工程，為了對魔導列車的開發提供技術支援，薩里昂還派出之前都沒對外公開的「魔導科學」研究人員過去。

順便補充，艾爾梅西亞個人還買下魔國聯邦迎賓館附近頂級地段的高級旅館。似乎打算設置傳送魔法陣來當別墅，甚至讓德瓦崗的蓋札王相當懊惱。

魔導科學

「魔導科學」是一門學問，只有在魔法領域登峰造極的人才能到達的境界，包括探討靠魔法操作法則能夠在哪種程度上改變世界這類問題。提倡基礎理論的人正是艾爾梅西亞的親生母親，因為內容太高深，很少有人能夠繼承這套理論，目前仍在進行研究。

魔導王朝的軍事力量

薩里昂擁有的「純血騎士」魔法士團，只有繼承古老血脈堪比先祖者才能加入，是高階武官集團，為薩里昂的最強戰力。擁有許多可以在天空飛的飛龍船，因此機動性也很高，當西爾特羅斯為襲擊魯貝利歐斯，從北方大地抽走戰力時，為了鎮壓在北方作亂的惡魔，他們透過飛空艇派遣半數魔法士團成員前往。

此外，當艾爾梅西亞造訪開國祭的時候，這些成員也搭乘守護龍王載運的飛龍船，作為皇帝的守護騎士同行。

順便一提，冒險者愛蓮的夥伴卡巴爾和基多也是魔法士團成員。平常都用魔法戒指限制能力，只有在愛蓮真的陷入緊急危機時，那些限制才會解除。

武裝大國 德瓦崗

在朱拉大森林北部柯奈特山脈的巨大洞窟，建構出矮人們居住的王國。是由赫赫有名的劍聖英雄蓋札·德瓦崗所治理，面對東方帝國和西方諸國，保持中立。出口只有伊斯特、威斯特、聖德拉爾三個門，在入國審查的時候，都要接受矮人王國入國規則講習。是跟魔國聯邦第一個締結邦交的國家，利姆路跟蓋札的關係也非常良好，目前結為同盟。同時還是跟薩里昂並駕齊驅的大國，但在跟艾爾梅西亞的個人關係上，蓋札有點不擅長應付。

插圖／ふすい

技術水準突出，矮人製作出來的裝備和工藝品無論在東西方都是珍寶，甚至能高價買賣。貿易非常盛行，還活用高度技術來打造貨幣，是在大陸上最受信賴的矮人金幣發行國。此外「精靈工學」很盛行，跟魔國聯邦也有技術合作。為此還導入螢幕和「聯絡器」等等，受到帝國侵略時派上了用場。

軍事力量也非常高，魔法兵團甚至號稱千年不敗。除了軍事部門外，另外還擁有祕密部隊天翔騎士團，成員由騎著天馬相當於A級的矮人騎士組成。他們的配備都是矮人工匠製作的最高級裝備，幫助提昇實力。

王國首腦都是跟國王很親近的英雄們，有軍事部門的最高司令官潘、主要進行諜報活動的密探首長安莉耶達、宮廷魔導師珍，還有天翔騎士團團長德魯夫，由這四個人支持著蓋札王。他們也很信賴蓋札，雖然判斷利姆路並非危險的魔物，但不只是暴風龍，最近還得知他底下有好幾個始祖惡魔，無法掩飾為此動搖。

剛轉生的時候就受到蓋札和各位矮人關照，希望今後也能維持良好關係呢。

蜜莉姆領土

關於魔王蜜莉姆·拿渥的領地，原本只包含信徒所居住的「失落的龍之都市」，但在克雷曼和利姆路對決之後，加上了失去領主的克雷曼領地，以及讓出魔王寶座，成為蜜莉姆家臣的卡利翁和芙蕾領地，變得相當寬廣。過去蜜莉姆都不關心領土的事情，自由自在過生活，但如今領地和國民都增加了，可不能繼續那樣，實際上是卡利翁和芙蕾在統治，但同時蜜莉姆也被芙蕾嚴格教育，要開始學著打理國家。話雖如此，自由奔放的性質不可能立刻收斂，蜜莉姆還是頻繁溜出神殿跑去泡在魔國聯邦，然後被生氣的芙蕾帶回去，這一幕反覆上演。

至於和魔國聯邦的關係，因為利姆路跟蜜莉姆是死黨，再加上猶拉瑟尼亞蒙受利姆路莫大恩惠，因此雙方關係非常融洽。

【失落的龍之都市】

是蜜莉姆原本的領土，總人口不到十萬。以蜜莉姆居住著、建有巨大神殿的首都「龍之都」為中心，把蜜莉姆當成龍之皇女信奉的「祭祀龍之子民」都居住在此。所有人民都是龍人族的後代，因此個人戰鬥能力非常高強，或許是因為如此，這個國家除了負責守護神殿的神官戰士團，沒有其他軍隊存在。

他們只信奉蜜莉姆，否定文化發展，討厭改變。蜜莉姆覺得這樣的他們很無趣，因此感到侷促。然而頑固的神官長參加魔國聯邦開國祭時，因為他們的菜餚而顛覆既有觀念。這件事情或許會為往後帶來什麼變化也說不定。

【獸王國猶拉瑟尼亞】

前魔王卡利翁的領土。總人口達到三億，以稱為上級國民的獸人為主，一些少數種族和人類、亞人等各式各樣的居民都住在此。受到溫暖氣候和肥沃大地的眷顧，特產是水果和大河附近生產的黃金。從前首都為百獸都市「拉烏拉」，是個軍事強國，但因為蜜莉姆的襲擊導致城鎮毀滅。部分居民暫時到魔國聯邦的地下迷宮避難生活，但是在跟東方帝國作戰之前就回到原本的地面上。

因為卡利翁讓出魔王寶座追隨蜜莉姆，現在的統治者是蜜莉姆，但實質統治是卡利翁執行，獸人們還是跟整合以前一樣忠誠。跟魔國聯邦過去是水果外銷和技術提供的關係，然而毀滅後接受復興支援，變成永遠的友好國家。首都原本的所在地作為蜜莉姆領土新首都，這個新王都正在利姆路的主導下進行建設。

蜜莉姆的領土也變大了
呢。那傢伙常常會忘記
職責。希望在芙蕾小姐
的指導下，能稍微變得
更像領主一些！

【傀儡國吉斯塔夫】

從前魔王克雷曼統治的魔物王國。首都是隱藏都市「阿姆利塔」。總人口達到一億人，但幾乎都是奴隸。克雷曼被打倒之後，其領土變成魔國聯邦和蜜莉姆共同治理，現在讓黑妖長耳族管理。克雷曼原本的城堡依舊維持原樣，城堡底下有據說是從前長耳族居住的古代遺跡「阿姆利塔」。利姆路曾跟優樹底下的考古學家一起去探索這個遺跡。他們被魔偶陷阱之類的阻礙，也發現一些財寶，但卻引發爆炸，遇到各種麻煩，結果最下層就埋住了。將來預計整理成原來的樣子，用來當成博物館，但目前還需要進行修復。

【天翼國弗爾布羅】

前魔王芙蕾的領土。總人口未達百萬，整個國家只有有翼人。貫穿高聳入天的山脈中腹，建造出層積型都市，首都是天空都市「吉亞」。主要貿易品是貴重的礦物資源和寶石等等，沒有翅膀的人不被允許進入這個國家。

因為芙蕾讓出魔王寶座成為蜜莉姆的臣子，因此跟猶拉瑟尼亞一樣，目前都受蜜莉姆統治。芙蕾執著於要在最高地點建造都市，似乎很期待要建設來作為新首都的新王都中心——摩天大樓完工。

⬆在魔國聯邦的開國祭上，蜜莉姆領土的首腦們全都來參加。

插畫／meiz

黃金鄉 埃爾德拉

魔王雷昂統治的國家，隔著海，位於別的大陸。是比地球上的澳洲還大的島嶼，全都在雷昂的統治之下，但大陸位置和人口、種族結構等詳細情況都不明。中央有座巨大火山，整年都在噴火。附近有美麗的中央都市和雷昂居住的螺旋王城聳立，但由於透過魔法進行氣流操作，噴發煙霧和火山灰都不會掉到都市裡。附近有豐富的金屬礦床，黃金礦脈也很豐富，還跟人類社會祕密貿易，極為繁榮。

雷昂除了有黑騎士克羅多和銀騎士阿爾羅斯這些忠心又強力的部下，底下還有稱之為藍騎士團的精悍軍團。詳細情形不明，但似乎為了阻止從領土內的地獄門出現的惡魔們有分出戰力來。

雷昂跟金似乎暫時保持著友好關係啦……魔王跟魔王之間真的很麻煩耶。

插畫／meiz

插畫／meiz

白冰宮

始祖惡魔之一的魔王金・克林姆茲所居住的夢幻華美城堡。位在北方大陸，雖然領土很大，但那裡是一整片永凍土冰原形成的極寒之地，除了聽命於金的惡魔，沒有其他人居住。白冰宮裡頭除了萊茵和米薩莉，不知為何還能看見龍種維爾薩澤。此外還有六個擁有肉體和名字的高階魔將，外加高階惡魔兩百人以上。有時因為金一時興起，惡魔會去襲擊西方諸國的北邊。

達格里爾領土

位在大陸最西部的巨人王達格里爾的領土。充滿謎團，隔著一片荒野和魯貝利歐斯對接，但似乎沒什麼交流。把三個兒子們寄放在利姆路那邊，達格里爾的意圖也是個謎。

東方帝國

統一皇帝魯德拉・納姆・烏魯・納斯卡統治的大陸東方強大帝國。原本是小國的納斯卡王國歷經兩千年漫長歲月，靠著武力逐漸併吞大國納姆利烏斯魔法王國以及烏爾梅利亞東方聯合，最後變成現在的模樣。正式名稱為納斯卡・納姆利烏姆・烏爾梅利亞東方聯合統一帝國。

⬆屬於軍事部門的優樹穿黑色制服，屬於情報局的近藤穿白色制服。也許不同部門穿不同的軍服？

不論是政治或軍事都由皇帝全權掌握，徹底奉行實力主義。政治部門表面上是貴族院在營運，但貴族們僅被賦予名譽和權益，是皇帝操縱的傀儡罷了。

軍事部門以重視「異界訪客」科學知識的宮廷魔法師蓋多拉，所推行之近代化計畫為基礎，如今也持續成長。軍事部門主要分成四個組織，包括持有槍械和戰車，成員都是透過魔法進行肉體改造的步兵「機士」所組成之機甲軍團、驅使透過科學技術進行基因改造之魔獸的魔獸軍團、聚集適合個人戰猛將的混合軍團，還有奉行完全實力主義的最強集團——帝國皇帝近衛騎士團。尤其近衛騎士裡頭有排名，一直有激烈的排行爭奪戰。前十名是被稱為「個位數」(Double O number)並別具實力的人們，其中有幾人真面目不明。會從前四名之中選出元帥和三大將。此外部分近衛騎士隸屬於效忠皇帝的異界訪客——近藤達也所執掌之情報局，也有一些人具備跟「個位數」同等或更高的實力，卻沒有參加排行爭奪戰。順帶一提，至今已有幾十年沒有更換過軍團長，但優樹只花一年就竄起，統率混合軍團。

運用壓倒性武力讓抵抗者深感恐懼，對於願意歸順的人則保障給予富饒生活。像這樣恩威並施，兩千年以來皇帝獨裁統治的大國繁榮發展。

明明是如此強大的國家，領土卻尚未擴展到朱拉大森林以西，起因與大約三百五十年前發生的朱拉大森林部隊侵略事件有關。當時惹火維爾德拉，位於朱拉大森林東部、有十萬人的最大規模要塞都市被毀掉，帝國這才決定停下腳步。不只因為暴風龍的威脅，過去還必須處理從屬國被稱做「白色始祖」的惡魔妨礙，沒辦法實際掌控的事件。那就是十幾年前發生在希爾維利亞王國的「紅染湖畔事變」，有一萬居民死亡。如今在帝國境內也是個禁忌。

企圖透過武力侵略和統治的皇帝，真面目就是從初代開始繼承人格和記憶的「勇者魯德拉」。之所以企圖透過帝國全面支配，是因為兩千年以來跟魔王金持續拿世界做賭注的遊戲使然，跟既是元帥又是搭檔的龍種維爾格琳一起找機會征服西方。然而帝國境內無人知曉他們的真實面貌和目的。

三巨頭 (Cerberus)

優樹擔任總帥的祕密結社。又被稱為東方商人，在帝國的黑社會之中叱吒風雲。由三大幹部「金」達姆拉德、「女」米夏、「力」威格負責營運。經手商品多半是兵器、暗殺、來自異世界的小孩、長耳族奴隸等殘酷又危險的品項。也有將觸角伸向西方，被正幸搗毀的奴隸商會原本便是達姆拉德負責的下級組織。其他還有米夏負責管轄的娼婦之館也是其組織之一。在各國背後蠢動，法爾姆斯王國的內亂之所以會持續，也是因達姆拉德所誘導。最終目標是支配世界，但是跟金接觸後，優樹就打算透過三巨頭來擾亂帝國。

我們只是想和平快樂
過生活，真希望帝國
不要來找麻煩耶。

SPIN-OFF COMIC

漫畫 關於我轉生還是血汗勞工這檔事

關於我轉生變成史萊姆這檔事

Regarding through Reincarnated to Shachiku

這次轉生變成中間管理階層？意想不到的黑心企業喜劇揭幕！

利姆路轉生到「坦派斯特商事」。那裡一天到晚都讓員工做白工，是維爾德拉社長隻手遮天的超級黑心企業……！在講談社《月刊少年Sirius》上連載，明地雫老師的if故事帶來天災級、職災級的樂趣♪可以看到在其他地方絕對看不到的利姆路等人喔！

⬆➡利姆路一醒過來就變成綜合雜務課的課長。因為沒有魔素，所以要用史萊姆的模樣上班（笑）。話說這是什麼情況？

⬅雜務課的職員都是魔國幹部。朱菜跟粉領族風格的事務員制服很搭♥

⬆➡讓人搞不清楚到底在做什麼的坦派斯特商事。明明就面臨破產危機，維爾德拉卻一直在亂搞！

注目POINT

本作的情況設定跟原作和其他相關作品完全不同，但是看了角色們就會對利姆路充滿愛，讓人覺得果然是《轉生史萊姆》。只不過利姆路自己似乎也對這種情況（設定）一頭霧水（笑）。故事讓人意想不到，究竟他們會展露怎樣的面貌和表現……讀者也跟利姆路一起享受這片混亂吧！

Contribution 明地雫

外傳小說

SIDE STORIES

魔物王國的獎勵制度

開國祭結束了，每天還是繼續過著安穩的日子。
在這之中，利格魯德每天都很忙碌。
雖然忙碌卻充實，對他來說每天都很幸福。
這些都要歸功於利格魯德他們的主子。
受那位大人——魔王利姆路的威光普照才有今日。

回想起幾年前。
當時利格魯德原本是小鬼族(哥布林)的村長。
那時還沒有名字，因為朱拉大森林的守護者消失，正式進入劇烈動盪的時代。
（是我運氣好……）
利格魯德不忘感激。
當時底下的哥布林都面臨危機，若是搞錯而對利姆路出手……
假如他們那麼做，就不會有如今的利格魯德等人。
不過利姆路釋放出來的妖氣原本就非比尋常，讓他們不會產生那種念頭。
當時利姆路並沒有那個意思，但就結果而言還是拯救了利格魯德等人。

（甚至足以掃除牙狼族帶來的威脅，利姆路大人真是太厲害了。只要見過大人那光滑美麗的流線型姿態，笨蛋才會去忤逆他。就算不是我，也會對他表達恭順之意吧。）

想到這邊，利格魯德頻頻點頭。

但其實意外地並非如此。

利格魯德做出聰明的選擇。然而世上大部分的人都無法像那樣做出正確選擇。

假如利姆路出現在別的地方，可能會發生悲劇。

例如換成人類冒險者會發生什麼事？

肯定不會看穿這個魔物的本質，只靠外表來判斷吧。

雙方也無法對談，八成會打起來。

想到這邊，利姆路初次接觸的對象是利格魯德他們，就某種角度來說對大家都很幸運。

此外利姆路還聽從利格魯德的請求當上盟主。

率領的不只是哥布林，還有食人魔、半獸人、蜥蜴人和樹妖精。

變成率領住在森林裡各種族的魔王。

＊

忙著處理工作之餘，利格魯德突然緬懷起過去，有人跟他說話讓他回過神。

「喔喔，原來你在這裡啊，利格魯德先生。我剛才在找你呢。」

「是摩邁爾先生啊？出什麼問題了嗎？」

「這個嘛，其實還不至於構成問題啦，不過——」跟他說話的人是摩邁爾。

雖是人類，卻受利姆路重用，拜託他負責魔國聯邦的財務統籌部門。跟利格魯德一樣，工作起來幹勁十足，如今已是這個國家不可或缺的人物。

利格魯德一面回應摩邁爾，一面展露笑容。

多虧摩邁爾，利格魯德私底下抱持的煩惱解決了。

這個煩惱，就是對利姆路來說，他們的存在意義。

利姆路是擁有強大力量的魔王。

成為如此偉大之人的部下，利格魯德感嘆自己的能力不夠。

利姆路底下有許多知名的武鬥派魔人。

好比紅丸他們這一派。

身為利姆路的部下，那些人的實力都配得上，比利格魯德還要厲害許多。

其他還有蓋德率領的高等半獸人。

不只是專門負責城鎮發展上不可或缺的工作，還擔任守衛任務。

再來是迪亞布羅。

那個惡魔很不一樣。

可以肯定他身上暗藏深不可測的力量，一想到若是跟他敵對就讓人背脊發涼。

迪亞布羅效忠利姆路這點無庸置疑，但有很多人懼怕他也是事實。

他看起來似乎跟蘭加關係不錯，也不會拒絕利格魯德的請託，會笑著接受……然而面對明顯「比自己強」的對手，會覺得難以應付也無法怪利格魯德。

而這就是利格魯德煩惱的根源。

目前有許多強力魔人跑來當利姆路的部下。在這之中，利格魯德一直很煩惱自己能做些什麼。

雖然利格魯德這麼想，但他的力量超越A級些許。

他並不弱，只是因為挑錯比較的對象。反倒在魔國聯邦境內屬於強者那一邊。對這點毫無自覺，為了讓自己配得上利姆路賜的哥布林之王這個地位，每天都很努力。

對這樣的利格魯德來說，摩邁爾的存在成了救贖。

這是因為摩邁爾無關力量，甚至超越人類與魔物這樣的種族隔閡，成為財務統籌部門的首長——財政部長。

（原來是這樣。沒什麼好煩惱的。利姆路大人不是要我們提供戰鬥力量。那位大人可是偉大的魔王！不行，我的想法還太古板。這些都是杞人憂天。靠力量強弱來評判對手——我必須要跳脫那樣的魔物本能……）

恍然大悟的利格魯德露出苦笑。

接著他不再迷惘，開始致力於經營城鎮。

有這層淵源，因此利格魯德私底下覺得欠摩邁爾人情。

對摩邁爾的實力刮目相看是真的，但更多的是對他抱持一種類似朋友的感覺。

因此利格魯德回應摩邁爾的語氣也多了些親切。

「那麼，究竟發生什麼事情了？」

「也沒什麼，是因為我獨自煩惱也找不到答案。利姆路大人又強人所難了。」

看起來有些憤慨又有些開心，摩邁爾如此抱怨。

聽到那句話，利格魯德也微微一笑。

嘴巴上說利姆路強人所難，但那就證明利姆路信賴他。利姆路不會委託辦不到的事情，這就表示利姆路對他抱持如此期待。

「我如今也在學習三權分立的系統呢。首先是立法。他要我制定我國的憲法。」

「還是一樣出人意表呢……」

利姆路貴為君王，但他一點都不想自己統治。

這是因為若投身政治，就沒有自由時間了。

然而主權不在國民手上，而是身為盟主的利姆路。

魔國聯邦——也就是朱拉．坦派斯特聯邦國是各式各樣的種族聯盟組成。保持不同主義和主張的人們都受到利姆路庇護，魔國聯邦才形成一個國家。

若是少了利姆路根本無法成為國家。

主權在利姆路手上，大家就不會有怨言。

此外無須隱瞞，利格魯德正是利姆路全權委派政治事宜的男人。

目前他統管各個行政機要部門，利姆路要他從千人長中選人出來組成立法機關，還有制定用來監視法務部門的司法機關——

用不著多說，會下這種命令都是針對與西方諸國的交流。

再怎麼樣也不是統統丟給利格魯德，關於草案，利姆路也會出主意，不過……也算是相當亂來了。話雖如此，利格魯德還是高高興興地領命。

「哈哈哈，其實那樣正合我意。那麼摩邁爾先生，這個案件具體來說是怎樣？」

利格魯德人很好。

他自己都很忙了，但還是不會裝作沒聽到朋友的話。

才跟利格魯德相處一段短短的時間，摩邁爾就已經看出利格魯德是這樣的個性。

因此他看似很惶恐地提出話題。

「不……百忙中打擾很抱歉。我是想自己處理，但還是覺得這方面要先聽聽利格魯德先生的意見再來制定。再加上這個案件還需要各個部門首肯……」

「哦？那具體來說是？」

「嗯，其實是這樣的……」

不想去麻煩忙碌的利格魯德——摩邁爾雖然那麼想，但他認為這次利姆路的命令很難讓他一個人獨斷決定。

這個案子就是——「架構獎勵制度」。

「獎勵是嗎？」

「正是。利姆路大人說了，想對在這個國家工作的人們表達感謝。」

「原來如此。其實對我們來說只要食衣住可以滿足就很幸福了。而且利姆路大人還給了我們值得去做的工作，若是有更多奢望可是會遭天譴啊。但是人類跟我們的價值觀似乎不同。」

聽說利格魯德敬愛的利姆路原本是人類。

因此價值觀跟魔物不一樣，才會想要對他們施恩惠吧——想到這邊，利格魯德深深地點點頭。

像是同意他的看法，摩邁爾接著說了：

「我能夠理解利姆路大人的心情。因為工作會被評價，人們才會覺得下次要更賣力。」

「嗯。若是有人太貪婪，原本想讓對方吃拳頭閉嘴的……但也不能妨礙利姆路大人的美意。如此一來，問題就是分發的獎勵要給多少才妥當吧。嗯——確實很困難呢。」

「老實說財政上還有餘力。把這些當成獎勵分發出去也可以，但我很懷疑大家是否真的會有效運用……」

聽完摩邁爾的話，利格魯德總算也了解到事情的困難性。

獎勵說來簡單，然而對於那些弱肉強食的魔物來說，之前都跟金錢無緣。有想要的東西就搶過來，那就是他們的生態。

並不是所有人都像狗頭族商人那樣擅長讀書寫字和算數，有些人甚至不懂得計算金錢，那就是他們擔憂的理由之一。

如今在利姆路的指示下，學習這些的人變多了。但就現狀來看，大多數的魔物甚至連讀書寫字都辦不到。

就算給這些人獎勵，也不曉得他們會不會用。

「若是不會用分發出去的獎勵，那就失去獎勵的意義了呢。」

「就是這麼一回事。而且錢就是要拿來花才有用。若是都拿去儲蓄就會導致經濟停頓。我想避免發生這種問題。」

就算制定的出發點是好的，也不能最後淪為絆腳石，喪失意義。

光看摩邁爾會有這種疑慮，就可說他是個有遠見的能幹男人。

對利格魯德來說不好理解，但他明白摩邁爾的意思。

事實上，應該會有不少人對獎勵心懷感恩，都拿去儲蓄吧。

擁有智慧者就會自己去想該怎麼用。然而大多數的魔物都很滿意現狀，一時之間也想不到自己要什麼吧。

最重要的是那是利姆路給的，光這點就擁有比通貨更高的價值，會被那些魔物當成寶貝。

在分發獎勵之前，先改革魔物的想法也許更重要——利格魯德這麼想。

「嗯——這確實是困難的問題……」

利格魯德念念有詞。

去想要怎麼對應工作貢獻來分配額度並不容易，但在那之前要先教育大家貨幣的利用方法。

利格魯德自認屬於比較聰明的那類，但摩邁爾商量的事情只讓他感到頭疼。

雖想去找利姆路商量，但那樣就本末倒置了。

這下困擾了，利格魯德和摩邁爾面面相覷陷入沉默。

就在這個時候——

「咯呵呵呵呵，你們在聊有趣的事情呢。」

有個人神不知鬼不覺現身，是臉上帶著爽朗笑容的迪亞布羅，他介入兩人的談話。

＊

看到那個笑容，利格魯德覺得有古怪。

紅丸他們為人正派，表裡如一，但是迪亞布羅不一樣。他往往會先預料到未來，然後做些謀畫，而且容易把自己的利益擺在優先。

這樣的迪亞布羅會顯露興趣，擺明是有什麼企圖。

（看他那表情，肯定是在想什麼壞主意！迪亞布羅先生太聰明了。這次可不能被騙，必須好好堅守才行！）

下定決心後，利格魯德轉向迪亞布羅。

「原來是迪亞布羅先生，你不是去享受休假了嗎？」

「是啊，跑去挖角要來當我手下的人。」

「原來如此，那成果如何？」

不疑有他的摩邁爾問完，迪亞布羅笑著露出從容的表情。

「他們當然二話不說答應啦。」

這下我就可以專心當利姆路大人的祕書——看那表情就知道他是這個意思。

不曉得對方是不是真的爽快答應，但看樣子迪亞布羅確實有部下了。

「那真是太好了。對了，迪亞布羅先生，你好像聽到我們交談的內容，有什麼看法嗎？」

此時利格魯德小心翼翼地說了這句。

他臉上充滿決心，寫著「我絕對不會被騙」。

在利格魯德看來，迪亞布羅是很難對付的對手，一不小心就會被玩弄於股掌之間。

迪亞布羅對利格魯德有確實表達敬意，但說穿了都是因為上頭還有利姆路這個主子在。假如利姆路不在了，迪亞布羅就會對這個國家失去興趣吧。

不過若是事情變成那樣，這個國家早就瓦解了吧……

「咯呵呵呵。關於那些獎勵，其實不一定要用現金支付不是嗎？」

「嗯？」

「嗯。我也這麼認為。可是要用商品之類的物品當獎勵，還得花些時間去掌握每個人的喜好。分發他們不需要的物品就沒意義了，但去詢問每個人的意願，那樣在實行上實在有難度……」

若是換成分發物品，就不用擔心大家把錢存著不用，但這樣要花費的成本實在太高。

說來鎮上居民都受到最低限度的生活保障了，因此摩邁爾認為這個方法不可行。

然而迪亞布羅依然笑臉迎人。

「不不不，並非如此。你想想，不是已經有了嗎？目前食堂有引進積分制度對吧？何不進一步利用那個積分制度？」

目不轉睛地看著利格魯德和摩邁爾，他這麼說。

「你說積分，是指可以預約特餐的『功勞點數』？」

「印象中好像是可以因應貢獻度來累積分數。哎呀，原來如此！的確，那個只要讓工頭蓋章就好，不會跟錢扯上關係。不用擔心大家的錢不拿出來用，也不用去調查個人嗜好。嗯，也許是不錯的點子！」

利格魯德的腦筋都還來不及轉過來，摩邁爾就馬上接受這個提議。

他看起來很興奮，開始接二連三說出自己的點子。

聽完那些，迪亞布羅臉上露出開心的微笑。

（哎呀，是我對迪亞布羅先生過度警戒了嗎？還以為這個人對利姆路大人以外的事情都不感興趣，但其實還是會稍微提供一些協助。我也真是的，有點以偏概全了。）

利格魯德心裡浮現這個想法，稍微自我反省。

這個男人實在很好騙。

沒去管這樣的利格魯德，摩邁爾跟迪亞布羅相談甚歡。

「問題在於該如何活用那些點數。」

「沒錯。能夠交換的東西不能僅限於特餐吧？」

「正是如此。畢竟在魔物之中，有些人對食物沒什麼興趣。雖然很多人受利姆路大人影響，開始喜歡吃甜點，但我們也要考慮到那些不需要吃飯的魔物。」

「這是盲點。迪亞布羅先生說得沒錯，某些人對飲食沒興趣。若是能夠另外利用點數，也能夠補償那些人。這真的是很棒的提案！」

「不不不，沒什麼大不了的。比起那些，更重要的是可以拿點數換哪些東西吧？」

「說得對。那麼，該怎麼辦呢……」
聽著摩邁爾和迪亞布羅這兩人的對話，利格魯德這下也聽明白了。同時為迪亞布羅聰明的看法為之感嘆。
（真不愧是迪亞布羅先生。不愧是利姆路大人的祕書，頭腦真好。哎呀，我居然還懷疑他有什麼企圖，看樣子修練還不夠。必須進一步培養看人的功力才行——）如此這般，利格魯德是真的很感佩。
然後他也想了想自己有什麼看法。
「嗯——如果是黑兵衛先生的武器和朱菜大人新製作的衣服等等，大家或許會很開心。」
「喔喔，確實如此。一般商品都要排隊等待，但或許能夠靠點數優先交換。」
「原來如此。如此一來，搞不好哥布達拿到的釣竿也會開始大受歡迎。畢竟那可是利姆路大人所製作的。就請多爾德先生跟他的徒弟們打造一樣的東西吧。」
「哦，聽起來不錯。我最近也發現釣魚的樂趣了。務必要給我一套。」
「哈哈哈，那到時候就給你一個試用品吧？」
「不不不，那還能夠當商品販賣吧。請務必讓我負責這件事。」
「那還真是求之不得。這下我國可能又會多一個特產。」
哈哈哈，哇哈哈——就這樣，利格魯德跟摩邁爾開心地交換意見。
看樣子讓他們煩惱的問題解決了，這兩個人心情非常高昂。
看著這兩人，迪亞布羅也跟著面帶笑容。

緊接著他呢喃出聲：

「可以換取服侍利姆路大人一天的權利——兩位覺得如何？」

彷彿滴下一滴毒藥，他用很自然的態度陳述意見。

「什麼？」

「咦？」

利格魯德一時間說不出話來，摩邁爾則是錯愕地針對迪亞布羅那句話反問。

迪亞布羅裝作若無其事，開始用一副沒什麼大不了的樣子解釋起來。

「不，其實也沒什麼大不了的。就如同利姆路大人想對我們表達謝意，我們也想對利姆路大人報恩。不是這樣嗎？」

「話、話是那麼說沒錯……」

「我受利姆路大人重用確實也很感激……」

「我想也是！所以，若是讓大家能夠公平得到表達這份心情的機會，不知各位覺得如何。這是我的個人愚見！」

迪亞布羅自信滿滿地說了這番話。

摩邁爾心想原來如此，但利格魯德卻一副不能接受的樣子。

「不，還是不妥。那不是要先經過利姆路大人許可嗎？」

「當然！這還用得著說，那是當然的吧。除此之外，因為會占用利姆路大人的時間，因此每個月一天只給一個人那份榮耀便可。如此一來這份獎勵的稀有性就會提高，競爭也會變得更激烈。若是設定成需要很高的積分，也有助於煽動大家的企圖心。」

這時利格魯德嘴裡「嗯」了一聲。

他認為迪亞布羅的意見有些可取之處。

不過，某些地方還是有疑慮。

「可、可是……若要利姆路大人來接待我們，我覺得那種想法大不敬，但反過來說，就算要我們接待好了，那樣好像也不像獎勵吧？」

如此這般，利格魯德直截了當發表疑問。

緊接著迪亞布羅像拿他沒轍地嘆了一口氣。

「利格魯德先生，請你仔細想想。接待利姆路大人，表示一整大都可以跟他兩人獨處喔。」

「唔，嗯？」

「換句話說，可以一起去聽歌劇，可以端果汁給正在看書的利姆路大人，可以一起吃飯，一整大都待在一起！」

「什麼！」

「我們可以服侍利姆路大人，利姆路大人可以感受到我們的謝意。如何？不覺得這個點子很棒嗎？」

惡魔（迪亞布羅）發出甜蜜的耳語。

這才讓利格魯德恍然大悟。

他不小心陷入幻想。

利格魯德就是這點太天真，那也是他失敗的原因。

順便來看看摩邁爾。

（我還滿常跟利姆路大人兩人一起去喝酒吃飯呢……但是對外說這些可能會遭人嫉妒。嗯。還是別說好了！）

聰明的判斷。

能幹的男人就是不一樣。

他沒有當著迪亞布羅的面亂講話，摩邁爾就把這次提議當作草案，向利姆路提出。

＊

利姆路正在房間裡整理文件，摩邁爾把獎勵制度相關的文書交給他。

迪亞布羅就站在利姆路旁邊，幫忙整理文件。自從他跟利姆路稟告回歸後，已有幾天過去，因此他目前就像平常那樣回來當第二祕書，處理相應的業務。

「哦，都弄好啦，摩邁爾老弟！」

「是的。經過一番考慮後，就如同上面記載的那樣，我想就別用金錢，而是沿用目前就有的積分制度，那樣的獎勵型態大家應該會比較喜歡。以上是我的拙見。」

當摩邁爾報告完，利姆路開心地點點頭。

看他露出那種豁然開朗的表情，可以窺見之前都讓大家無償賣命令他過意不去。
利姆路大致把文件看過一遍，但是看到最頂端的項目就跟著皺眉。
「嗯？這是什麼？服侍我的權利……？」
果然還是會疑惑嗎？摩邁爾心想。
「關於這個『服侍利姆路大人的權利』一項，那就跟利姆路大人對本國國民抱持的心情如出一轍，在這個國家工作的人們應該也會想對利姆路大人表示感激吧，有人提出這樣的意見。」
摩邁爾說出事先準備好的答案。
就算這個獎勵沒通過，對摩邁爾來說也不成問題。因此他一點都不慌張，態度堂堂正正。
一旁的迪亞布羅露出賊笑。
「印象中好像是利格魯德先生希望如此。」
「哦，原來是利格魯德說的啊。那傢伙真的很認真，其實用不著在這方面為我多費心思嘛。」
迪亞布羅說的那句話讓利姆路苦笑。
看這個反應就知道利姆路很信賴利格魯德。
假如說這是迪亞布羅的提議，利姆路就會更加小心，很認真地檢討吧。然而或許是因為聽到這點子來自利格魯德，利姆路就沒有多想，而是發自內心感動。
其實那正是迪亞布羅的目的。
（咯呵呵呵，跟我計劃的一樣！這個權力行使初期才是重點。反正應該很快就會被廢掉，就趁大家還在觀望，我要來一決勝負。）

懷著這種企圖，迪亞布羅暗自竊喜。
就是因為會做這種事情，利格魯德等人才會對他保持警戒，但既然他本人都沒放在心上了，今後八成還會發生一樣的事。
「嗯——不過把好不容易累積起來的點數用在我身上有點……」
看樣子利姆路還是覺得不妥。
看利姆路這樣，摩邁爾做出回應。
「……也是，說得對，但我找了一些人商量這個提議，他們都說很棒。畢竟交換點數設定很高，還願意選擇就表示那個人對利姆路大人的感激有多麼深厚吧。畢竟是自己選擇的，表示本人也願意。因此我認為可以先看看大家的反應。」
「嗯——這樣啊。聽你這麼一說好像是那樣。好吧，反正一下子也沒辦法累積那麼多點數，暫時先觀望情況好了。」
「說得是。」
利姆路放棄去思考，決定採用這個提案。
就這樣，這個提案獲得利姆路認可。
——迪亞布羅做了一個小小的勝利手勢，但沒有人發現。

＊

兩個月後——

「哎呀——利格魯德。你特地提出的交換對我的『服侍權』，可不可以取消啊？」

利姆路把利格魯德叫過來，對他這麼說。

「啊，咦？您這話的意思是？」

不知為何提案人不是迪亞布羅，而變成他了，這點讓利格魯德感到疑惑，但他隱藏這份慌亂，反問利姆路。

「其實是這樣的，第一個拿到權利的人是迪亞布羅，但這次也是迪亞布羅呢。看來那傢伙好像喑中在收購點數。這樣下去可能每次都是那傢伙獲得。」

利姆路給出這樣的答案。

（我被騙了？果然不能相信那個惡魔！）

就像被雷打到一樣，利格魯德這才發現自己中了迪亞布羅的圈套。

迪亞布羅也早就看出這個特權會消失吧。反而因為這樣，夢幻特權變得有更高的附加價值。

再也沒辦法得到「服侍利姆路大人的特權」——結果到頭來能夠體驗的就只有迪亞布羅一個人。

這一切都在迪亞布羅的計畫之中。

（唔，我還太嫩了。都已經看出迪亞布羅先生那麼狡猾，還被他徹底騙去……）

利格魯德為此懊惱，但都為時已晚。

結果就跟利格魯德想的一樣，「服侍利姆路大人的特權」變成夢幻特權。

這引發許多魔物的嫉妒。

還讓利格魯德很不甘心。

然而這些都沒意義。積分點數制度依然確實保留，魔物王國的點數發放變成一種獎勵制度，被進一步細分、確立。

——這就發生在原本國內制度還很曖昧的魔國聯邦黎明期，是關於某個獎勵制度的祕辛——

常夜之國的女神

妾身的名字叫做魯米納斯。

魯米納斯・瓦倫泰。

舊世界是吸血鬼的天下。

而統治他們的是「夜魔女王（Queen of Nightmare）」，也就是妾身。

——雖然如此，真的要去處理政務很麻煩，妾身不喜歡。

妾身只要擺出嚴肅的表情點頭就好。那樣一來，之後的事情部下都會替妾身處理好。

在遠古時期，妾身把敵對勢力之王岡達收為部下，這是正確的。代替過著隨心所欲生活的妾身，岡達建構了支配體系。

雖然妾身有意見的時候會抱怨，但沒意見的話都隨他。光是這樣，妾身的王國就發展得欣欣向榮。

只不過，那隻可惡的蜥蜴（維爾德拉）跑來攪局！

如果那個時候沒有遇到克蘿耶，不曉得會出現多大的死傷。想到這邊就覺得再怎麼感謝克蘿耶都不夠啊。

當然，也要感謝在克蘿耶體內的日向。從那個時候開始，妾身就把那兩個人當成真正的朋友。

只不過，問妾身是不是一點怨言都沒有，也不完全是那樣。
有的時候也會想跟那兩個人抱怨幾句。
要說是哪些事情，那就是她們給的說明根本不夠。
「我想想，記得應該快發生大地震了——」
因為她那麼說，我們就開始保持警戒，結果過了幾十年地震才發生。
「之後會爆發瘟疫，要擬定對策——」
雖這麼說，具體做法卻只是等疾病開始流行才對症下藥治療。
除了這些還有其他的，多到數不完，克蘿耶的證言其實很曖昧。
一開始妾身以為是她的記憶模糊不清，所以才會報錯時間。
但是妾身發現一件事。
那就是她刻意地不徹底防止災難發生。
克蘿耶心地善良。
她明明就很善良，為何明知那些災難都會發生，卻不打算預防？
由於過於不自然的結果接二連三出現，妾身心裡就有底了。
等所有事件發生時，希望或多或少減輕傷害——只是為了這樣，她才會將隱瞞了關鍵內容的消息透露給妾身吧。
那克蘿耶為什麼要做這種事情？
克蘿耶曾經說過她知曉未來。

妾身也相信她說的是真話。
因為對她的話深信不疑，才會產生不滿，不過……要懂得去體諒克蘿耶的想法，這也是身為朋友的職責。
後來妾身得到一個結論。
那就是克蘿耶不想改變未來。
正確來說，應該是想準確地走向她所知道的未來。
其實她至少可以只跟妾身商量，說出她真正的想法……
這正是我對克蘿耶不滿的地方。

雖然就像這樣，我對她有些怨言，我跟克蘿耶還是構築了非常友好的關係。
度過千年以上的歲月，妾身也了解她的性情了。
而且還成功反將了那個可恨的維爾德拉一軍，讓妾身一吐心中怨氣。
這段日子過得實在很幸福，沒想到卻突然面臨終結。
「其實啊，魯米納斯。我想我再過不久就會消失。」
「妳說什麼？」
「說消失好像太誇張了。感覺上比較接近睡著。不過啊，日向還會再留下一陣子，就當作是我們兩個換班吧。」
「換班……」

雖然克蘿耶說了這些，但事情來得太過突然，就連妾身都感到混亂。
這部分也是克蘿耶的壞習慣。
太多事情都只有她一個人明白，對外根本解釋得不夠充分。
克蘿耶說之後會跟日向換班，她也跟妾身說明詳細情形。
她就她所知，告訴妾身未來會發生的事情，這樣一切在某種程度上就解釋得通了。
原本的克蘿耶造訪這個世界時，因為「同時存在兩個她」將會導致現在的克蘿耶失去意識。因此才會跟留下來的日向換班。
簡單來講就是這麼一回事。
那還好。雖然到這邊都還好，但之後才是問題所在。
「那之後經過三百年，這次會換日向的意識消失是嗎？」
「嗯，大概會是這樣吧？」
「知道了。那妾身跟妳約好，到時候會用妾身的力量布下封印。」
與其在這裡哀嘆克蘿耶即將消失，必須為之後的事情未雨綢繆。
日向仍存在的這段期間還好，但她似乎也會消失。那樣一來，留下來的克蘿耶的身體不曉得會變得怎樣。
照克蘿耶她們的預測來看，肯定會失控。
克蘿耶的體內似乎沉睡著能預知未來的「破滅意志（克羅諾亞）」。一旦覺醒，也許會變成第三個人格，為世界帶來毀滅。

真是的。聽到一件棘手的事情。
可是為了朋友，妾身不打算吝於提供協助。
依克蘿耶和日向的解釋聽來，關鍵部分好像有被含糊帶過的嫌疑。即使如此，妾身還是選擇相信她們。

＊

真是一大失策！
豈止是關鍵部分被含糊帶過，事情根本和聽說的完全不同。
不對，如果完全不一樣，妾身也能死心，但是到日向來之前的事情完全跟聽說的一模一樣。可是在那之後，從利姆路這隻史萊姆出現開始，事情發展就有很大的出入。
「利姆路先生是很厲害的人，也是我的恩人喔。即使如此仍發生了一些事情，讓日向跟利姆路先生展開戰鬥，不過魯米納斯妳絕對不可以出手喔！」
因為跟克蘿耶約好了，妾身一直在觀望情況，但接下來又是一連串大混亂局面。
先出招的人是日向。
不過妾身能夠放心。
那是因為克蘿耶跟妾身說在英格拉西亞王都近郊發生的戰鬥可以避開。
話雖如此……不知為何利姆路跟日向卻在那邊打起來。

——法爾姆斯的計謀讓周邊各國團結起來，成為由日向率領的軍隊，前去討伐魔物王國坦派斯特。後來日向跟利姆路和解，暫時地進入和平狀態——

妾身是這麼聽說的，但是日向卻已跟利姆路打了起來。如此一來，應該就要解釋成聽來的那些話已失去了可信性吧。

就在這個時候，妾身心中出現不祥的預感。

那預感成真。

沒想到利姆路當上魔王了。

法爾姆斯王國單獨挑起戰爭，結果所有人都遭到反噬。聽說是維爾德拉復活且消滅掉法爾姆斯，但這件事情的真偽令人懷疑。

可是眼下還有更大的問題，那就是變成魔王的利姆路。

沒想到要召開魔王盛宴，討論如何處置自立為魔王的利姆路。這樣一來，妾身也得參加。

想到這邊，妾身決定打扮成女僕露面。

這項行動沒有出現在預測之中，但萬一利姆路遭到排擠就麻煩了。妾身是無所謂，但克蘿耶之後可能會為此傷心。

若是情況不樂觀，大不了讓利姆路成為妾身的部下，由妾身來庇蔭他也可——懷著這樣的想法，妾身一路觀望盛宴的發展，沒想到……

利姆路這號人物比預料得更不得了。

就算面對其他魔王也不害怕，大大方方闡述自己的意見。而且還挑釁克雷曼，控制場內的動向，讓情況有利於自己。

就連妾身看了都感到佩服，但同時也捏了一把冷汗，不曉得事情最後會如何定局。

結果利姆路獲得認可，正式當上魔王，成為「八星魔王（Octagram）」之一。

而且妾身的真面目也被揭露，好不容易才塞給羅伊的魔王寶座，這下又要再一次坐回去。

好麻煩——雖然那麼想，但也沒辦法。

這些全都怪那隻邪惡的龍（維爾德拉）。

即使波瀾萬丈的魔王盛宴結束，妾身的苦難也沒有終止。

回去才發現負責代理魔王的羅伊被殺害。

還來不及為此哀嘆，日向就過去找利姆路和解。

妾身也覺得跟利姆路敵對不太妙。因此決定暗中觀望事情進展，不過……

之後卻險象環生。

日向被圈套暗算差點死掉，若是就這樣放著不管會出大事。

始作俑者就是妾身放任不管的「七曜大師」們。

受到身為領頭羊的格蘭教唆，他們背叛了妾身。

不過——

這個時候妾身又開始對克蘿耶心生不滿。

日向跟利姆路作戰後，彼此認可——克蘿耶明明是這麼說的，不知為何他們又打第二次。說到底，克蘿耶根本沒提過格蘭他們會背叛的事情。

事情發展偏離克蘿耶知曉的未來——是這樣嗎？還是有別的原因……

事到如今去想也找不出答案。

因為就算妾身想見好友克蘿耶和日向也見不到。

總而言之——利姆路對日向的誤會解除了，他們兩個人和解。妾身直接插手這點令人不安，但事情似乎順利收場。

而且妾身還順便找維爾德拉報仇。

看到維爾德拉又哭又叫，妾身的心情也好了一些。

跟以前不一樣，維爾德拉沒有再隨性作亂。這點讓人吃驚，但是他願意聽別人的話更讓人驚愕。

看到他會乖乖遵守利姆路交代的事，妾身還懷疑是自己看錯了。

這也是克蘿耶預知到的未來嗎？

每次妾身想要抱怨維爾德拉的事，克蘿耶就會擺出欲言又止的表情。

話說待在克蘿耶體內的日向，好像對維爾德拉頗有怨言。但即使如此，她似乎不認為對方有邪惡到必須消滅掉的地步。

這表示就連那個認真又有強烈正義感的日向，也原諒了現在的維爾德拉吧。

不過聽說她在封印的時候有盡情將對方海扁一頓，也許只是因為這已讓她消除心中怨氣了吧。

總之，妾身覺得現在的維爾德拉沒那麼討人厭了。

＊

因為採取預測之外的行動，妾身才得以認識利姆路。

但是換個角度想，那也算是僥倖。

不只是我們同樣並列「八星魔王」，還得到可以當面對話的機會。

必須好好利用一下。

對方召開和解宴會，但在那之前先把妾身帶去洗澡。

說到洗澡，那就是浴室裡頭設有澡盆，女僕會在裡面倒滿熱水，用那些熱水替人沖身體。

妾身的肉體不需進行新陳代謝之類的，因此不需要洗澡。但這是一種奢侈的象徵，妾身有的時候也會享受一下。

原本以為這次也是一樣的，但被人帶過去才發現根本是不一樣的東西。

那是一個幾十人可以同時一起泡澡的廣大浴場。不，浴槽用打磨過的石材建置而成，裡頭流淌著一直在冒煙的溫水。

還有別的浴池用散發香味的木材組成，另外還有可透過高溫蒸氣讓身體變暖和的溫室。

「這些……是什麼……」

「這是溫泉……？而且還有完善的三溫暖設備。那個男人還真是想幹嘛就幹嘛呢……」

陌生的構造讓妾身相當驚訝，而跟妾身一起被帶進來的日向則是為了別的事情吃驚。那裡有各式各樣的設施，日向似乎都很熟悉。

泡在浴池裡，妾身聽著日向的說明。

「原來如此啊。利姆路把自己知道的設施重現於這個世界嗎？」

「應該是那樣吧。街道已經很讓人吃驚了，這裡的設施更是誇張。不曉得要花多少勞力和金錢才能準備這麼棒的設施……」

「別看利姆路那樣，他好歹晉升為魔王之一了。只要對底下的魔物下令，輕輕鬆鬆就能聚集相當程度的勞動人員。」

「或許如此……但讓人有點難以接受呢。」

看樣子日向很不滿。

也對。

至今為止日向都在拚命努力，想讓人民過上好日子。那些努力一點一滴逐漸有了初步成績，不過要拿出醒目的成果應該還要花上好幾年。

然而在利姆路的國度裡卻輕輕鬆鬆做出那麼棒的成績。

怪不得日向會吃味。

話雖如此——

這個叫做浴池的東西還真棒。

這點妾身必須承認。

畢竟妾身目前就像這樣，正在拜見日向美好的裸體。
真是一飽眼福。
她身上什麼都沒穿。
有細細的小蠻腰，加上曲線美好的臀部。豐滿的胸部主張自身存在感，讓妾身的眼睛得到享受。
見者皆會被迷惑，美得就像藝術品一樣。
宛如初雪的白皙肌膚，現在染上微微的粉紅色。能夠像這樣堂堂正正看著如此嬌豔的日向，必須感謝重現這個什麼溫泉浴場的利姆路啊。
若能享受如此幸福的時光，妾身的國家也來準備浴場吧——妾身暗自下定決心。
「啊，真是太享受了。」
「嗯，說得對。」
「話說回來，用不著那麼警戒沒關係喔。利姆路不會做別人討厭的事情，所以他不會過來偷看。」
因此不需要發動「魔力感知」——日向笑著說道。
好險好險。
妾身只是在欣賞日向的裸體，看樣子她湊巧會錯意。
可是繼續下去會有危險。
「嗯、嗯嗯，說得也是。」

對日向如此回應後，妾身依依不捨地解除「魔力感知」。

＊

洗完澡，接下來宴會要開始了。

一些陌生的料理端上桌。

這個時候有新的試煉在等待妾身。

手邊放著兩根棒子——那是名字叫做筷子的餐具。聽說東邊——東方帝國那一帶有在使用，但這還是妾身頭一次看到。

換句話說，妾身不知道該怎麼使用。

不，應該說妾身知道，但是沒自信能用好。

妾身看在別人眼裡事事完美，卻不會用筷子。可不能讓這種傳言傳出去。

再加上這裡還有那個維爾德拉。

若是在這傢伙面前做出沒教養的事情，不曉得他會怎麼笑妾身。

如果他嘲笑妾身，妾身有信心會氣到失去理智並且大鬧。為了避免出現這樣的事態，無論如何都要克服這次的難關。

妾身佯裝鎮定，拚命思考跨越這個難關的對策。

接著——

「那麼接下來，為彼此都打出一場漂亮的仗乾杯！」
利姆路帶頭致詞之後，宴會開始了。
看起來很美味的幾道佳餚正冒著熱氣，還有金黃色的飲料，倒在透明的玻璃杯裡。妾身對美食有自己獨到的見解，但這些光看也知道是頂級佳餚。
像這種時候就要靠氣勢。
下定決心後，妾身拿起酒杯。
先喝一杯。
從酒開始下手，觀察其他人的樣子。如此一來，應該就能找到什麼妙計——因為那麼想，妾身才如此做。
「好喝。」
這句話不禁脫口而出，那是妾身如假包換的真心話。
冰冰涼涼又順口，吞下去時的絕妙好滋味。對已經喝慣葡萄酒的我們，那是新鮮體驗。
一些聖騎士也一起參加這場宴會，看起來顯然是為這酒的美味震驚。
「哎呀，好冰涼。這是啤酒對吧？」
「是啊。雖然要重現花了不少功夫，但是跟在日本喝到的相比，品質並沒有太大差異。」
「是嗎？雖然是我第一次喝，但感覺也沒那麼美味啊。不過跟在這個世界喝到的啤酒相比，我肯定比較喜歡這個。」
日向對利姆路發表這段感言。

話說以前曾經聽說過，日向來到這個世界的時候還是學生身分，當時好像還算未成年之類的。她說自己沒有喝過酒，所以妾身就把喝酒的方式教給她。

不曉得喝醉酒的日向會出現何種失態──妾身原本如此期待……但日向只說了一句「不怎麼好喝」，甚至連一點喝醉酒的跡象都沒有。

與其說那是她的體質，倒不如說她可能獲得「毒無效」之類的技能。

「這種事情習慣就好。我一開始也覺得啤酒不好喝。可是啊，下班去居酒屋一陣子之後，會覺得每天下班喝的第一杯就是要啤酒呢。」

「哦──是這樣嗎？在這邊喝的酒溫溫的，葡萄酒喝起來有點酸，感覺沒那麼好喝呢。」

「那是因為妳的味覺還是小孩子吧？我同意溫啤酒喝起來不好喝，但有些葡萄酒很好喝。比如在魔王盛宴上端出來的就好喝到讓人嚇一跳──」

那當然。

能夠在那種場合端上來的，只有經過那個金認可的東西。

怎麼會難喝。

「是嗎？可是沒有親自喝過，我怎麼知道是真是假。」

「那麼說也對啦。那麼高級的東西，要弄到手應該也不容易吧。比起那個，對於小孩味覺的日向小姐來說，這種酒應該比較適合妳。」

「從剛才開始就一直說人家味覺是小孩子，你該不會是把我當笨蛋吧？」

「沒這回事。」

被日向瞪著的利姆路，這次準備有甜甜香味的果實酒。居然準備那種像果汁的飲品——正這麼想，仔細看才發現酒精濃度頗高。

「你呀，這種給小孩子喝的——咦，哎呀？這個真好喝。」

利姆路巧妙透過話術勸日向喝別的酒。

日向對此一無所知，被甜甜的口感欺騙，一下子就進入微醺狀態。

不如平常都很自律的日向，喝醉的樣子好嬌豔。

你是天才嗎！——妾身對利姆路耍弄計謀之姿感到驚愕。

沒想到居然像這樣漂亮地把日向玩弄於股掌之間。

可能是因為對他感到佩服的關係，妾身無意識地朝眼前的料理伸手。也不在意自己不會用筷子，直接用手指抓來吃。

妾身大吃一驚。

原本注意力都放在日向跟利姆路的對話，瞬間集中到那些菜餚上。

吃起來酥酥脆脆，濃厚的滋味在口中擴散。

這好像叫做天婦羅？

妾身第一次吃到，但這個非常美味。

對方也準備用來擦手的東西，不用在意手指變髒。

好久沒吃到這麼美味的東西，妾身心滿意足，一面朝酒杯伸手。

決定來試喝日向在喝的果實酒。

原來如此，這個好好喝。香味不錯，在舌頭上擴散開來的甜味也很棒。大量使用蜂蜜和砂糖，這點一目了然。

「魯米納斯大人，這個也很值得推薦。」

一個名字叫做朱菜的妖鬼將透明酒杯遞給妾身。

「嗯。那妾身就收下了。」

「好的。」

緊接著她替杯子注入美麗的透明液體。

芬芳四溢，讓人想起森林裡的草木。

這可真是……

妾身吞了一口口水，小心謹慎讓自己表現出優雅的舉止，拿起杯子喝下。

「好好喝！」

喝起來不甜，但是也不苦。

就是很高雅的味道。

「多謝誇獎。若是要續杯還有很多，請您盡情享用。」

「好，那妾身就不客氣了。」

妾身開心回答。

沒想到那個新來的魔王能夠招待得如此周到。明明是事前沒先說好，突然就辦的宴會，沒想到卻……

那表示這些傢伙平常就過著很棒的生活吧。

盡情享用美味的酒跟佳餚之餘，妾身暗自想著這些。

「我們的料理還合妳胃口嗎？」

「嗯，妾身很中意。料理很好吃，但酒更棒。」

既然利姆路都這麼問了，妾身就如此回應。

「那真是太好了。可是不多加節制會傷身喔！」

「笨蛋。連毒都對妾身沒用，怎麼可能輸給區區的酒。妾身反倒是為了喝醉，費盡心血降低『毒無效』的效果呢！」

好久沒有像這樣直來直往對話，讓妾身的心情非常舒暢。

可能是因為這樣吧？

妾身毫不保留將壓制技能的祕術教給利姆路。

＊

就這樣，我們答應要跟利姆路他們的國家締結邦交，建立友好關係。

但是接下來才是問題。

事情來到這個地步，跟妾身以前聽說過的未來預言有很大的落差。

照理說利姆路根本就沒有當上魔王，法爾姆斯王國也必須存續。

神聖法皇國魯貝利歐斯和朱拉・坦派斯特聯邦國並沒有建立邦交，只有日向跟利姆路彼此認識而已。

後來幾年之後，東方帝國展開侵略作戰，同時利姆路也被某人殺害。結果導致被封印的維爾德拉復活，然後我們賭上命運，去挑戰發狂的維爾德拉——照理說事情應該是這樣發展。

可是如今的狀況大不相同。

如此一來，就連接下來會發生什麼事都難以預測。

不過——

有件事情可以確定。

日向在這裡，她也認識了利姆路。照這樣看來，再過不久就會遇到克蘿耶。事情被妾身猜中了。

克蘿耶已經來到這個世界，還在利姆路舉辦的開國慶典上跟妾身重逢。

不過，克蘿耶根本不記得妾身——應該說，她還不認識妾身。

雖然感到焦躁，但那也沒辦法。

真想快點緊緊抱住克蘿耶，但目前只能忍耐。

比起那些，現在更該在意的是命中注定的那一刻即將到來吧。

未來已經改變。

看維爾德拉現在被利姆路馴服得好好的，實在難以想像他會失控。如果不會失控，那之後發生的災厄可能會出現些許差異。

若是如此，就必須慎重處理發生的每一件事情。
想到這邊，妾身暗自下定決心。
心想「一定要履行約定」。
而且要跟克蘿耶和日向——真真正正地重逢。
到時候也把利姆路那傢伙找來吧。
一面想著這些，妾身開開心心地期待跟利姆路講好的音樂交流會到來。
在不久的將來，不管發生什麼事，我們都要克服命運。
然後結束這段孤獨的歲月。這樣一來，之後就是妾身的天下了。
比如可以邀日向和克蘿耶，三個人一起去洗澡如何？
妾身夢想那天的到來。
浴場那邊全部都要放上鏡子，會被各種角度的日向和克蘿耶包圍——呵呵呵呵，實在讓人期待到不行。
既然如此決定了，就必須快點解決惱人的問題。
不管是誰都不准來搗亂。
妾身就此下定決心，引頸期盼日後會到來的天堂歲月。

紅染湖畔事變

有一個叫做希爾維利亞的小國家。
是納斯卡·納姆利烏姆·烏爾梅利亞東方聯合統一帝國的屬國，人口未滿一萬。
也沒有像樣的產業，是沒有任何醒目特徵的國家。
若要說哪些值得一提，大概就是納姆利烏姆地區特有的安穩氣候，加上非常美麗的湖泊。
不對，還有一樣。
那就是希爾維利亞國王的獨生女——公主布蘭雪·納姆·希爾維利亞。
她也可以稱之為王國的祕寶，是受到全體國民愛戴的公主。
這是關於那個布蘭雪公主的悲劇故事。

＊

布蘭雪是非常怕生的少女。
有遺傳自母親的白銀色秀髮，還有來自希爾維利亞王家特徵的鮮紅眼睛。白皙肌膚比雪還要白。她非常可愛，是個晚熟、愛看書的女孩子。
並且，她擁有比任何人都要高的魔力。

她可以看見其他人看不到的東西，具備王家才有的特殊體質。
這樣的布蘭雪由母親蕾蒂西亞用愛情守護著，生活上並沒有仟何不便。
也幸好有不少人知道王家特有的力量，知道要怎樣對待這樣特殊的孩子。
「聽好了，布蘭。只有妳能夠看到某些東西，這件事情不可以跟其他人說。」
「為什麼？」
「因為那只會讓其他人感到害怕。而且若是發現妳看得到，妖怪會把妳吃掉喔！」
「不要——！」
「不要緊。媽媽會保護妳。所以跟我約好，絕對不能把妳的祕密告訴其他人。」
「我知道了，母親大人。我絕對不會跟其他人說！」
「好孩子。我可愛的布蘭。」
看著蕾蒂西亞金色的眼睛，布蘭雪立下發自內心的誓言。後來布蘭雪一直遵守跟母親的約定。
或許是多虧這點，人們並不覺得她很詭異，在大家的疼愛中成長。
雖然怕生，但是布蘭雪的外貌很可愛，因此女僕們也都很喜歡她。在大家的關愛下，布蘭雪度過幸福的孩童時期。

然而——
布蘭雪這樣幸福的時光並不長久。
她剛滿十歲的時候，後宮的勢力分布起了大變化。

布蘭雪的母親很受國王寵愛，是第一王妃，卻是家族地位不高的子爵家出身。不滿這點的其他貴族家族聯合起來動手腳，要國王從側室選出第二王妃。

選出的女性來自侯爵家，名字叫做阿米菈。

阿米菈還在當側室的時候，就生了一個女兒。基於這樣的理由才會被選為王妃，但假如是男孩子，她就能更快當上王妃了吧。

阿米菈正如位階較高的貴族，很清楚該如何在後宮中鬥爭。

布蘭雪等人居住的後宮一下子就落入阿米菈手中。

保母和疼愛布蘭雪、負責照顧她的女僕們也被找些理由遣散。沒有人敢忤逆擁有莫大權力的第二王妃，在後宮工作的人並非看國王臉色，而是看第二王妃的臉色。結果導致布蘭雪她們受到冷落。

相反地，跟布蘭雪差了一歲的妹妹——艾西菈成了受人寵愛的第二公主。

一切都照阿米菈的計畫進行。

國王沒有兄弟，目前王位繼承權第一順位是布蘭雪。若是當上第二王妃的阿米菈生出男孩子，她就能讓自己的兒子繼任當國王了。若非如此，她還有艾西菈。只要沒有布蘭雪，繼承權排行第二順位的艾西菈就會成為這個希爾維利亞王國的女王。

（為此，必須把那對礙事的母女——）

必須讓自己的血脈坐上這個王國的王位。懷著這樣的野心，阿米菈背地裡的動作更大了……

某個冬日。

在布蘭雪十二歲的生日，她的母親第一王妃去世了。

庭院被雪染成一片雪白，布蘭雪孤單一人，不被任何人看到地抽抽噎噎哭泣。

對布蘭雪而言，當她父親的國王很遙遠，再也沒有可以稱之為家人的人。這讓她很悲傷，布蘭雪一直哭。

這時有個人對這樣的布蘭雪說話。

「妳在哭什麼？」

布蘭雪抬頭看跟她說話的人。

接著她屏住呼吸。

那個人美麗得不像人類。

不，這是只有布蘭雪才能看到的非人類。

然而對方是不是人類，對現在的布蘭雪來說都不重要。

「好美……」

就連悲傷都忘了，面對這樣的「美」，她只能發自內心說出感想。

連跟母親的約定，這個時候的布蘭雪都忘了。

對方的美貌就是如此具有衝擊力。

「哎呀，謝謝誇獎。」

莫非是布蘭雪的真心也傳達給對方，原本面無表情的臉龐多了笑容。

那破壞力驚人。
就連飄落的雪都要避開那「美貌」。
比雪還要白的頭髮被風吹拂。
眼睛跟布蘭雪一樣，是紅色的。很紅很紅，比血色還要鮮紅。
肌膚顏色也是具透明感的白。
黑色的洋裝彷彿要掩蓋那一片白地包覆住她。
她不是人。
就算沒有特殊的眼睛，無論是誰看見這樣的「美貌」，都會發現那已經超越人類領域。
如此美麗的女性對著布蘭雪微笑。
「母親大人去世了。」
「原來是這樣啊。」
「沒有人需要我。就連父親大人都只重視妹妹艾西。我的事情一點都不重要！」
「沒這回事。」
「可是……」
「至少我『需要』妳。」
這句話對布蘭雪來說是福音。
甚至讓她覺得那個非人生物的目的是什麼都不重要。
「妳可以看見我。還有妳的白色頭髮跟紅色眼睛，都跟我一樣，非常美麗。妳長大後會變得更美麗喔。」

「真的？」

「真的。」

「姊姊妳真的需要我？」

「沒錯。」

這句話對布蘭雪來說如同救贖。不僅如此，非人生物繼續說話。

「我非常中意妳。因此不管是什麼願望，我都可以替妳實現一個。所以說，也希望妳聽聽我的願望。」

「沒問題。只要是姊姊妳的願望，不管是什麼我都會努力實現！」

不可以輕易對非人生物做出承諾——那是母親跟她說過好幾次的常識。

然而布蘭雪毫不猶豫地答應。

這個非人生物說她需要自己，布蘭雪已經為這個看起來非常漂亮又溫柔的女性著迷。

更重要的，是布蘭雪的直覺告訴她這個人可以信賴。

「是嗎？好孩子。那我要說出自己的願望了。我想要妳的身體。我只是一個精神體，希望能夠寄宿在妳的身上。」

似乎不打算隱瞞自己的慾望，非人生物優雅地告知真實想法。

這個非人生物在人眼看不到的怪物中也是最惡劣的——惡魔。而且還是最高階的高階魔將——

不，不僅如此，就連被稱為統治階級的古老惡魔都要聽命於她，是猶如君王的「始祖」之一。

這些始祖由於外貌特徵被人用顏色來稱呼，一共七名。
巧的是她正好跟布蘭雪用一樣的顏色來命名。
她就叫做「白色始祖（Blanc）」。
不，那並非偶然。
這個希爾維利亞從古時候開始就是屬於白色始祖的領地。
而根據和這塊土地之王的古老契約，為了催生出可以盛裝自己精神的合適肉體，花上十幾個世紀反覆調整。
直到理想的肉體誕生，在那之前她都會守護這塊土地。這就是契約的內容。
證據就是王家特有的特殊體質。
希爾維利亞王家的特徵紅眼睛就是她給予的祝福，同時也是詛咒。
她遵守約定，一直守護這塊土地。
這就是為什麼希爾維利亞王國雖然歸順，卻還是能在東方帝國底下持續保有某種程度的自治權。
一生下來就擁有能夠滿足這名白色始祖的身體——那個人就是還年幼的布蘭雪。
白色始祖一定會遵守約定。
跟這個國家第一代女王立下的古老契約直到現在依然持續遵守。
當有著白髮紅眼的少女誕生，她會實現這個人的一個願望，其肉體則是會變成白色始祖之物。
歷經好幾個世代，契約一直受到履行，類似咒術的效果也會相乘，想必白色始祖將能夠得到完美的肉體。
今天就是約定之日。
十二歲——在古代已經被視為成人的這天，白色始祖向布蘭雪搭話。
因為她判斷布蘭雪已經變成獨當一面的大人，可以進行正當交涉。
就跟在遠古時期訂好的契約一樣。
原本惡魔有會抓人語病的習性，讓事情發展有利於自己。然而像白色始祖這樣的大人物，她根本不打算動那種小手腳。
她認為做這種事情就像玷汙契約。
唯有契約正式生效，肉體才會正式成為白色始祖的。
正因她那麼想，不管布蘭雪許什麼願望，她都打算盡全力實現。
正因如此，就算現在遭到布蘭雪拒絕，她也不打算就這樣放棄。
人類是很貪婪的生物，肯定會有來跟她許願的那天。只要等待那天到來就行了，她本來很有耐心地這麼想。
正因如此，布蘭雪的回答才讓她感到驚訝。
「那可以跟我當朋友嗎？」
「——咦？」
「我會把身體交給姊姊。所以請和我當朋友！可以嗎……？」
白色始祖困惑了。

對於活了很長一段歲月的她而言，還是第一次有這種感覺。

映照在布蘭雪眼中的美貌還是一樣美麗，然而她的內心亂成一團。

（她是說……要跟我當朋友？這下該怎麼辦？就算把這當成將死之人的戲言好了，還是一點都不好笑。不過，這原本是萬死不足惜的發言，不知為何卻不覺得反感……而且聽起來滿有趣的。「那個女孩」也一樣，或許這個女孩也能為我帶來樂趣。反正人類的壽命很短，陪她一下子也無妨吧。）

白色始祖罕見地出現一絲迷惘。然而她馬上就在心中導出結論。

「無妨。那從今天開始我就是妳的朋友了。」

聽到這句話，布蘭雪的臉跟著紅了。

哭泣的臉龐轉為笑臉。

「嘿嘿嘿，我好開心！那麼，請多指教，姊姊！」

「好。我會附在妳身上，就讓我們好好相處吧。」

就這樣，白色始祖附在布蘭雪身上。

就在這天，希爾維利亞王國的命運已經受年幼的布蘭雪左右，但無人知曉此事……

＊

布蘭雪十五歲了。

她還是一樣在後宮受到不好的待遇。然而在與後宮距離只有一步之遙的王宮，人們對布蘭雪的評價逐漸好轉。

「布蘭雪公主真是天才。看那優雅的身段、高雅的態度，不管哪一樣都是滿分。」

「舉凡歷史、美術、數學，甚至是地理和社會情勢都懂，學識淵博值得讚許。」

「最重要的是，公主殿下的魔法理論堪稱一絕！術式的解釋也絲毫不拖泥帶水，不僅簡化還改善效率。天才這個字眼都不足以形容，殿下太優秀了！」

國王指派的家教老師們都對布蘭雪日日讚不絕口。

她的妹妹艾西菈公主對此很不是滋味。

在走廊上擦身而過時，艾西菈開始找布蘭雪麻煩。

「哎呀，姊姊大人，別來無恙。今天也在學習嗎？這點固然重要，但若是不懂得討卡利亞斯公爵之子吉尼亞斯大人的歡心，小心他對妳厭煩。」

卡利亞斯公爵家追溯到古時，是跟納姆利烏斯王國有關聯的大貴族。

在東方帝國之中也擁有莫大的權勢，光只是卡利亞斯的領都就擁有高達三十萬的人口。

而這樣的帝國大貴族子弟從一年前開始就停留在希爾維利亞王國。

吉尼亞斯・納姆・卡利亞斯。

今年二十二歲，在各個領域都是很活躍的人才。

這樣的吉尼亞斯有個哥哥，已經內定繼任公爵。傳聞吉尼亞斯因此想要得到希爾維利亞王國的駙馬位子。

這已經是公然的祕密了，但在希爾維利亞王國這邊大多數人還是歡迎他。

理由有幾個，但其中最大的原因還是莫過於希望跟帝國合併吧。假如帝國的大貴族變成駙馬，應該就會對從屬國好一點，人們都如此期待。

此外還有一點。

吉尼亞斯利用自身的權限，從卡利亞斯輸入各式各樣的物品到希爾維利亞王國。這些全都是很吸引人的奢侈品，緊緊抓住王國貴族們的心。

流入的商品也讓王國境內受惠，國民生活開始提昇。因為這些事情使然，吉尼亞斯在王國內部的人氣也居高不下，正急遽攀升。

就像這樣，吉尼亞斯在希爾維利亞王國的人氣很高。

年輕又英俊，還為希爾維利亞帶來財富，這樣的吉尼亞斯最適合當下一任女王的駙馬——這個國家的人們都開始那麼想。

而這樣的吉尼亞斯選擇的正是布蘭雪公主。

希爾維利亞國王不會不明白這場婚姻的意義。只要吉尼亞斯願意扶持著布蘭雪成為下一任駙馬，他便認可這場婚約——這不過是最近的事。

這就表示成為下一任女王的肯定是布蘭雪。艾西菈一直認為下一任女王寶座是她的，無法接受這次的大翻盤。

更重要的是，身為母親的阿米菈氣壞了。

為了讓女兒當上下一任女王，她至今為止動了許多手腳。這些都因為吉尼亞斯的出現被打亂。甚至連原本屬於阿米菈派系的貴族，都開始陸陸續續出現一些巴結吉尼亞斯的人。這樣下去布蘭雪肯定會被拱為女王。

然而這點都看吉尼亞斯的心情而定。阿米菈開始鼓吹艾西菈去搶奪吉尼亞斯閣下的心。

就算母親沒這麼說，艾西菈原本也打算這麼做。

為了從姊姊身邊奪走婚約者，她已經找過各種麻煩。

這次來挖苦就是其中一環，但布蘭雪不在意。

「哎呀，艾西，別來無恙。妳擔心我，我很高興。但我不要緊。今天也一樣，等一下我要跟吉尼亞斯大人一起去視察市街。」

「……是這樣啊。真讓人羨慕。祝你們玩得開心。」

「呵呵。這好歹還算是在出公務，不能全當作玩樂。」

就像這樣，布蘭雪四兩撥千斤化解艾西菈的挖苦。

她已經不是年幼的孩子。

她暗中做了許多努力，獲得知識與力量。如今女僕們也不敢直接欺負她，只能拐彎抹角找麻煩。艾西菈也一樣，要找麻煩頂多也只能說話挖苦。

可能是因為這樣，更讓艾西菈對布蘭雪懷恨在心，布蘭雪明白這點，依然維持若無其事的樣子。

這是因為布蘭雪再也不是一個人了。

『對，這樣就對了。要把周圍的人全都當成敵人。但用不著把所有人打敗。要分辨堪用和不堪用的人，掌握對手的弱點，讓對方對妳言聽計從。就算是妳的妹妹，她也不過是受那個叫阿米菈的母親操弄著。雖沒有利用價值，但也害不了妳。』

『好的，姊姊！』

布蘭雪已經有「白」這個強力夥伴。光是這點就能讓布蘭雪變得堅強。

學習知識和魔法都是白教她的。布蘭雪毫不保留地吸收，在這三年內有了突飛猛進的成長。

「哼！那妳出去玩可要當心了。」

「好的，妳也保重，艾西。」

兩名公主表面上和和氣氣，私底下卻暗潮洶湧，當場裝作若無其事道別。

如此這般，布蘭雪日復一日成長茁壯，慢慢增加支持者。

跟吉尼亞斯的關係也很好，不知不覺間周遭都認可他們是一對理想的情侶。

如此一來，想要拉攏吉尼亞斯的人也會過來多加接觸。在那些隔岸觀火的貴族之中，也開始出現認可布蘭雪當下一任女王的人。

事到如今，阿米菈那一幫人的干涉行動也開始變得激烈起來。不管外界會怎麼看，開始動用蠻力，甚至派人暗殺。

然而這些行動最後都失敗了。

那也理所當然。

因為白色始祖附身在布蘭雪身上。區區暗殺者不可能傷得了布蘭雪。

事情一帆風順。

這樣下去布蘭雪肯定會當上女王。

人民也開始覺得美貌與日俱增的布蘭雪很適合當他們的女王。

至於布蘭雪本人，如今除了白，她也愈來愈會對其他人展露真心笑容。這就證明她跟其他人的關係開始好轉，白也樂見其成。

然而白並非毫無不滿。

不滿的就是布蘭雪跟吉尼亞斯的關係。

『……這下麻煩了。「戀愛」這種感情不確定因素太多，百害無一利。如果會對布蘭雪的心造成太大影響，那就必須由我出面對應。真的很棘手——』

假如布蘭雪能夠幸福，白也沒意見。雖然對象是愚蠢的人類，但她甚至考慮給予真誠的祝福。

身為布蘭雪的朋友，這是當然。

然而——

對於吉尼亞斯，白有不好的預感。

若是獲得肉體、在這個世界上完全降臨，那就另當別論，但是目前白處於不完全狀態，部下們也都只是精神體，能夠帶來的影響有限。
即使如此，白還是盡力而為。
後來她發現自己心中的不安成真……

*

『——要向您稟報的就是這些。』
聽完部下帶來的報告後，白心想這下不妙。
她放出很多惡魔，讓他們去希爾維利亞王都和各個都市，以及卡利亞斯的領土等地蒐集情報。在這之中包含不能等閒視之的訊息。
（原本就覺得那個男人不容小看，但沒想到他居然在惡魔對策上做得如此徹底。那就表示他會來到這個國家，前提都是因為有我們存在吧。）
自從布蘭雪跟吉尼亞斯開始交往，白就沒少蒐集情報。但因為沒聽說有力證據，因此還是心存疑慮。
這反倒讓白覺得未免太過詭異。
因此她擴大範圍放出手下，結果隱約察覺吉尼亞斯的目的。
吉尼亞斯知道希爾維利亞王國跟白色始祖的關係。白認為他不僅知道，還想出手妨礙。

——白髮和鮮紅眼睛。同時具備這兩者之人，就是讓太古惡魔降臨的關鍵——

要得到這樣的情報並不容易。但如果是帝國的大貴族，就算透過某種手段取得也不奇怪。

如此一來，跟布蘭雪的戀愛也全都是假象——

「若是那樣……可不能放過他——」

輕輕抬頭仰望陰天，白面色凝重。

比起耗費漫長時光才得到的降臨之路斷絕，眼下——

眼下她只怕朋友的幸福會毀於一旦。

一道憂鬱的嘆息從白那美麗雙唇中逸出。

＊

在希爾維利亞王都中，吉尼亞斯很受歡迎。

理由有幾個，其中最大的理由莫過於利害關係。

新興產業崛起，至今完全沒想過的魔礦開挖事業展開了。事實上在這個希爾維利亞王國之中，魔素的濃度很高，從礦山採收的魔礦都是高品質。

卡利亞斯公爵的領土會高價收購那些礦石。

在這之前農耕、酪農和漁業是希爾維利亞王國的主要產業。人民的性格都很閒散。靠自給自足生活，大家都很滿意這樣的樸實生活。
這時能夠賺錢的產業誕生了。
同時開始陸陸續續有娛樂供給。
特別蓬勃的就是讓馬兒奔跑，再預測勝敗的娛樂。這可以拿來賭錢，想要不勞而獲致富的人都很著迷，因此蓬勃發展。
原本人民都是溫和平穩的性格，他們的個性開始一點一滴轉變……
開始有人為了金錢煩惱，但吉尼亞斯會笑著借錢給他們。如此慷慨的他令人民瘋狂愛戴。
不只是這些鋪陳，吉尼亞斯的活動範圍相當廣。
他把靠攏自己的貴族們聚集起來，確實將勢力擴大。將帝國大貴族卡利亞斯的名聲活用到極限，將財富灑出去，然後回收。
說他是才子並非浪得虛名。
一切都在計畫之中。
吉尼亞斯臉上帶著刻薄的笑容。
「真夠無聊的。跟我的計畫實在太過一致，未免不夠有趣。」
「哈哈哈，吉尼亞斯大人。快別這麼說。像那樣的偏僻鄉間國家，給他們娛樂就馬上撲過來也是沒辦法的事情。」
有人回應吉尼亞斯，是從母國一起過來的心腹。表面上是管家，其實是如假包換的文官。代替沒辦法自由行動的吉尼亞斯，負責處理細部事宜。

「哼！話是這麼說，最關鍵的布蘭雪卻沒有隨我意思起舞。那個女人早點接受我不就得了，居然說結婚之前都要守住貞操。」

「哎呀，對方是一國的公主嘛。會這麼說也是理所當然。」

「一切都按我的心思發展，唯獨這點就是跟我作對。那樣更讓我不悅。」

吉尼亞斯不悅地抱怨。

那才是他這個貴公子的真面目。

「哎呀呀，吉尼亞斯大人。您用不著如此不快，忍耐的時刻也快結束了。」

對不悅的吉尼亞斯說話的，是一個看起來很貪心的肥胖男人。這個男人也是吉尼亞斯的心腹，負責財政。

吉尼亞斯跟他約好在自己當上公爵後，會讓他成為卡利亞斯公爵領土的御用商人。因此就像在投資一樣，他散財如流水，來襯托吉尼亞斯。

「哦？都準備好了？」

「是的。軍方那邊也打點過了，已經下了許可，可以祕密調動機甲軍團。雖然要給卡勒奇利歐閣下的伴手禮代價高昂，但預計能夠集結兵力到我們滿意為止。」

「哈哈哈，那就好。那接下來這場計畫也要展開重頭戲了，我當上公爵的日子近了。真讓人期待。」

夢想著不久的將來，吉尼亞斯臉上浮現卑劣的笑容。

這次計畫的概要如下。

吉尼亞斯假裝要入贅，跟有第一順位王位繼承權的布蘭雪定下婚約。然而實際上得到希爾維利亞王國的駙馬地位根本不能滿足吉尼亞斯。

在卡利亞斯當上公爵，才是吉尼亞斯的夢想。

因此哥哥就變成絆腳石，但那邊他都周旋好了。若是對方要反抗，吉尼亞斯不排除派人暗殺，但他的哥哥也十分理解弟弟是這樣的心性。哥哥承認彼此的能力差距，早就跟弟弟投降。

將來吉尼亞斯確定可以當上公爵。

那說到吉尼亞斯為何還要來到希爾維利亞王國……

「那麼吉尼亞斯大人，有可能按照當初的計畫，讓布蘭雪大人跟我們一起過去嗎？」

「嗯。雖然沒有同床共枕過，但那個女人對我很著迷。我想她不會拒絕，但還是要為此做些準備。」

「話是這麼說沒錯，但可以的話希望盡量避免訴諸武力。畢竟要用武力入侵這塊土地，必定會有人來阻擾。」

「我也認為應該避免作戰。吉尼亞斯閣下，讓這塊土地受戰火波及會很困擾。假如最後事情會變成那樣，我就必須重新審視跟您的關係。雖然不能跟您繼續合作很可惜，然而我孫女會成為新女王，我今後也想繼續跟她保持良好關係。若是卡利亞斯公爵家好意相待，我們希爾維利亞王國也能太平。」

有人出面贊同，他就是阿米菈的父親巴恩茲侯爵。

趁那個像瘋婆子的女兒還沒有不管三七二十一行動，侯爵就自主行動蒐集情報。後來憑藉著可以稱之為貴族本能的嗅覺，察覺吉尼亞斯真正的目的並非成為駙馬。

接著巴恩茲侯爵就做了一個賭注，為了讓孫女當上女王，他決定接觸吉尼亞斯，問出他的真實想法。

結果巴恩茲侯爵獲得吉尼亞斯認可，讓他打開天窗說亮話。

吉尼亞斯想要把布蘭雪帶回母國，巴恩茲侯爵則是想要把礙事的布蘭雪趕出希爾維利亞王國。彼此的利害關係一致，他們決定聯手。

因為巴恩茲侯爵這麼想，因此他其實不希望事到如今得跟帝國開戰。

「那麼，巴恩茲侯爵。你已經掌握這個國家的貴族了吧？」

「當然。即使國王和布蘭雪本人反對，大多數的貴族也會站在吉尼亞斯閣下您這邊。」

吉尼亞斯還年輕，而且沒有爵位，但巴恩茲侯爵以禮相待。這就是大國和小國的絕對立場差距。

雖然巴恩茲侯爵並不想這樣，但是為了孫女——甚至是為了自己的權勢，他還是注意著，刻意讓現在的自己笑臉迎人。

吉尼亞斯早就看出巴恩茲侯爵在想什麼，但他還是表現出什麼都沒發現的態度，面帶笑容。

「那就好。那麼，我們什麼時候行動？」

吉尼亞斯想要早點回到母國，他認為愈早愈好。然而都忍耐到這個地步，一路走來慎重進行，在最後一刻失敗未免太愚蠢。

計畫必須成功，因此什麼時候行動很重要。

「這個嘛……」
「關於軍隊布署，聽說再過幾天就可以完全包圍。」
「下次節慶是布蘭雪公主十六歲的生日。在我國十六歲就被認定為成人，可以結婚。這天大半貴族都會來祝賀，是否正好？」
「呵呵呵。果然厲害，巴恩茲侯爵。我從一開始就預計挑這天，你是什麼時候發現的？」
「哈哈哈，是偶然發現的。」
「也好。就決定這麼做吧。那就等下次節慶展開行動。都沒意見吧？」
「是！」
「遵命。」
「就這麼辦。」
三個男人都同意了，作戰行動日定案。
當巴恩茲侯爵先離開，房間裡就只剩下帝國的人。
「話說回來，那個男人真愚蠢。雖然腦袋不錯，以貴族來說算是一流了。」
「的確如此。居然就這樣輕易放掉可以稱之為這個國家至寶的布蘭雪公主。下一任女王的地位根本就沒任何意義。」
「紅色眼睛是詛咒的證明。白銀色頭髮就跟那個棘手可怕的『始祖』如出一轍。明明就有這麼相似的特徵，這個國家的貴族卻沒察覺。真讓人傻眼。」

「為了讓事情朝那個方向走，帝國一直在暗中鋪陳。都是為了妨礙那個惡魔降臨。」

帶著冷酷的表情，吉尼亞斯如此論斷。

對帝國來說這塊土地的惡魔形同肉中刺。

惡魔可以隨意介入人類世界，根據性質大約可分成三類。可以交涉的、不能交涉的，還有隨意行動的。

以這個希爾維利亞王國為據點的惡魔們是以能夠交涉聞名。

然而白色女王非常高傲。要讓她坐上交涉檯面是不可能的。而顛覆這個常識的，就是希爾維利亞王國的祖王。

「畢竟那已經是兩千多年前的事情了。要讓正確的情報流傳到現在也很難，然而那是跟自己國家息息相關的重大事件，不得不說他們太過怠慢。」

希爾維利亞王國的祖王，與惡魔們的主人白色始祖約定過——會幫助白色始祖降臨在人間界，始祖則是要守護希爾維利亞王國。

契約存在證明就是王家才有的特殊體質——可以看清萬物的「鮮紅眼睛」。

詛咒之血會傳承下去，醞釀魔力。當擁有配得上「始祖」肉體的子孫誕生，白色始祖就會附身降臨。

帝國透過各種手段進行諜報活動，這才找出密約的內容。然後從許久之前就為了搶先惡魔們而進行著準備。

「對了，吉尼亞斯大人。關於布蘭雪公主的處置，您打算如何？真的要娶她當妻子嗎？」

「說什麼傻話。原本想花個幾年從她身上找樂子，但萬一生出小孩就糟糕了。在那之前要把她收拾掉。」

「聽您這麼說就放心了。我可不想讓具備惡魔特徵的女人當我們的主人。」

「哈哈哈，雖然有點可惜，但必須斬斷禍根。」

「小的都明白。一旦王家的血脈消失，就算是『始祖』也難成大器。跟那個赤紅魔王不同，『白色』女王就是特別挑剔。多虧這點，也算是對我們有利……」

「總而言之，這下希爾維利亞王家的血脈將會斷絕。」

「那麼，艾西菈公主這邊──？」

「最好別問，那也是為你好。」

「哈哈哈，小的失禮。我什麼都沒聽見。」

「這就對了。」

就這樣，男人們繼續密談。

沒發現有一隻小蟲就貼在窗戶的暗處……

＊

布蘭雪十六歲的生日到來。

這天是「紅染湖畔事變」開始之日──

布蘭雪很後悔。

推心置腹的朋友白都對她提出忠告了，她卻說不會有事，一笑置之。

「妳會跟我一起來吧，布蘭雪？」

「可是吉尼亞斯大人，我必須待在這個國家，遵從父王陛下的意思。盡力改善這個國家是我的使命，您不是也發誓會給予支持嗎？」

「布蘭雪，妳好好想想。我也贊成妳為這個國家努力。就算回到我的祖國，看是要透過經濟面或是文化交流都行，要什麼管道都有，都能夠提振希爾維利亞王國的發展啊？就看妳怎麼想了，如何？」

「但是……」

直到昨天為止，布蘭雪都還以為吉尼亞斯會支持將成為女王的自己。

平常吉尼亞斯的態度就一直是那樣，還有那些答應會支持自己的貴族，他們都肯定適合當女王的人是布蘭雪。

為了履行在遙遠過往時代中，跟對貧困子民伸出援手的白色始祖締結的約定，讓這個王國真正的女王誕生。

這個國家的悲願終於能夠實現，布蘭雪相信大家都希望這樣。

她感到困惑。

吉尼亞斯提議把布蘭雪帶回帝國。這點布蘭雪無論如何都不能接受。

再說之前吉尼亞斯從來沒有親口說出這個想法。因此現在的情況對布蘭雪來說形同晴天霹靂，她會感到混亂也在情理之中。

除此之外，聚集在現場的大半貴族都支持吉尼亞斯那番言論。

這對布蘭雪來說又是一個痛心的背叛。

（怎麼這樣……原來大家都不需要我嗎？）

突如其來的事態讓布蘭雪滿心絕望。

「不行！絕對不能將布蘭雪帶到國外！」

就在這個時候，布蘭雪的父親——也就是國王如此大喊。

他平常話不多，總是為這個國家鞠躬盡瘁，那樣的國王帶著熊熊怒火瞪著吉尼亞斯。

「你這小子，一開始的目的就是把布蘭雪帶出去嗎？帝國這一招也真夠骯髒的。」

「這是什麼話。這件事情對兩國來說有利無弊。」

「說什麼蠢話！這、這個國家可是跟遠古的——」

「貴為國王陛下的您，應該不至於相信那種迂腐的迷信吧？倘若真是如此，可是會貽笑大方的。」

像在嘲弄激昂的國王，吉尼亞斯用開玩笑的態度回話。配合他那番話，一些貴族跟著失笑。

那些貴族表面上站在國王這邊，卻跟著同流合汙。一切都是為了今天，吉尼亞斯事先打點才會有這種結果。

眼下氣氛已經不是在慶祝布蘭雪的生日了。

「你、你這小子……竟然從我國內部……」

「陛下，您就是人太好。想必一直相信自己人不會背叛，相信這個國家的國民都被血之羈絆團結起來。然而那些都是幻想啊。人類這種生物為了自己的利益，什麼事情都做得出來。只要能夠保障自身安全和財產，確保今後能夠榮華富貴，就能像這樣面不改色出賣國家。」

「少在那愚弄我等！朕承認是有這樣的賣國賊。但是我國子民們都希望布蘭雪當上女王！」

「這就不得而知了。陛下，您應該更實際一些。未來要成為我岳父的人這副德行，今後實在會讓人不安呢。」

「你說什麼！」

「就給你們三天吧。在那之前把布蘭雪公主交出來。」

「等等，朕怎麼可能接受這種——」

「陛下，這次還是接受吉尼亞斯閣下的提議吧。布蘭雪公主若是成為吉尼亞斯閣下的妻子，我們跟帝國的關係也會愈來愈好。若是需要女王，還有我的孫女。」

「就是啊，父親大人。我會變成比姊姊大人更棒的女王！」

巴恩茲侯爵和艾西菈公主陸續發言打斷國王的話。這原本是無禮至極的行為、不可饒恕的重罪。然而卻沒有貴族站出來譴責。

身為極少數派、有良知的人都被周遭的巴恩茲派系貴族瞪，只能悶不吭聲。

正確解讀自己所處的立場，國王不甘心地苦著一張臉。面對這樣的國王，吉尼亞斯帶著勝券在握的從容開口：

「關於剛才提到的事情。這個國家的子民真正想要的是什麼，明天的早報想必會登載答案。等看了再做決定也不遲，對這個國家來說怎麼做才是正確的，請好好想想。那麼就等您的好消息。」

只說了這些，吉尼亞斯一副要事都辦完的模樣轉過身。

當吉尼亞斯離開慶生會的會場，貴族們陸陸續續跟著他離開。會場只剩下國王和布蘭雪，還有少數的貴族。

「怎麼會這樣……那些人都看不清眼下的局勢嗎？」

「這樣下去、這樣下去國家會滅亡的……」

發出這些哀嘆的人，不管任誰看了都只覺得他們是喪家之犬——

隔天早上。

王城戒備最森嚴的密室裡，在昨天中斷的慶生會上留到最後的那些人都聚集在此。

王國發行的早報就放在他們面前。這些人看了都一臉苦澀。

新聞早報上被祝賀標題填滿。

帝國的大貴族吉尼亞斯將迎娶布蘭雪公主當愛妾。這應該類似婚約，之後會正式完婚，娶她當正室吧。

新聞是這麼寫的。

「完了。我等的神不會原諒這種背叛行為——」

說完這句，國王深深地頹坐在椅子上。

「父親大人！」

「抱歉，布蘭雪。若是朕對妳更加關心——原諒朕。」

「不、不！父親大人並沒有錯。都怪我太幼稚。」

「說這什麼話。雖然已經十六歲了，但妳還是孩子。朕卻讓這樣的妳吃盡苦頭。」

「怎麼會！都怪我對吉尼亞斯大人——」

「別說了。這樣就好。比起那些，當務之急是商量今後的對策。」

繼這句話之後，被找到這裡的人陸陸續續開口。

宰相率先說：

「人民也都相信新聞的內容。對於公主殿下要被當成愛妾，似乎都沒有抱持任何疑問。只覺得這個國家日後會蒸蒸日上，看起來不疑有他，全都很興奮。」

再來是宮廷魔術師團長開口：

「陛下，昨天調查結果顯示我國周邊已經被帝國軍包圍。既然已經收買我國民眾，再來想要找什麼開戰理由都行。想必大家都會認為帝國那邊站在理字上吧。」

軍方的長官也有話要說：

「老實說，光靠我國軍隊無法獲勝。更重要的是在軍人之中，八成也會出現迎合帝國的人。我們已經未戰先敗了……」

情況令人絕望。

但即使如此還是不能任由帝國宰割。

「我等不能對帝國低頭。若是那麼做就等同背棄古老契約。會發生比被帝國蹂躪更悲慘、更超乎想像的慘劇！」

「正是如此，國王陛下！我們的神很可怕。若是違反約定，想必會受到比死更可怕的制裁！」

「沒想到忘了這點的貴族那麼多。真是太可嘆了。」

「就算不能獲勝，我們也要抵抗。若是展現我們的誠意，或許神也會憐憫我們。」

希爾維利亞王國是被古老契約束縛的王國。

若是違反跟神——跟惡魔定下的契約，將會受到比肉體死亡更加可怕的制裁。因為這些人明白那點，他們這次才不能應允帝國的要求。

就算國家會滅亡……

「神——來召喚神吧。然後我們也要團結起來為滅亡做好心理準備。」

宮廷魔術師團長用平穩的聲音說完這句話。

大家都認同。

距離最後的審判到來，沒剩多少時間了——

在遠方聽著父王和在場眾人的聲音，布蘭雪的心滿是悲嘆。

『都是我不好。都怪我沒有聽從白的忠告……』

『不是的，布蘭雪。全都是因為我的力量還不完全。因此妳用不著介意任何事情。』

『不，不是那樣！都怪我許願請妳當朋友。』

『妳冷靜點，布蘭雪——』

『對不起啊，白。我果然不被任何人需要。吉尼亞斯大人不需要我，這個國家的國民也不需要

……』

『但是我需要妳啊。』

『謝謝妳。至今為止真的很謝謝妳，白——』

『布蘭雪，妳想做什麼——！』

白色始祖會驚慌，也許是誕生到這個世界上頭一遭。

『白的力量之所以會受到限制，也是因為跟我有約定吧？妳一直遵守跟這個國家定下的契約。真的很感謝妳。』

『別這樣，布蘭雪！契約一點都不重要。對我來說重要的是——』

『謝謝妳。還有，對不起。我不像妳那麼強大。但還是有一件事情令我開心。那就是妳會使用我的身體。光這樣我就滿足了。所以，白。妳就自由自在活下去吧——』

就這樣，布蘭雪的「靈魂」履行契約了。

根據契約，布蘭雪的肉體會讓給白色始祖。接著布蘭雪的靈魂散發美麗光芒落到白的手裡。

『啊啊，布蘭雪。我善良的布蘭雪。我很喜歡妳，非常喜歡。妳是我第一個朋友。沒辦法守護這樣的妳，我怎麼會如此無能——』

擁有力量的惡魔女王——白色始祖哀嘆自己的無力。認識她的人看了大概會覺得難以置信吧。

雖然沒有任何人看見，但那是事實。

就連國王都沒發見，白已經得到布蘭雪的肉體了。

＊

國王他們正在商討今後的對策，在他們面前最先有反應的人是宮廷魔術師團長。

「神、神的……聽見神的聲音了——！」

他一喊完就伸手對著茫然入座的布蘭雪，然後將自己身上所有的魔力都灌注進去，在地面上畫出魔法陣，開始進行惡魔召喚儀式。

「這、這是在做什麼——」

國王還沒有來得及問完——

「諸位，別來無恙。」

只見布蘭雪站了起來。

不。

那不是布蘭雪。

而是附身在布蘭雪身上的白色始祖。

大家都明白這點，當場叩拜。在這之中，只有國王站起來開口：

「神、神啊！怎麼會是現在？跟布蘭雪的契約又還沒……」

「很可惜。關於那個契約，就在剛才已經成立了。」

「怎麼會！不是說在我的女兒——布蘭雪死之前都會守望她——！」
「拜託你稍微靜一靜。吵死了。」
白的一句話讓國王閉嘴。然而他臉上有著被人毀約的憤怒。
話雖如此——
國王的怒火面對更大更深的怒意也跟著煙消雲散。
至於是誰這麼憤怒，自然不用多說——就是白。
「因為愚蠢的人類，害我的樂趣被奪走。犯下這樣的大罪必須要償還，如何？」
國王因恐懼而痙攣。
就只有國王察覺白身上的熊熊怒火。
「都、都遵照神的安排——」
光是要回答這句話已經用盡全力。就這樣，精疲力竭的國王癱倒在椅子上。
「好孩子。你們遵守跟我的約定，就讓你們死得毫無痛苦吧。不過——」
打破約定的人會有什麼下場？
在場沒人敢去問那個問題。
接著——
在場眾人是幸福的。
對接下來將會發生的慘劇一無所知，帶著安穩的心情踏上旅程，來到神的身邊。
「接下來，就讓這場饗宴開始吧。」

在白一聲令下，惡魔們附身到現場的屍體上。

慘劇即將開演——

盛怒的白用了禁忌魔法。

遵守契約的人會安詳逝去，背叛者將要承受永無止境的痛苦。身體上所有的孔洞都會流血，要讓他們將這個國家滅亡的樣子，牢牢地烙印在眼中。

這個詛咒的效果會影響白所有的支配領域。換句話說，待在這個國家的活人都沒辦法逃離該詛咒。

光只是這樣還沒辦法讓白息怒。

「把那些愚蠢的傢伙帶到我面前。」

對如今的白來說，再也沒有部下能夠上奏。就算是古老的親信——公爵級惡魔也一樣，若是惹白不快就會遭到處分。

「「「遵命。」」」

留下這句話，惡魔們分散到各地。

緊接著等了幾分鐘——

「你們以為我是什麼人！混帳東西，還不快現身！」

傲慢、愚蠢，嘴裡喊著這些話的第一個愚蠢之徒被帶了過來。

「哎呀，第一個是你呀，巴恩茲侯爵。」

「原來是妳，布蘭雪！妳怎麼坐在那張椅子？那張椅子只有陛下能坐，是至高無上的王位啊！」

「真夠吵的。小角色就是小角色，很會吠呢。」

「妳、妳說什麼？一個小姑娘居然敢對我——啊……！」

原本還很囂張的巴恩茲侯爵只是看到白的眼睛，就好像心臟被冷水潑到一樣，讓他背脊發涼。接著他冷靜地環顧四周。

應該在那裡的人們都不見了。

那些中了吉尼亞斯的圈套，只能在這裡唉聲嘆氣的喪家犬。

現場只剩下一個人，就是眼前的白。

「布蘭雪已經不在了。就憑你那個小小的腦袋，不知是否能聽懂我話裡的意思？」

聽到這句話，巴恩茲侯爵這才發現對方的樣子不對勁。

布蘭雪原本就是很漂亮的女孩，但如今漂亮到無法用「美」這個字眼來形容。

比白雪還要白的頭髮妝點王座，那雙紅色眼睛高高在上地看著巴恩茲侯爵。

從黑色洋裝縫隙間露出有透明感的白色肌膚。但比起讓人產生情慾，那份妖豔更讓人畏懼。其美麗非人類所有。

發現這點的巴恩茲侯爵想到眼前這個人真實身分為何，不禁啞然失聲。

「莫、莫非……」

「變老實了呢。你在那裡稍等一下。我很快就會邀請你的朋友和家人過來，繼續開慶生會。」

巴恩茲侯爵根本沒有權利拒絕。
連說不要也沒辦法，被困在王座前方。
緊接著幾分鐘過去。
「搞什麼！也不想想我是誰！」
吵吵鬧鬧，有個女子嘴裡說出跟巴恩茲侯爵很像的話語。
「這是做什麼！知道我是下一任女王還敢如此猖狂！」
另一個是傲慢，甚至不知道自己面臨什麼情況的愚蠢少女。
兩人被帶到白前方。
「血緣關係果然是斷不了的。若是你們多少繼承到那女孩的一滴血，或許能夠變成更像樣的人類也說不定。」
就連跟她有血緣關係的國王，對現在的白來說也沒有讓他活下去的價值。但白似乎早就把那些事情拋諸腦後，睥睨著被帶過來的人們。
「布蘭雪，妳在那裡搞什麼鬼！」
「姊姊大人，妳要搞清楚自己的身分立場。成為帝國大貴族之妻只是有名無實，姊姊妳沒有任何後盾，只會被圈養到死，連這點都不懂？」
不懂自己所處立場的愚蠢人們對白大呼小叫。但那份愚蠢在白盯著她們看的瞬間，馬上變成刀刃反撲到自己身上。
「好、好痛苦！呼吸，不能呼吸了——！」

「呀啊啊——！在、在燃燒！我的臉，皮膚燒起來了——！」
「真難看。妳們一直在折磨我的朋友，我可不會輕易放過妳們。」
聽到那冰冷無情的聲音，阿米菈跟艾西菈兩人才發現眼前人物並非布蘭雪。
但這頓悟來得太遲。就算她們更早發現，白還是不會放過她們。
「在最後的賓客抵達之前，妳們也在那等著吧。」
說出這句話的白，根本沒把展露醜陋姿態的女人們看在眼裡。
最後還有一個人，對於那個罪孽最為深重的男人，她眼底只燃著對他的憎恨。

＊

吉尼亞斯對於一切結果都按照計畫走感到滿意，一大早就帶著愉快的心情開始喝酒。
因為是透過傳送魔法飛到國家邊境，肉體並沒有太多疲勞的感覺。該說他反倒忘不了昨晚勝利的快感，整個人甚至覺得精力充沛。
「作戰計畫成功了。再來只要等兩天後接收布蘭雪公主就好。」
「假如他們拒絕，我們就派軍隊過去把人帶走。」
「嗯。人民也都站在我這邊。要告知整個軍隊，讓他們盡量避免出現傷亡。」
「小的明白。這塊土地再過不久就是吉尼亞斯大人的了。可不能折磨老百姓。」
「這麼做就對了。」

吉尼亞斯開心地笑著。

但吉尼亞斯的這份幸福卻因有人突然闖入被迫中斷。

「是女王派我們來的。跟我們一起走一趟吧。」

「抵抗也沒用，誰敢妨礙就讓對方消失喔。」

那兩人是非人力量的化身。

「護衛都在做什麼！」

即使大喊，還是沒有人進到房間裡。就像在嘲笑這些慌亂的人，兩人中個子較小之人帶著譏諷笑容開口：

「剛才沒說嗎？我已經對這個房間下了『結界』。有些人看起來比較難應付，這都是為了不讓他們打擾。」

聲音聽起來天真無邪，說的話卻很猖狂。跟在吉尼亞斯身邊的人們這才發現那兩人非比尋常。

「那麼，我們走吧。」

「也對。那先這樣，再見！」

那兩個人為了忠實執行主人的命令，帶著吉尼亞斯離開現場。

留下來的人們慌了陣腳。

「是惡魔。那些惡魔來壞我們好事！」

「快回報給軍隊知道！吉尼亞斯大人被抓走了！」

「這個，這恐怕——」

緊接著情報傳到軍事單位那邊。
說在重重戒備之中，下一任公爵吉尼亞斯被人綁架。
首謀是兩個人。
推測他們的真面目恐怕是——高階魔將。
收到這個史無前例的消息，軍事部門也陷入大混亂。
過不了多久——
他們緊急變更作戰名目，將這次的目的改成討伐惡魔。

另一方面，被惡魔抓走的吉尼亞斯——被迫來場極度不願意的空中之旅。
一開始吉尼亞斯還在抵抗。他本人的實力相當於B級，人們都說他這個年輕貴公子文武雙全。
事實上若要找出B級的人，在軍事部門裡面也要來到尉官以上，被視為具有相當實力。吉尼亞斯有這種程度的身手，因此他認為一兩個惡魔還是有辦法打倒，有點小看眼下情況。
然而他的如意算盤一下子就被打碎了。
這兩個惡魔飛進布署好的軍中，將受到嚴密保護的吉尼亞斯抓走，看這點也知道那些個體的實力非同小可。
「可惡，你們打算怎麼處置我？」
「你看下面。」
吉尼亞斯按照對方所說看著下方，結果看到極度淒慘的景象。

有許多人臉上浮現苦悶的表情，身上所有孔洞都在流血，痛苦地蠢動著。整齊的街道染上鮮血，流出來的血都進到湖泊之中。把湖水染成赤紅。

「——什麼！」

吉尼亞斯不禁大感震驚，但立刻恢復理智叫囂。

「可惡的惡魔！你們果然不該存在於人世間！這塊土地的人民照理說有跟你們的主人締結契約。竟然就這樣輕易將他們當成祭品嗎！」

個子較小的惡魔聽了搖搖頭。

「不對喔。會有這種結果都是你害的啊。」

「你說是我害的？」

「嗯。是你動手腳讓這個國家的子民變成這樣吧。還誘導人們背叛我們主人的盟友布蘭雪大人，想要把她趕出這個國家不是嗎？」

「那、那是……」

「我們不需要背叛者。沒去阻止的人們也同罪。」

「等等！大人就算了，連小孩子也算進去？裡頭應該還有純潔的嬰兒。你們卻想將這些人全都殺掉啊！」

「所以呢？」

「居然這樣問我！」

「剛才不是說了嗎？都一樣有罪。不過我們的主人如今已經變得很心軟了。有特別注意，讓無罪的人免除痛苦。」

「這實在讓人驚訝。以前絕對不會有那種事情，恐怕都是多虧布蘭雪大人。那位布蘭雪大人也是被你害死的。引發這場慘劇的原因都出在你身上，你就看著下面的景象，牢牢記在心頭。」

聽對方這麼說，吉尼亞斯感到困惑。

其實吉尼亞斯本質上並非罪大惡極。雖然利己的貴族式思考邏輯已經根深蒂固，但他認為沒有人民就沒有貴族。

讓人民的生活水準提昇，靠著娛樂博取支持度，讓他們沒辦法過好生活卻又死不了，讓人們工作來壓榨稅收。正因為他有這樣的想法，看到眼下人民被虐殺，心才會跟著動搖。

（我、我沒錯，我沒錯！）

吉尼亞斯對自己這麼說，試圖保持心情平穩。然而聽到惡魔接下來的話，他就沒了那份餘力。

「受到波及的居民們還真是可憐。不過，身為起因的你可不會只受到這些待遇就了事。所以為了避免心一下子就崩潰，最好趁現在做好覺悟。」

吉尼亞斯這才認清現實。

認清已經悄悄逼近身邊的恐怖現實。

「不、不要，救救我，拜託放過我！」

「那怎麼行。若是這麼做，我們可是會被除掉的。」

個子較小的惡魔一臉厭惡地回答，另一人也認同他的說法。

就這樣，吉尼亞斯被抓到女王面前。

心被粉碎、自尊也被踩碎，吉尼亞斯已經精疲力竭了。

「哎呀，真是的，真是枉費了這個美男子。居然哭成這樣，甚至還失禁了？」

「請救救偶。求求泥。放過偶。」

吉尼亞斯哭著乞求。

白聽了，看似愉悅地加深臉上笑痕，然而眼中的憎恨之火燒得更旺更亮。

「小笨蛋，怎麼可能赦免你。但是你很幸運。」

「咦？」

聽到白的話，吉尼亞斯抱著希望抬起臉龐。

結果他看到邪惡的笑容。

「受罰的不只你一個。所以，至少你不會覺得寂寞。」

白的目光就放在吉尼亞斯的同伴身上。

他們臉上盡是恐懼和苦悶的表情，那些男女全身醜陋潰爛。

衣服早已被扒掉，這副模樣讓人看不出他們原本是高階貴族。

「不、不要！原諒偶、原諒偶！」

「不行啊。還有啊，小笨蛋，你就在那裡受求死不得的詛咒折磨吧。」

洪亮、強悍。那美麗的聲音傳到吉尼亞斯耳裡。

「不要——！」

這是最後的慘叫，之後吉尼亞斯的意識只剩下恐懼和痛苦——品嚐到筆墨難以形容的地獄。

＊

後來帝國軍挺進希爾維利亞王國，看到如此恐怖的景象令他們陷入慌亂。

接著跟惡魔們展開一場壯烈的對決。

他們獲得勝利，精銳人員前往王城。

在那裡對上白。

這個時候白已經復仇完，心情非常空虛。或許是這種狀態下跟人作戰的關係，她完全提不起勁。

（好空虛啊。布蘭雪也不在了，原本是我遊樂場的這個王國也完了。沒必要繼續待在這塊土地上了吧——）

一邊想著這些，白跟帝國的騎士們對決。

「別大意！按照情況看來，敵人是『白色始祖』。但用不著害怕！就算對手是白色始祖，我們的三位一體也不會輸！」

就算看到氣勢如虹的騎士們，白還是提不起鬥志。

（真麻煩。而且，就算我應該會獲勝，但我不想讓布蘭雪的身體受傷。為了讓那孩子在這塊土地上安眠，現在還是乖乖撤退吧。）

白早早就沒了對戰的意思。

這算跟白對決的騎士們走運。

他們的真實身分是帝國最強戰力——帝國皇帝近衛騎士團。然而根本不是白色女王的對手。

若是白在那個時候認真起來，帝國軍早就被殺光了吧。沒發現事情沒變成這樣算他們走運，他們深信是自己贏了。

至於白本人——

她脫離附身的肉體，離開人世，要送布蘭雪最後一程。

為了避免任何人碰觸到布蘭雪的肉體，讓她保持美麗、不會腐朽，透過封印術加工，將她埋葬在這塊土地上。

「晚安，布蘭雪。為了讓妳可以安心沉眠，在那邊不會感到寂寞，我還把遵守約定的那些『魂魄』一起送過去了。」

許多魂魄散發如夢似幻的光輝，將布蘭雪的「靈魂」包住。接著白靜靜地放手。即使她是最喜歡吃靈魂的惡魔……

「再見。希望能在某處重逢。」

或許白並不想吃掉布蘭雪的「靈魂」，所以才假裝被騎士們討伐吧。

部下們是這麼想的，但大家都沒有說出口。

一陣風吹過。
惡魔們的氣息也從那裡消失。

＊

很久很久以前，這塊土地上有個名叫希爾維利亞的小國。
古老城鎮圍著美麗的湖泊聳立著。
但如今都看不到了。
被鮮血染紅的湖畔一片血紅，湖水被染成深紅色。
惡魔的狂笑聲不斷迴盪。
腐朽的城堡變成墳墓。
土地受到詛咒。
沒有人知道真相，那個王國就此滅亡。

更加遼闊的轉生史萊姆世界

COMICALIZE

漫畫
關於我轉生變成史萊姆這檔事
Regarding Reincarnated to Slime

透過細緻描寫完全重現，享受《轉生史萊姆》世界吧！

川上泰樹老師繪製的漫畫版《轉生史萊姆》在講談社《月刊少年Sirius》好評連載中！細緻且栩栩如生地描寫出本作深奧的世界觀，讓作品形象具體化＆更加遼闊。從魔國聯邦的日常生活，到充滿魄力的戰鬥場面，總之滿滿都是看點！

⬆➡能看到各種小說版名場面變成具有衝擊力的圖像。利姆路等人好帥好可愛！

更加遼闊的轉生史萊姆世界／漫畫《關於我轉生變成史萊姆這檔事》

⬇↘➡也有許多用大畫面表達角色的全身圖或特寫♪用跟小說版不一樣的視角將大家帶進《轉生史萊姆》世界。

まっ…
せいぜい後悔するがいい
ビンッ
では今から生き残った者へ挨拶に行くとするか！
リムル様！愚か者を罰してやりました！
愚か者はお前だっての も——っ
…は？
気をつけて まだヤツのとりまきが
手応えがないな

單行本已經出到第十集了（※）。卷末還有從我的視角出發，看利姆路行動的短篇小說，很有趣喔！

注目 POINT

光是能看到細緻描寫的利姆路等人就很興奮了，在本作之中也要記得關注利姆路的日常穿著！像是穿著漂亮的襯衫或吊帶褲等等，可以看到各式各樣的流行搭配讓人很開心。除此之外，莉莉娜和哥布一等配角哥布林的戲份也很多，魔物的生活也是看點之一。

※2019年1月日本的情況

第一印象

畫：川上泰樹

哎呀～真感激耶。等好久了呢，第二本設定集。
畢竟有些角色在插畫中沒出現過，這裡才初次看到外表嘛。
13.5集
有哪些會讓人意外的外表嗎？
包括第一本設定集。
這個嘛～
如今會覺得正是在說摩邁爾先生，一開始看到時感到很意外呢。
總覺得他的臉比想像中更邪惡。
對利姆路
啊～因為那男人會對不同人擺出不同表情呢。
對債務人
哎呀，真是太厲害了。

我明明是負責內政的，卻馬上就表現在臉上…
沮喪
哈哈哈！
會想跟他學學呢。
雖然利格魯德若是學會表裡不一會讓人有點寂寞…
不過，在外觀上最讓人驚訝的其實是利格魯德你的進化啦。
咦!?
這事件的等級足以登在流傳後世的歷史教科書上。
這…這是我的榮幸!!
各位看官若想看看進化前的利格魯德，請看漫畫版第一集（宣傳）。

番外

跟帥氣的龍相遇…這才應該先登在那個什麼教科書上吧？
偷瞄
……
這個大叔真麻煩。

SPECIAL 對談

插畫家 みっつばー × 漫畫家 岡霧硝

記念設定資料集第二集發行，特別邀請負責插畫的みっつばー老師和番外篇漫畫《魔物王國漫步法》作者岡霧硝老師，獻上這篇特別對談♪主題是「描繪世界觀」，舉凡作畫下的功夫和喜歡的角色等等，請兩位老師隨意對談！

（聽取及構成　TRAP．青柳美帆子）

みっつばー

負責小說本篇角色設計、插畫和封面繪製的插畫家。受少年漫畫精神薰陶的俐落畫風很受歡迎。

岡霧硝

負責繪製番外篇漫畫《魔物王國漫步法（暫譯）》。作品從合集作品、改編漫畫到原創作品，是做出成績的實力派漫畫家。

●直截了當地詢問，彼此的「第一印象」

——請問岡霧硝老師開始繪製《魔物王國漫步法》（以下簡稱《漫步法》）的始末為何呢？

岡霧　從出道作品就開始跟我搭上線的責任編輯，在上一個連載結束時對我說：「有《轉生史萊姆》的番外篇漫畫企畫喔。」大概是《轉生史萊姆》原作書籍版出到第六集的時候。我很想畫奇幻類題材，所以馬上就說：「我願意！」

——毅然決定了呢。是那時與原作相遇的嗎？

岡霧　不，我本來就很喜歡看小說，其中特別喜歡奇幻題材，《轉生史萊姆》是在編輯跟我說之前就開始看了。在網路上連載的時候就有在追，也買了書籍版本。也很喜歡みっつばー老師的插畫……

みっつばー　當面聽到感想，總覺得非常難為情啊……（笑）

岡霧　抱歉（笑）。封面塗色塊的方式感覺很帥，讓我覺得是位很有品味的插畫家。線條也很具「漫畫風格」，我覺得真棒。みっつばー老師原本也有以漫畫家身分活動吧？

みっつばー　是啊。如今回顧《轉生史萊姆》書籍版第一集那時，距離我興起想當插畫家的念頭已經過了好幾年，我的畫法比起說是「插畫家的繪畫方式」，更接近我一直以來用的「漫畫家時代的做法」。岡霧老師所說的「漫畫風格」，與其說是我堅持想要畫出自己的風格，不如說是我只會這樣畫……或許是這樣吧。

岡霧　這不是客套話，みっつばー老師的筆觸讓人印象非常深刻。我每個月大概會買十本左右的小說，工作之餘當休閒，即使在陸陸續續閱讀的小說之中，《轉生史萊姆》的角色也強烈地留在腦海中。

——みっつばー老師對於《漫步法》和岡霧老師的作品風格有什麼感想？

みっつばー　岡霧老師的作畫，女孩子特別有魅力呢。在出現許多女生角色的場景，每個人都會做出角色特有的舉動。例如「嘻嘻一笑」的場景中，芙蕾有芙蕾的，朱菜有朱菜的，每個角色都會露出只有她們才會有的笑容。我不太會畫女生，所以一直很在意自己處理女孩子的表情和動作模式太少……（笑）。在最新發行的漫畫中，這點的處理變得更高明了，讓我覺得岡霧老師實在很厲害呢。

岡霧　特別是進入《漫步法》第四集開始，我會特別留心要注意角色的演出。雖然我覺得只做到自己訂的目標的三成左右，但光是能看出我的努力，就讓人感覺很開心！

みっつばー　那樣才三成嗎……！利姆路的衣服常常更換，這點也很棒呢。若是小說的插圖，也因為很少有機會畫利姆路變成人類的樣子，因此基本上服裝都是固定的。但是就像我們每天會換衣服，若是換個章節，服裝能有點變化感覺也不錯，因此在看岡霧老師的漫畫時，都覺得很羨慕。

岡霧　因為利姆路是中性角色，所以很多打扮都很適合呢。みっつばー老師的插圖中有利姆路穿套裝的正式打扮場景，也想看看換上現代穿著的利姆路（笑）。

みっつばー　若是上頭說「隨你怎麼玩都行！」，我搞不好會讓利姆路換上自己喜歡的英倫搖滾服裝……我是看《七龍珠》長大的世代，那部作品裡，平常總是做固定打扮的悟空在扉頁插圖上有換過現代裝扮對吧。能有那樣的「玩法」真好，讓我有點想試試看！

●兩人談論《轉生史萊姆》角色

——聽完彼此的「第一印象」，想請問兩位喜歡哪一位角色。

みっつばー　我喜歡利姆路！

岡霧　我喜歡朱菜呢。

みっつばー　朱菜在《漫步法》裡頭感覺很活躍呢。如果是本篇，有參加戰鬥的角色比較容易出現在插圖和封面上。

岡霧老師的作畫，女孩子特別有魅力呢。
みっつばー

岡霧　在番外篇漫畫裡，我想畫戰鬥以外的故事，朱菜畫愈多就愈喜歡她（笑）。雖然如此，我也很喜歡常在戰鬥上有所表現的日向和魯米納斯。還有維爾德拉跟魯米納斯是會亂來的角色，不管是畫他們還是幫他們想故事都很開心。

みっつばー　我也喜歡維爾德拉。

岡霧　小說版第十二集的封面是維爾德拉對吧！看

起來很帥氣。

みっつばー　那個啊……因為有一陣子維爾德拉的登場都走搞笑路線，所以無論如何都很想畫畫帥氣的維爾德拉（笑）。在討論「封面要畫誰？」的時候，印象中我特別推舉過說「想畫維爾德拉」。

岡霧　最近的維爾德拉很帥氣呢。原本維爾德拉就是強大的角色，照理說應該要很帥氣才對，但認真起來表現，有時可能就事情搞砸……

——的確（笑）。在技術上，是否有畫成圖或是畫成漫畫比較容易描繪的角色？

岡霧　我覺得芙拉美亞和半獸人很好畫！みっつばー老師的角色在外型上都很俐落，很容易辨識，其中半獸人的外型是最清楚的。川上老師（※在《月刊少年Sirius》連載中的漫畫版《轉生史萊姆》的作者川上泰樹老師）也有用各種角度描繪，我會一直盯著看，藉此學習。

みっつばー　順帶一提，半獸人的鼻子究竟是怎樣，其實我自己也不是很清楚！（笑）

——有沒有反過來覺得「這個角色好難畫！」的角色？

岡霧　我想想……資料比較少的角色還是會有點難畫。主要角色大多都有みっつばー老師畫出全身，所以沒問題，但是像沒有下半身設計的配角，在畫全身的時候就要一直摸索。還有，單純覺得畫起來不好畫的是戈畢爾……！

みっつばー　啊，我也是。比起自認不擅長畫的女孩子，搞不好更難（笑）。

第十三集與帝國對戰時的戈畢爾。透過「龍戰士化」強化的姿態特別勇猛。

岡霧　一方面是我的繪畫能力跟不上，像戈畢爾這樣，臉比較長又不像人類的角色，在漫畫中有各種角度很難描繪好呢。特定角度還能夠畫得帥氣，但其他角度就很難。要怎麼樣才能畫得好，針對蜥蜴人這個種族，我會試著去想「草食動物的眼睛在旁邊，但爬蟲類有獨特的眼睛。應該在哪兒才對？」，還有看著蜥蜴的骨骼標本做參考，但還是好難！

跟芙拉美亞打招呼的《漫步法》版戈畢爾。具有「正是武將」的風格。

みっつばー　我猶豫之後決定畫得像龍。設計當下跟現在在設計上的想法也許變得有些不同。插畫不用像漫畫那樣動，有的時候會想只要畫出最帥氣的角度就好。但隨著出的集數愈多，劇情愈豐富，我就要更進一步思考動態表現。

岡霧　雖然畫戈畢爾不容易，但是畫起來也有樂趣呢。在動畫第一集有動畫師畫出各種角度讓他

動起來，我保存了一堆（笑）。但原本みっつばー老師的角色就夠俐落，我想動起來也會比較容易。

みっつばー　這讓我很高興。我在畫的時候總是想著「如果這個角色能變成動畫動起來就好了」。

岡霧　みっつばー老師畫的男性角色都很帥氣呢。每次在畫的時候，我都會參考那「壞壞的眼神」。努力到黑眼圈都加深了。

みっつばー　「眼神太壞」、「太像壞小孩」、「大家都是小混混」、「用不著很殺的場面也變很殺」，責任編輯常常對我這麼說（笑）。

岡霧　那樣才有「魔物的感覺」呢。在粉絲之中，覺得「最喜歡眼神邪惡的利姆路！」這樣的人不是比較多嗎？表示設計上就是這麼有魅力吧。還有非人角色都很厲害！我很驚訝哥布林有這麼多不同的畫法。一般來說若是登場的哥布林這麼多，就算搞不清楚哪個角色是誰也不奇怪。

但讀者還是能確實掌握角色性格，我覺得一方面也是因為設計得當的關係。

みっつばー　那方面的可以無限設計下去喔！（笑）當然

也是因為有原作，只是在伏瀨老師世界觀的容許範圍下推出那些設計。

岡霧　畫みっつばー老師的哥布林感覺很開心。還有在本篇新登場的哥布林族，讓他們在番外篇漫畫中登場，給人一種「超適合漫畫」的感覺。第四集有收錄主題樂園章節，我就想「讓那四個哥布林（※哥布奇、哥布得、哥布茲、哥布泰）像這樣演出」，覺得很興奮。

●畫《轉生史萊姆》才會碰到的辛苦是？

——這是伏瀨老師想向兩位「問問看」的問題，跟《轉生史萊姆》相關的最大苦差事是什麼？

岡霧　第一名的是城鎮！就是背景呢。在《漫步法》裡要描繪街道的樣貌和一般人的生活等等。關於這點，有些是みっつばー老師沒有設計的部分，還有文章草草帶過的地方。像是「建築物是透過什麼技術打造成什麼樣式？」等等，一去想就沒完沒了，就邊摸索邊畫。

みっつばー老師畫的男性角色都很帥氣呢。每次在畫的時候，我都會參考那「壞壞的眼神」。岡霧

因為我是數位作畫，沒辦法打造出那種手繪才有的感覺。常常在做嘗試，看能不能靠技法來解決。　岡霧

みっつばー　其實這部分明明應該反過來是我必須更花心思才對，可是最後卻變成「大概就好」，真的很不好意思……

——他們的城鎮會不斷發展，這種設定是《轉生史萊姆》獨有的煩惱呢。みっつばー老師覺得特別辛苦的地方是？

みっつばー　剛才說到的戈畢爾就是其中一個例子，以前在插圖和封面插圖上，也因為我過去覺得只要追求單張插圖的帥氣度就好，畫的時候都認為只要這個角度、這個構圖夠帥氣即可，結果那些現在就變成現世報了（笑）。隨著故事進行和衍生作品推展，即使出現各種場面，戈畢爾從旁邊和後面看的模樣，還是連我自己都想像不出來……所以最近畫的戈畢爾有點改變（笑）。

——正因為みっつばー老師追求單張圖片的帥氣度，才會有如今這樣的展開，也開始需要各種角色的各種場面呢（笑）。還有其他的嗎？

岡霧　再來會和我的作畫技術有關，因為みっつばー老師塗色的筆觸很獨特，在畫《漫步法》第一集的時候我很煩惱。畫第一集跨頁彩圖的時候，本來試著模仿了みっつばー老師的塗色方式。可是實際試過之後，發現可能是線條氛圍不同的關係，襯托起來沒有想像中那麼出色……也因責任編輯對我說「用不著太過介意啦」，因此第一集封面就用自己的方式塗色。みっつばー老師的塗色方式讓人很憧憬呢。

みっつばー　我的塗色風格從第一集開始也有許多改變，常常跟責任編輯吵起來……（笑）

岡霧　みっつばー老師和川上老師兩人的線條都是手繪

的，在《轉生史萊姆》這種奇幻風格舞台的作品裡，我覺得醞釀出很好的氛圍。因為我是數位作畫，沒辦法打造出那種手繪才有的感覺。常常在做嘗試，看能不能靠技法來解決。

——舉例來說大概是哪些？

岡霧　如果是數位作畫，每一條線都會很均勻，太過漂亮，很難表現出厚度和質感呢。因此我有設定「獸人用的毛畫筆」，一旦改變手部的筆壓，線條總是會變得很崎嶇（笑）。之前我的作品多半是以女孩子為主，因此都會注意「身高不能太高」、「眼睛不能太小」。但是《轉生史萊姆》正好相反。會出現新的挑戰，像是「增加線條來突出質感」、「試著改變Q版的氛圍」，覺得很有趣。雖然覺得自己追不上みっつばー老師和川上老師的水準……！

みっつばー　不不不！閱讀《漫步法》，發現您讓好多角色登場，真的很厲害。

岡霧　這方面畫得很開心，但也有困擾……隨著故事進行，在一個章節中出現的角色數量變得很多。收錄在第三集的大會章節上，有名字的角色光一個章節就出現二十人以上。畫到一半會瞬間不知道自己在畫什麼……！只不過有很多角色登場這點，讀者應該會覺得很開心，所以我想盡量畫出來。

——在《漫步法》裡，岡霧老師也負責創作故事對吧。

岡霧　創作的時候總是很緊張……創作故事的時候，總是會先想「這樣沒問題嗎？」，交出劇情構思的時候又擔心著「文字有辦法把意象順利傳達出去嗎？」，分鏡過了又會想「那樣有趣嗎？」感到不安，開始畫之後，心裡會七上八下想著「有辦法表現出來嗎？」，最後則會擔心「能不能趕上截稿日」（笑）。

——其中最不安的是哪一點呢？

岡霧　這個嘛，雖然會對角色的對話和動態呈現感到不安，但是責任編輯和伏瀨老師給了很多幫助。機會難得，我有個問題想問みっつばー老師，在做角色設計之類時，您都是按照什麼順序進行的呢？

みっつばー　我都是先看完原作再畫。之前責任編輯說過「《轉生史萊姆》的角色只看『點』不會明白」，我個人也覺得或許確實是那樣。在A場面裡頭，某個角色看起來單純就是討人厭的傢伙，在下一集卻洗心革面變得帥氣起來。培斯塔就是一個好懂的例子，從敵人變成「洗白的培斯塔」。還有阿德曼，雖然他本人很認真，但是跟周圍角色形成反差，反而變成耍笨的類型。若是沒像那樣看整體走向來設計，給人的印象就會有出入，事實上也有某些角色配合了之後的發展逐漸改變（笑）。

岡霧　原來如此……みっつばー老師的設計給人一種「暴衝」的感覺，令人憧憬。

みっつばー　若有調整過油門再踩就好了……也許只是故障了也說不定（笑）。

岡霧　我認為那對作家來說非常重要！像我就是不太會暴衝的類型，我自己也會想「是不是太過注重平衡了？或許眼界變得狹隘了也說不定」，因此不安，責任編輯也說「其實可以再放開一點」……但是「可以做到什麼地步？」這個標準很難界定，讓人很煩惱呢。我覺得みっつばー老師的暴衝感真的很棒，很想要向您學習。

——像是以「轉蛋」為主的章節（《漫步法》第二十六話）等等，最近的章節都有種比較放得開的感覺呢。

岡霧　關於第二十六話，是在二月跟伏瀨老師討論時得到的點子，進一步擴張而成的呢。多虧當時可以跟伏瀨老師討論，感覺好像得到一個指標，又或者是有基準線，知道「可以做到這種程度！」，因此變得在某種程度上可以安心放手去做。我將當時伏瀨老師提供的建議整理起來，想著「那個可以用在這邊」、「像這樣用吧」（笑）。

みっつばー　芙拉美亞的設計和設定是岡霧老師負責的吧。

岡霧　是的。因為上頭的人說「可以畫你喜歡的獸人角色喔」，我就說「想要畫兔耳！」（笑）。當時還沒有兔人族的設定。伏瀨老師決定是從魯米納斯得到技能和名字。如果讓利姆路取名字會變得太強，「既然是會旅行的角色，那搭配魯米納斯不是比較好嗎？」這樣，魯米納斯也是魔王，所以芙拉美亞非常耐操。在《漫步法》裡頭就算遇到大麻煩也平安無事。

——在原作中，芙拉美亞只有名字登場過呢。

岡霧　當番外篇漫畫的企畫決定才讓她在小說出現。在《漫步法》單行本中，みっつばー老師有客串畫芙拉美亞，真的非常開心！

みっつばー　其實，作為這次對談的紀念企畫，上頭有讓我畫芙拉美亞……（※刊登在322頁）。請多指教！

岡霧　剛才有從責任編輯那邊聽說，讓我的心情一下子就High起來（笑）。從現在就很緊張興奮！

●更加遼闊的《轉生史萊姆》世界

——剛才有談到動畫版的事情，像是動畫版或漫畫版、各種番外篇漫畫等，《轉生史萊姆》變得有更多采多姿的發展。兩位是否曾經受過這些作品的直接影響呢？

動畫版自不用說，漫畫版和番外篇漫畫也讓我想過——就是受到角色的「笑容」影響。 みっつばー

みっつばー 有有有！動畫版自不用說，漫畫版和番外篇漫畫也讓我想過——就是受到角色的「笑容」影響。如果是封面和插畫，意外找不到角色露出笑容的表情呢。

岡霧 如果是插畫，多半都是戰鬥場面嘛。比起笑容，更常畫的是帥氣表情。

みっつばー 沒錯沒錯。若是平常沒有畫在笑的表情，在我心中就會變得搞不懂「這個角色會怎麼笑？」、「笑的時候嘴巴會變成什麼角度？」……我是透過漫畫和動畫重新認識角色的表情。尤其是女性角色，得以拜見我所不知道的表情。雖然沒什麼機會讓這樣的表情登場，但為了某天繪畫時需要，我就會想「很好很好，先記起來」（笑）。

岡霧 我每個星期也會準時看動畫。《轉生史萊姆》各式各樣的劇情展開讓世界更加遼闊，對我來說滿滿都是靈感。我個人看完動畫覺得「加上配音和音樂就讓人更有想像空間呢」。隨著想像空間在腦海中擴大，光是這樣就會讓角色和故事動起來，我想或許也能想到些有趣的點子。

みっつばー 但不管是番外篇漫畫、漫畫版或動畫版，看著看著就會發現自身繪畫的不足之處呢（苦笑）。無法直視，但果然還是會在意，然後就一直偷看……

岡霧 這個我懂……每次《轉生史萊姆》出現新的章節，我就會先靜下心再看。雖然上頭跟我說「番外篇漫畫可以自由發揮喔」，我每次都會作為資料，先從看みっつばー老師、川上老師、柴老師（※《月刊少年Sirius》連載中的番外篇漫畫《轉生史萊姆日記》作者）的圖開始。或許在作畫時間之中，大約四成都是「看的時間」呢。一旦開始作畫，無論如何就是會畫成屬於自己的風貌，因此我認為

要帶著「百分之百模仿」的想法來畫才會剛好合適。

——最後請對各位讀者說句話！

岡霧　隨著動畫開播，讀者應該會覺得《轉生史萊姆》的世界又擴大了。今後在以原作小說為首的新作品中，或許可以連同動畫版補充的部分也一起享受。在大啖本篇之後，若是能看個《漫步法》放鬆一下，我會非常高興！

みっつばー　角色愈來愈多，番外篇漫畫等相關作品也陸續增加。我覺得《轉生史萊姆》是隨著章數增加變得愈來愈有趣的系列作品，這個世界還會繼續下去，還請各位一起奉陪到最後。

（2018年10月26日於Micromagazine社）

Contribution みっつばー

兩位創作者的工作技巧

在此獻上創作者們有點狂熱的脫線對談！舉凡工作時要如何提振士氣和作畫環境等等，彼此的共同點和差異令人玩味。

──工作前會如何提振士氣？

みっつばー　去散步，邊走邊想事情。這是從動畫化開始前就有的習慣，一邊散步一邊想著：「如果動畫化，這個角色動起來會怎樣呢～」這時就會變成「為了早點動畫化，現在要好好努力」、「啊，現在可不是散步的時候」、「得早點回去！」，然後帶著鬥志回到家裡（笑）。很不可思議，一旦離開家裡就會想畫畫呢……

岡霧　那現在開始播動畫了，您會想什麼呢？（笑）

みっつばー　對，最近發現到「對了，夢想正在實現！」，結果冷靜下來了啊。最近這幾天在想「必須找到另一個夢想」，正在尋找。當然「努力讓這種情況維持下去」也是一種動力，但我想「有所追求」才是為了繼續奔跑下去不可或缺的。

岡霧　我懂。飢渴的感覺對於畫畫來說非常重要呢。

みっつばー　岡霧老師有什麼特定的做法嗎？

岡霧　是聽音樂吧。聽特定的音樂，提昇熱量來面對……みっつばー老師喜歡英倫搖滾，其實我也很喜歡英倫風喔。

みっつばー　咦，是這樣啊！

岡霧　每次みっつばー老師在Twitter上講到音樂的事情，我就會想「我懂！」。您有時會畫像西洋樂CD封面的造型和插圖對吧。我就會一邊想著「這應該是參考那首曲子吧～」，同時拜見那些圖。

みっつばー　沒錯沒錯，如果是原創的插圖，我就會把喜歡的歌曲形象加進去。您會聽英倫搖滾作畫嗎？

岡霧　用耳機開超大音量聽，心情馬上就會變得很High。等到能夠專心工作時，就會切換成純音樂或是鋼琴獨奏。若是想要沉浸在奇幻世界中，我還會聽民族風音樂。

みっつばー　我在工作時也會一直聽「勇者鬥惡龍」的音樂。不只是遊戲音樂，還有動畫的片頭曲和片尾曲。我是玩遊戲和看動畫長大的世代，情緒會變高昂。音樂的事情還真有趣呢！

——那製作環境呢？

みっつばー　打草稿基本上都是手繪。幾乎都是2B鉛筆，上線稿時若是「這邊無論如何都想黑一點」，那我就會稍微使用4B。紙張是拿A3的影印用紙摺成一半，在A4的狀態下繪製草稿，然後放在燈板上，折過來的部分用2B鉛筆畫線稿。再用Photoshop把線稿弄出來調整，用Clip Studio進行後續作業。繪圖板是十三英寸的液晶繪圖板。雖然覺得「大一點也不錯」，但考量到手的疲勞度，覺得這樣的大小應該比較剛好。

岡霧　雖然眼睛會疲勞，但尺寸小一點，手比較不會疲勞呢。我從草稿到完稿都是數位製作，所以螢幕是用大一點的。上個月開始試著更換成二十四英寸的了。

みっつばー　果然很大嗎？

岡霧　是滿大的。我原本把液晶螢幕組合成L型，但是讓資料輸出到別的畫面時，集中力就會突然中斷，這點讓我很在意。想說「想把資料和作業空間整合在同一個畫面裡呢」，所以就換成螢幕比較大的液晶繪圖板，目前還在做許多嘗試。

みっつばー　原來如此。我也在煩惱現在是不是要改變作業環境，我學到一課！

ANIMATION 關於我轉生變成史萊姆這檔事 Regarding Reincarnated to Slime

電視動畫

變成動畫色彩繽紛的《轉生史萊姆》！請看動起來的利姆路等人♪

以漫畫版(P304)為基礎，《轉生史萊姆》變成動畫了。由製作《前進吧！登山少女》等人氣作品聞名的8-bit製作，監督是由經手《超時空要塞Frontier》等作品、在機械體和美少女角色上名聲穩固的菊地康仁氏擔任。從新手到老手，具實力的聲優們賦予利姆路等人生命，請一定要看看他們在繽紛的《轉生史萊姆》世界中自由自在的英姿！

STAFF 原作：川上泰樹、伏瀨、みっつばー《關於我轉生變成史萊姆這檔事（講談社《少年Sirius》連載）》　監督：菊地康仁
副監督：中山敦史　系列構成：筆安一幸　角色設計：江畑諒真　音樂監督：明田川仁
音樂：Elements Garden　動畫製作：8-bit

CAST 利姆路：岡咲美保　大賢者：豐口めぐみ　維爾德拉：前野智昭　靜：花守ゆみり　紅丸：古川慎
朱菜：千本木彩花　紫苑：M・A・O　蒼影：江口拓也　白老：大塚芳忠　利格魯德：山本兼平
哥布達：泊明日菜　蘭加：小林親弘　德蕾妮：田中理惠　蜜莉姆：日高里菜

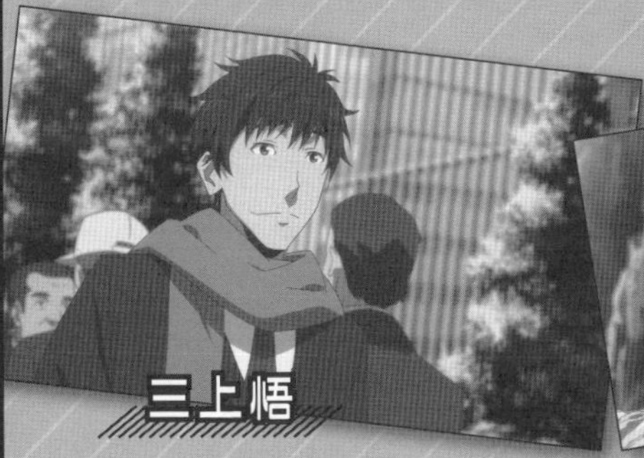

←↓三上悟由寺島拓篤先生配音，利姆路是由本作第一次配主角的岡咲美保小姐飾演。

↓飾演靜的是花守ゆみり小姐。從召喚場景開始細細描寫。

←維爾德拉是由前野智昭先生配音。用厚重美聲漂亮詮釋維爾德拉的魄力和胡來一面♪

⬇取名進化後的利格魯德。山本兼平先生的演技也跟著表現出前後差距（笑）。

利格魯德

牙狼族

小鬼族

⬆從小鬼族和牙狼族的戰鬥開始，到利姆路變成他們的主子，序盤章節也仔細描寫。

哥布達

⬆長相好笑的哥布達，但他可是重要角色。哥布林們的活躍也是本作看點。

蘭加

⬆慌忙追趕被風吹走的利姆路，這樣的蘭加很有趣可愛。

變成動畫啊——居然做成這麼有趣的東西，不愧是利姆路！當然我這個死黨也會有很活躍，大家一定要看喔！

注目 POINT

像是靜被召喚和孩童時代的故事都確實描寫，本作整體製作得非常仔細。獲得技能和使用時的演出也更突顯原作印象，相當秀逸。至於細節，有摘要利格魯德秀肌肉（？）和利姆路的校長眼等，這些玩心也讓人看了很開心。

9
轉生成
蜘蛛又怎樣!
作者：馬場翁
okina baba
插畫：輝竜司
Kadokawa Fantastic Novels

LV999的村民 1~5 待續

Kadokawa Fantastic Novels

作者：星月子猫　插畫：ふーみ

職業對強度的限制和勢單力薄的現實……
無論何種劣勢，都無法阻止鏡實現理想的決心！

村民鏡為了湧現復仇之心和兼顧理想而天人交戰。失去伙伴，卻一無所得。然而他只能繼續前進。為了追上逃走的來栖，為了守護艾莉絲，為了拯救阿斯克利亞世界，他決定前往由佛羅堤尼亞王國所統治的北方大地——俄羅斯。

各 NT$250~280/HK$78~85

怕痛的我，
把
防禦力點滿
就對了
4
夕蜜柑
[插畫] 狐印
Kadokawa Fantastic Novels
Welcome to "NewWorld Online"

千劍魔術劍士 1 待續

Kadokawa Fantastic Novels

作者：高光晶　插畫：Gilse

斬斷這世界所有不合理與絕望——
最強劍士傳說開幕!!

身為傭兵的阿爾迪斯，身懷歷史上從未有過紀錄的魔術「劍魔術」。某天他遇見了被視作「禁忌之子」的「雙子」少女，決定悄悄撫養兩人。他為生活費而接下的工作，是要說服一名謎樣美女，沒想到那女人竟與阿爾迪斯同樣懂得施展「無詠唱魔法」……！

NT$220/HK$73

倖存鍊金術師的城市慢活記 1~2 待續

Kadokawa Fantastic Novels

作者：のの原兎太　插畫：ox

隱藏於兩百年歲月之中的鍊金術師祕密究竟是？
慢活型奇幻故事邁入新篇章！

兩百年後的世界，鍊金術師少女瑪莉艾拉與奴隸青年吉克蒙德共同生活，透過與「迷宮都市」的人們邂逅，過著悠閒且平靜的日子——卻無從得知城市背後正在一點點地產生某種變化……「迷宮討伐軍」遭遇悲劇、「黑鐵運輸隊」成員察覺鍊金術的存在……

各 NT$280~300/HK$93~98

國家圖書館出版品預行編目(CIP)資料

關於我轉生變成史萊姆這檔事. 13.5, 官方資料設定集 / 伏瀨原作 ; 楊惠琪譯. -- 初版. -- 臺北市 : 臺灣角川, 2020.01

面 ; 公分. -- (Kadokawa fantastic novels)

譯自 : 転生したらスライムだった件. 13.5, 公式資料設定集

ISBN 978-957-743-512-5(平裝)

861.57 108019522

Kadokawa
Fantastic
Novels

關於我轉生變成史萊姆這檔事 13.5 官方資料設定集

（原著名：転生したらスライムだった件 13.5 公式設定資料集）

2020年1月31日 初版第1刷發行
2024年7月29日 初版第7刷發行

編　　輯：GCノベルズ編輯部
原　　作：伏瀨
插　　畫：みっつばー
譯　　者：楊惠琪

發 行 人：台灣角川股份有限公司
總　　監：呂慧君
總 編 輯：蔡佩芬
主　　編：林秀儒
文字編輯：黃怡珮
設計指導：陳晞叡
美術設計：宋芳茹
印　　務：李明修（主任）、張加恩（主任）、張凱棋、潘尚琪

發 行 所：台灣角川股份有限公司
地　　址：104台北市中山區松江路223號3樓
電　　話：（02）2515-3000
傳　　真：（02）2515-0033
網　　址：www.kadokawa.com.tw
劃撥帳戶：台灣角川股份有限公司
劃撥帳號：19487412
法律顧問：有澤法律事務所
製　　版：尚騰印刷事業有限公司
ＩＳＢＮ：978-957-743-512-5